唐宋诗词名家精品类编

每依北斗望京华

杜甫集

陈祖美　主编

宋　红　编著

河南文艺出版社

图书在版编目(CIP)数据

每依北斗望京华:杜甫集/宋红编著. —郑州:河南
文艺出版社,2015.7(2019.5 重印)

(唐宋诗词名家精品类编)

ISBN 978-7-5559-0197-6

Ⅰ.①每… Ⅱ.①宋… Ⅲ.①杜诗-诗集 Ⅳ.①
I222.742

中国版本图书馆 CIP 数据核字(2014)第 295680 号

出版发行 河南文艺出版社
本社地址 郑州市郑东新区祥盛街 27 号 C 座 5 楼
邮政编码 450018
承印单位 河南瑞之光印刷股份有限公司
经销单位 新华书店
开　　本 700 毫米×1000 毫米　1/16
印　　张 21.5
字　　数 346 000
版　　次 2015 年 7 月第 1 版
印　　次 2019 年 5 月第 4 次印刷
定　　价 42.00 元

印厂地址　河南省武陟县产业集聚区东区(詹店镇)泰安路
邮政编码 454950　　电话 0391-2527860

杜甫（712—770），字子美，生于巩县（今河南巩义）。早年南游吴越，北游齐赵，裘马轻狂而科场失利。后入长安，困顿十年，始于玄宗朝得一看管兵器的小官。安史乱起，为叛军所俘，脱险后投奔肃宗行在，授官左拾遗，不久被贬为华州司功参军。后弃官西行，度陇、客秦、寓同谷，入蜀定居成都浣花草堂。严武镇蜀，荐授检校工部员外郎。武死，移居夔州，又携家出峡，漂泊鄂湘，死于舟中。诗人迭经盛衰乱离而不废诗篇，描绘出波澜起伏的社会画卷，有『诗史』之誉；又能集古今诗歌艺术之大成，格律精严而富于变化，继往开来，终成『诗圣』之名。与李白堪称唐代诗坛上并耀同辉的『双子星座』，代表着唐诗艺术的最高峰。

总　序

⊙陈祖美

　　"一树春风千万枝,嫩于金色软于丝。"白居易描绘春日柳条迎风摇曳之态的名句,无形中似乎也道出了唐宋诗词千姿百态的风姿。从公元第一个千年的中后期到第二个千年的末期,在这一千三四百年的历史长河中,唐宋诗词作为人类精神文明的乳汁,她哺育和熏陶过多少人,她的魅力又使多少人为之倾倒,恐怕谁也无法数计。

　　然而,有一个事实却为人熟知,这就是在唐宋诗词作家中,特别是其中的名家如李白、杜甫、李商隐、杜牧、温庭筠、李煜、柳永、苏轼、周邦彦、李清照、陆游、辛弃疾等,且不说在他们生前身后所担荷的痛苦或所受到的物议和攻讦"馨竹难书",更令人难以思议的是,在21世纪的钟声即将敲响之际,竟发生过这样一件事:

　　这得追溯到1998年的国庆佳节前夕。那是一个不似春光胜似春光的金秋时节,四五十位专家学者从四面八方来到河南——唐代诗人李商隐的家乡,出席李商隐学术研究会第四届年会。由于东道主把此事作为一种文化建设对待,更由于成果斐然的诸位李商隐研究专家的莅临,此次年会的成功和人们的热诚是不言而喻的。但作为本套丛书最初的编撰契机,却是出人意料的:由于对李商隐的全盘否定和极力攻伐所引发的一种怅触——那仿佛是一位挺面善的老人,他历数李商隐种种"罪愆"的具体词句一时想不起来了,大意则说李商隐是"教唆犯"。他不但自己坚决不读李商隐,也严令其子女远离这个"教唆犯",因此他的孩子都很有出息。听了这番话,有位大学女教师娓娓道出了她心目中的李商隐,而她的话代表了在座多数人的心声。不必再对那位老人反唇相讥,听了这位女教师的一席话,是非曲直更加泾渭分明。尽管这样,上述那种离奇的话,还是值得深思和认真对待的。

刚迈出这个会场的门槛，时任河南文艺出版社编辑的王国钦先生叫住了我，以商量的口气询问：能否尽快搞一本深入浅出而又雅俗共赏的李商隐诗歌类编，以消除由于其作品内容幽深和文字障碍等所造成的对其不应有的误解，甚至曲解……联想到上述那位老人莫名其妙的激愤情绪，王国钦先生的这一建议，显然既是出自编辑出版人员的职业敏感，更是一种难能可贵的社会责任心。人非木石，对这种公益之举岂有无动于衷之理！后来听说，王国钦还想约请那位堪称李商隐知音的女教师撰写一本《走近李商隐》。这更说明作为编辑出版者的良苦用心，并进而激发了笔者的积极性和应有的责任感。

当我回京后复函明确告知愿意参与此事时，随之得到了王国钦大致这样的回音：一两本书难成气候，出版社领导采纳了王国钦以及发行科同人的倡议，计划力争搞成一套丛书，并将之命名为"唐宋诗词名家精品类编"。而且，还随信寄来了较为详细的丛书策划方案。方案显示：丛书除包括唐代的大李杜、小李杜和宋代的柳、苏、李、辛八卷作品集以外，唐、宋各选一本其他著名诗家词人的精品合集。整套丛书一共十本，每本约三十万字。我当即表示很赞赏这一策划，除建议将李清照换成陆游外，无其他异议。而换掉李清照，并不是因为她的作品达不到精品的档次（相反她的各类作品中精品比例比谁都大），只是因为她在中、晚年遭逢乱世，流寓中大部分著作佚失得无影无踪。后人陆续辑得的十多首诗和比较可靠的约五十首词，即使都算作精品，也很难编撰成一本约三十万字的书稿。当然，要是将评析部分写成两三千言的长文，字数达标是不成问题的。但是这样做，一则太长的文字不尽符合丛书"点评"的体例，二则主要是担心不合乎当今和未来读者的口味与需求。而号称"六十年间万首诗"的陆游，人呼"小太白"，其作品总和万数有余，古今无双，选择的余地非常大，容易保质保量。

双方很快达成了共识。在这里，我愿意负责地告诉读者："唐宋诗词名家精品类编"丛书，以创意新颖、方便读者为宗旨。所谓创意新颖，是指本丛书既不排除"别裁"式的分类方法，更知难而进地在全面吃透作品内容的基础上，从"题材"方面分门别类。类似的分类，以往只在有关唐人绝句等方面的多人选集中见到过，像这样既兼顾体裁又着眼于题材的分类，尚属前所未有。本丛书还在每类相同题材的若干作品中，均以画龙点睛的诗句作为小标题，每本书则以该作家作品中的最为警策之句加以命名，于是就有了《黄河之水天上来·李白集》《每依北斗望京华·杜甫集》等一连串或气势不凡或动人情愫的书名。从每集作者作品中选取一句最恰如其分的诗句,用作该集的书名——这一创意本身,无形中体现了出版社对"唐宋诗词名家精品类编"丛书的一种极为独到而又相当可取的策划思路。对整套丛书来说,则力求做到"以其昭昭使人昭昭",也就是说,同类精品都有哪些可以一目了然。由此所派生的本丛书其他方面的特点和适用之处,则在每一本书中都不难发现。

原先没有想到的是,出版社嘱我担任整套丛书的主编并撰写总序。对此,我曾经再三谢辞。直到最后同意忝于此事,其间经历了一个不算短的过程,延缓了编撰时间,使出版社在策划之际尚得风气之先的这套丛书,耽搁了一段时间优势。为了顾及一定的时间效益,我于酷暑炎夏中攻苦食淡,最终亦可谓尽力而为了!

最重要的是选择和约请每一集作品的撰稿人。

丛书的第一本是大李(白),其编撰者林东海先生,早在 20 世纪七八十年代就沿着李白的足迹进行过考察。这对深入研究李白、了解其诗歌的写作背景及题旨等,洵为得天独厚之优势。20 世纪 80 年代问世的《诗人李白》(日文版)及近期关于李白的新著,无不体现出林东海对这位"谪仙人"研究的深湛造诣。因而编撰"唐宋诗词名家精品类编"丛书中的李白集,对林东海来说是轻车熟路、手到擒来之事;而对读者来说,则将有幸读到一本质量上乘的好书!

至于小李(商隐)诗歌编撰者黄世中先生,我在 20 世纪 90 年代初于天涯海角与其谋面之前,已有多年的文笔之交,而且主要是谈及李商隐。仅我拜读过的黄世中有关玉溪生的论著已臻两位数。他对人们所感兴趣的李商隐无题诗尤其研究有素,对李商隐著作的每种版本乃至每一首诗几乎无不耳熟能详,其家传和经眼的有关李义山的典籍,几乎难有与之相埒者。因此由黄世中承担本丛书的李商隐集,可谓厚积薄发,定能如大家所预期的那样,以深入浅出之作,引导人们沿着正确的途径走近李商隐,从思想性和艺术性两方面,说明其独特的价值之所在,从而向广大读者奉献一餐美味而富含营养的精神食粮。

人们所称"小李杜"中的小杜,指的是《樊川文集》的作者杜牧。关于杜牧诗歌的精品类编,之所以约请胡可先先生编撰,是因为早在他到南京师范大学做博士后之前的 1993 年,就已有专著《杜牧研究丛稿》出版,可谓对杜牧研究有素。同时,笔者自然也联想到曾经拜读过的胡可先的一系列功力颇深的论文。如他提供给中国唐代文学学会第九届年会的关于"甘露之变"与晚唐文学的论文,其中既有惊心动魄之笔,亦有细致入微之文。特别是其中把"甘露之变"对文人心态的影响,以及晚唐诗歌之被目为"衰世之音"的原因所在,剖析得很有说服力。"甘露之变"时,杜牧刚过而立之年。稔悉这一政治和文学背景的胡可先,对杜牧诗歌进行注释和评点自然易近腠理,能于深邃之中探得其诗歌之内涵,弘扬其精华,同时也就消除了人们对杜牧的某种片面理解。

丛书的宋代名家中,柳永的年辈最高,但对其生平事迹和作品系年,后人都曾有重大误解。而浙江大学文学院的吴熊和先生,对此曾做过令人深信不疑的考证和厘定。柳永集的编撰者陶然先生,自然会承挑其业师的这些重大的学术成果,贯穿于自己的编著之中,从而撰成一本甄误出新之作。再者,陶然虽说是这套丛书十位编著者中最年轻的一位,但他有着相当机智精练的语言功底。无论其何种著作,行文中总是既以流丽多姿的现代语汇为主,又不时可见精粹的文言成分,其用语既富表现力,又令人颇感雅洁可读。同时,他作为年轻的文学博士,在其撰著中很善于运用新颖的科学论析方法,兼具宏观把握和微观剖析两方面的优长。表现在此著中,既有对词学源流的总体把握,又能对柳永诗词做出中肯可信的注释和评析。

苏轼是古往今来文学家中最具魅力的人物。选评苏轼诗词精品的陶文鹏先生,则是名声在外的多才多艺之辈。在他相继撰写、出版的多种论著中,有不少是关于苏轼诗词方面的,堪称是东坡难得的知音之一。以其不久前结项的"国家社会科学基金项目"——《中国古代山水诗史》一书为例,关于苏轼的章节就写得特别全面深透。其中不仅有定性分析,还有相当精确的定量分析。在其他各种论著中,陶文鹏不仅对两千六百余首苏轼诗中的精品有所论列,对三百余首东坡词的代表作亦时有画龙点睛之评。在这样的基础上所撰成的本丛书苏轼集,更不时可见出新之笔。比如,书中引述"苏轼诗词创作同步说",以及对《念奴娇·赤壁怀古》中的"故国神游"等句的新解,都体现了苏轼研究的最新学术成果。

从编著者的组成来看,这套丛书最突出的特点是较多女性编著者的参与。人数虽然只有宋红、高利华、邓红梅、陈祖美四位,男女编著者的比例只是三比二,与"半边天"的比例还有些距离。但是请君试想:迄今为止,在有关古典文学作品的类似规模的丛书中,有哪一套书的女编著者或作者能占到这样大的比重?

在这里需要说明的是，编撰本丛书的初衷和着眼点，绝不是单纯地追求女作者的人头优势，主要还是在不抱任何性别偏见的前提下，使每位撰著者的才华和实力得以平等展现！

不妨先从宋红先生说起。她从北大中文系毕业来到人民文学出版社古典文学编辑室不多久，就主持编辑了一本《〈诗经〉鉴赏集》。我在撰写其中《〈邶风·谷风〉绅绎》一文的过程中，宋红在关于泾渭孰清孰浊的问题上提出了很好的建议。后来这篇标题为《借荠菲之采，诉弃妇之怨》的拙文，竟得到一些读者的由衷鼓励，这与宋红的建议有着密不可分的联系。她的才华在相当大的学术范围内几乎是有口皆碑的，这自然也与她所处的学术环境有关。以20世纪80年代初在出版界出现的"鉴赏热"为例，她所在的古典文学编辑室及时推出了规模可观、社会效益甚好的《中国古典文学鉴赏丛刊》。特别是较早出版的关于唐宋词、汉魏六朝诗歌和《诗经》等鉴赏集，对这一持续了约二十年之久的"鉴赏热"，起了很好的导向作用。这期间，宋红在编、撰结合中得到了很实际的锻炼。所以，此次她在编撰本丛书杜甫集这一难度颇大的书稿时，一直是胸有成竹，甚至发现和纠正了研治杜诗的权威仇兆鳌等人的不少疏误。这种学术勇气和责任心是极为难能可贵的。

生在绍兴、长在绍兴的高利华先生，她喝的不仅是当年陆游喝过的镜湖水，而且与这位"亘古男儿一放翁"还有一种特殊的缘分——在她从杭大毕业回到绍兴任教不久，即参与筹办纪念陆游八百六十周年诞辰大型学术活动。这是她逐步走近陆游的一个难得的良好开端。此后每五年举办一次的同类学术活动，自然都少不了她这位陆游研究者的热心参与。直到今天，在她担负着绍兴文理学院中文系极为繁重的教学任务和该校学报执行主编的同时，她的身影还不时出现在陆游的三山故里及沈氏名园之中，进行实地考察、拍照，仿佛仍在时时谛听着陆游的创作心声……这一切，对于高利华正确地解读陆游均有着难以替代的重要作用。体现在她所选评的本丛书陆游集中，尤其值得一提的是，在"灯暗无人说断肠"一类中，她是把《钗头凤》作为陆游与其前妻唐琬彼此唱和的爱情悲剧之章收入的。这一点是有争议的。假如她一味按照自己的观点解读此词，无疑是片面的。好在高利华把这首词的有关"本事"及关于女主人翁是唐琬还是蜀妓的历代不同见解，在简短的文字中胪述得清清爽爽，洵可作为有关《钗头凤》词的一篇作品接受史和学术研究史来读。仅就这一点，没有对陆游研究的相应功力和对这位爱国诗人的一颗赤诚之心,是难以做到的。

人们如果很欣赏哪位演员的表演才华,往往夸赞说某某浑身都是戏。我初次与邓红梅先生在一次学术会议上谋面时,就明显地感觉到她浑身都透着活力。等到听了她的发言、看了她关于辛弃疾的文章之后,便感到这种活力远不止表现在触目所见的外形上,更洋溢于其智能、业绩之中。所以在考虑辛弃疾集的编著者时,我便自然而然地想到了这位从江南来到辛弃疾故乡的、极富活力的女博士。当笔者与邓红梅在电话里初谈此事时,她二话没说,仿佛是不假思索地说:"我将写出一个与众不同的辛弃疾!"果然不负所望,她很快将辛弃疾六百余首词中的佳作按题材分为主战爱国词和政治感慨词等十一类,从而把人称"词中之龙"的辛弃疾,由人及词全面深刻地做了一番透视与解剖。这样,即使原先是"稼轩词"的陌路人,读了邓红梅的这一编著,沿着她所开辟的这十多条路径往前走,肯定会离辛弃疾其人其词越来越近,并从中获得自己所渴望的高品位的精神享受。

然而令人痛心的是应了那句"文章憎命达"的谶语,红梅竟在其春秋尚富的2012年离开了我们,我和不少熟悉她的文友都为之痛楚不堪!在她逝世两周年之际,"唐宋诗词名家精品类编"丛书(共十卷)得以重新修订出版。此系每位编撰者有所期待的良机,然而九泉之下的红梅对于她所编撰的辛弃疾集则无缘加以厘定。忝为这套丛书的主编,我有义务联手责编王国钦先生代替红梅料理她的这一学术后事。所以我在肠癌手术尚未痊愈的情况下,通校了辛弃疾集,从而深感红梅堪称辛稼轩的异代知音!她对每一首辛词的"点评"之深湛精到,令我不胜服膺。对于红梅出色"点评"的内容要旨,我未加任何改动。对于我在此次通校中所发现的问题,大致分以下两种情况:一是个别漏校或笔误,诸如"蛾眉"误作"娥眉","吟赏"误作"饮赏","疏"误为"书","金国"误为"全国","谕"误为"喻","询"误作"讯"等,径作改正。二是对于"惟"与"唯",想必红梅曾和我一样理解为此二字必须严格区分,就连"唯一"也必须写作"惟一";"唯"只用于"唯心""唯物"等少数哲学词汇,其他均写作"惟"。然而在红梅去世后问世的《通用规范汉字字典》(商务印书馆,2013版)"惟"的第二义项与"唯"是相同的。所以我此次通校过的唐代合集和辛弃疾集中所用合乎《通用规范汉字字典》规定的"惟"字义项,都没有改动。

上述未经本人审阅的作者"小传",鉴于笔者了解情况不尽全面,表述又不见得很准确,所以不一定完全得到"传主们"的首肯。但是有一点,即使他们不予认可笔者也要坚持:这就是他们均为治学严谨的饱学或好学之士,对于唐宋诗词的研究尤为擅长。不具备这方面的优势,所撰书稿很容易误人子弟。因为不论是唐诗宋词或唐词宋诗,其老版本都曾存有各种谬误。即使一些很有影响、极受欢迎的选本,当初由于各种条件的限制,也都存在着种种不足之处。没有相应的学识,没有严谨的态度,不加深究,就很难发现问题,很容易以讹传讹。

本丛书的所有编撰者,在这方面都是可以信赖的。而他们的另一共同点是,大都具有与古代诗词名家发生共鸣的文学创作才能。仅就笔者经眼之作来说,比如林东海的《登戏马台》诗云:

> 当年戏马上高台,犹忆乌骓舞步开。
>
> 九里狂沙怜赤剑,八千热血恨黄埃。
>
> 时来竖子功名立,运去英雄霸业摧。
>
> 回首楚宫空胜迹,云龙山外鹤鸣哀。

此系诗人于彭城(今江苏徐州)凭吊项羽之作,其用事、用典何等妙合自然,感慨又何等遥深,早被旧体诗词的行家里手赞为"诗风沉郁,颇似杜少陵之抑扬顿挫"。笔者所拜读过的林东海的其他诗作还有七绝《过邯郸学步桥》、七律《吊白少傅坟》《马嵬坡怀古》等,也都是思覃律精,足见功力之深。

在黄世中只有十五六岁时,他就曾有感于一出南戏对陆游、唐琬爱情悲剧表现之不足,遂写了一个自己心目中的陆唐情深的南音剧本,且作词、谱曲一气呵成,后来又把陆唐之恋编成了电影文学剧本。当他将这一剧本寄到上海海燕电影制片厂后,不久就收到该厂回复的长信,希望他对剧本做一些加工修改以期拍摄。同时,黄世中还把剧本寄奉郭老(沫若)和朱东润先生求教,并很快收到了郭老和朱先生加以鼓励的亲笔回信。笔者不仅细读过黄世中所写的历史小说和颇具规模的散文集,还亲耳聆听过其具有南昆韵味的自弹、自唱、自度之曲,其文艺才能可见一斑。

陶文鹏是新诗、旧诗俱爱,而且几乎是张口就来,出口成章。例如他的一首七律《晚云》:

岁月催人近六旬，经霜瘦竹尚精神。

胸中故土青山秀，梦里童年琐事真。

伏枥犹思腾万里，挥毫最喜绘三春。

何须采菊东篱下，乐在凭栏对晚云。

此外，陶文鹏还有一副高亢嘹亮的歌喉，每次在学术会议上总是属于最为活跃的一族。多年来，他一肩双挑，编撰兼及，硕果累累。当然，这一次他将再度奉送给读者一个惊喜。

宋红谙悉音律，对旧体诗词的写作堪称得心应手。其长篇五古《咪咪歌》，把她的宠物猫咪写得活灵活现，想必谁读了都得为之捧腹不迭。此诗被识者誉为："神机流动，天真自露。猫犹人也，可恼亦复可爱，以其野性存焉。"

在20世纪60年代出生的那辈人中，旧体诗词的爱好者已不多见，擅长者更是凤毛麟角，而毕业于河南大学中文系的王国钦却对此情有独钟。20世纪90年代初，他曾写过一首题为《桂林赴上海机上偶得》的七律，诗云：

关山万里路何迢？鹏鸟腾飞上九霄。

云海涛惊心海广，航空技越悟空高。

却思尘世多喧扰，莫道洪荒不寂寥。

笑瞰人间藏碧水，乾坤一点画中瞧。

此诗为老一代著名诗人所看重并为之精心评点："……首联设问，引出壮志凌云；颔联设比，胸怀何其广大；颈联表现一种复杂的矛盾心理；尾联化大为小，小中见大，表现了作者对人间的无限依恋与热爱。作者融天上人间、喜乐忧烦、神话科技于一诗，别具情趣，也别有一种超乎时空的磅礴之气。"王国钦在诗词兼擅的基础上，还从1987年至今摸索、创造出一种新的诗歌形式——度词、新词，并得到当代诗词界人士的广泛称赏。当初他来京商谈丛书编选的诸项事宜时，我因为手上稿事过多等缘故，希望与他一同主编丛书。他诚恳地说：自己可以多承担一些具体的编辑工作，主编还是由社外专家担任，所以只承担了宋代合集的任务。之所以再三邀他负责宋代合集的编选，也正是由于他对宋词的偏爱和对词体发展的不懈努力。

20世纪90年代初,中州古籍出版社曾出版、再版过一本享誉海内外的《当代诗词点评》。在这本厚达六百七十多页的选集中,所有编著者均按长幼顺序排列。排头是何香凝,而高利华是其中最年轻的女编著者——在当时也是旧体诗词界最为年轻的新生代。此书选收了高利华的《浣溪沙·夜出遇雨》《菩萨蛮·雨过索溪向晚戏水》等篇,行家认为其词善于将"陈句融化,别出新意,既富造诣,又见慧心"。其《八声甘州·八月十八观钱江潮》有句云:"叹放翁、秋风铁马,误几回、报国占鳌头。休瞧我,凭栏杆处,欲看吴钩。"此作更被知音者推为:"上片写景,是何等气势!下片怀古,是何等襟期!山阴多奇女子,信哉!"

笔者之所以对丛书编著者们如此着意介绍,既不同于孟子所云"知人论世",也与胡仔所谓"知人料事"不尽相同。这里似乎略同于学术领域的"资格论证"和文化消费中的"品牌意识",或者说借重上述诸位的专长和才华,以增加读者对这套丛书的信任感,在假货无孔不入的情势下使精神消费者能够放心。虽说人们对某种"品牌"的喜爱和信任程度,最终要靠"品牌"本身的质量说话;虽然即使声势浩大的"广告",最终也不见能抵得过下自成蹊的"桃李"的魅力,但是还有一种"话不说不明,木不钻不透"的更为通俗和适用的道理——被埋在地下的夜明珠人们尚且看不到它的光芒,而一个新问世的"品牌",多少也需要自我"表白"一番的。

本套丛书初版于2002年8月,之后已陆续重印多次。随着时间的推移,虽然丛书在封面设计、版式设计及印刷质量等方面略显不尽人意之外,但在内容的编选和点评方面却依然值得肯定。因此,丛书的本次重印,除由编选者对内容进行了个别的修订、勘误之外,还由出版社对封面、版式进行了重新设计,将印刷质量进一步提高。同时,本着"把辛苦留给自己,把方便提供给读者"的编辑初衷,丛书又在一些体例方面做了进一步规范。比如对于词牌、词题在目录或引述时的表述方式,无论是在学术界或是在出版界,并无明确而统一的规范形式,所以不同的编选者就不可避免地出现了不同的表述。而这对于一套丛书来说,就出现了体例上不统一的问题。经过多方的交流、咨询和讨论,出版社在修订时提出了统一规范的建议,笔者认为十分必要。

具体来说,规范之前的一般表述形式大约分为三种情况:(一)原作既有词牌又有词题:"词牌·词题",如周邦彦《少年游·感旧》;(二)原作只有词牌却无词题:"词牌",如秦观《鹊桥仙》;(三)原作只有词牌却无词题:"词牌(本词首句)"，如秦观《鹊桥仙》(纤云弄巧)。

本次规范之后，实际上是把第二、第三种无词题的情况合并为了一种形式，也就是说把原作无词题的情况统一都表述为"词牌(本词首句)"，如姜夔《暗香》(旧时月色)。进行这样的规范，起码有这样两点好处：(一)对现在并不太了解古典诗词(尤其是词)表现格式的读者来说，能够将有无词题的作品进行一目了然的区分；(二)对于一般读者和研究者来说，方便对同一作者同一词牌的多首作品进行准确表述及辩识。而出版社的这些建议和规范，恰恰是丛书初衷的自觉践行。作为本套丛书的主编，笔者当然表示尊重和欢迎。

一言以蔽之，这套丛书的最大特点和长处是策划独到、思路新颖，它仿佛为每位编选者提供了一双崭新的"鞋子"。穿上这双"新鞋"，是去"走世界"还是到唐宋诗词名人家里"串门子"，抑或是像"脚著谢公屐"似的爬山登高，那就该是因编选者各自不同的"心气"而有所不同的事情了。但我可以夸口的是：他们全都没有"穿新鞋走老路"！

初稿于 1999 年 10 月，北京

改定于 1999 年 12 月，郑州—北京

厘定于 2015 年元月，北京

目　录

书怀遣兴·永夜角声悲自语

酬唱交游·蓬门今始为君开

咏怀古迹·丞相祠堂何处寻

艺界题赠·丹青不知老将至

咏物感兴·西蜀樱桃也自红

江山胜迹·西岳崚嶒何壮哉

宗族亲情·忆弟看云白日眠

前　言

　　杜甫是中国文学史上最伟大的诗人之一,也是唐代诗坛上一颗耀眼的大星。他生活于大唐帝国盛极而衰的转折时期,历尽坎坷与磨难。其一生可分为五个阶段:

　　一、“万里可横行”(《房兵曹胡马》)——读书漫游时期(712—746)。

　　杜甫聪明早慧,少年老成:“七龄思即壮,开口咏凤凰。九龄书大字,有作成一囊。”至十四五岁,已在翰墨场上颇得称誉(见《壮游》)。以后又游历吴越、齐鲁、梁宋等地,先后历时十年,大大增广了闻见。虽于二十四岁上试进士不第,但这并未影响杜甫的昂扬情绪。因为唐人有“五十少进士,三十老明经”之说,所以他此时考不中进士并不遗憾,而且诗中还充满了年轻人的自信与昂扬精神。于是,他望岳便吟“会当凌绝顶,一览众山小”;写马便歌“骁腾有如此,万里可横行”;题画鹰则题“何当击凡鸟,毛血洒平芜”。

　　二、“古来材大难为用”(《古柏行》)——长安求官时期(746—755)。

　　这是杜甫三十五岁到四十四岁的一段时间。他虽怀着“致君尧舜上”的宏大抱负来到长安,但却困顿蹭蹬,衣食无着,过了十年“朝扣富儿门,暮随肥马尘”的屈辱生活。其间于天宝六载(747)应玄宗求贤制举,被奸相李林甫的一句“野无遗贤”挡在了仕途之外;天宝十载(751),他为朝廷祭太清宫、祭太庙和祀南郊之典而献“三大礼赋”,虽得玄宗赏识,令待制集贤院,命宰相试文章,但最终仍是不了了之。所以杜甫直到四十四岁仍是功业无成。

　　三、“有才无命百僚底”(《狄明府》)——短暂的为官时期(756—759)。

或许是靠着娘舅的关系①，杜甫终于在四十四岁这年冬天谋到了一个在京城掌管兵甲器仗和门禁锁钥的小官——右卫率府兵曹参军。然而，他当官不到两个月就发生了安史之乱，洛阳很快失守。第二年六月，潼关失守。六月十二日，玄宗离京奔蜀，十四日行至马嵬，发生马嵬兵变。二十日长安陷落，一朝文武百官尽作鸟兽散。

七月，太子李亨在灵武即位，史称肃宗。杜甫听到这个消息，马上前往投奔，途中为叛军所获，解至长安。他在长安呆了九个月，终于在至德二载四月伺机逃脱，再投肃宗。他昼伏夜行，备尝艰辛，最后才"麻鞋见天子，衣袖露两肘"（《述怀》），狼狈之状可见一斑。凭着这一片赤诚，肃宗于五月十六日封他个左拾遗官，当了不到半个月，便因上疏救房琯触怒圣上，险些掉了脑袋。多亏新宰相张镐相救，才得以获免。

杜甫当官是个很"没眼色"的人。肃宗是先自行称帝，然后才为玄宗所追认的。房琯就是玄宗派来向肃宗授册命的人，于是由玄宗的宰相变成了肃宗的宰相。对这样一个父党中人，即使没有陈陶、青坂之败，肃宗也不会久留在身边的。杜甫不明就里，只想尽拾遗之责，殊不知非但救不了房琯，反把自己也搭了进去。肃宗从此对杜甫不再信任，先是打发他回家探亲，次年六月在贬房琯为邠州刺史的同时，把杜甫也贬为华州司功参军。杜甫在华州任上干了一年。在这一年里，兵荒马乱，畿辅饥馑，他实在看不出继续留在这位置上还有什么前途，终于下决心弃官西去。杜甫为官的时间满打满算也只有两年零三四个月，然而时代的变乱和"百僚底"的地位，使他写出了大量反映民生疾苦的诗篇，也使他的创作有了不同凡响的"诗史"之誉。

四、"锦江春色来天地"（《登楼》）——卜居蜀中时期（760—768）。

虽然万里作客，漂泊西南，但仰仗故人高适、严武的接济和军阀柏茂琳的照顾，杜甫在成都和夔州还是过了一段相对比较安闲、稳定的生活，也迎来了他创作上的又一个高峰。依萧涤非先生统计："夔州以前为第一阶段，计六年多（七六〇年正月至七六六年四月），其中住在成都草堂前后约五年；在这一阶段里，杜甫写了四百八十五首诗。移居夔州为第二阶段，约二年（七六六年四月至七

---

① 杜甫《赠崔十三评事公辅》："舅氏多人物。"《奉送二十三舅录事之摄郴州》："贤良归盛族，吾舅尽知名。"

六八年正月），时间虽不长，作品却最多，一共写了四百三十八首诗。"（《杜甫诗选注》，人民文学出版社1979年初版）他这一时期的作品，不仅数量多，而且形式多样、内容丰富、技法纯熟，体现了与安史之乱前后叙事风格不同的抒情特色。

五、"百年粗粝腐儒餐"（《有客》）——漂泊荆楚时期（768—770）。

不甘作客的杜甫，拖着老迈衰病之躯乘舟出峡，辗转于荆楚之地，几乎是过着乞讨的生活。"饥藉家家米，愁征处处杯"（《秋日荆南述怀》），甚至遇到一连五日不得食的窘况，终于在饥寒交迫中死于漂泊半途的船上。

杜甫前半生汲汲于仕途，后半生惶惶于兵乱。居长安时赶上安史之乱；避地入蜀，又赶上吐蕃犯边，攻陷松、维、保三州；加上梓州刺史段子璋反、剑南兵马使徐知道反、汉州刺史崔旰大战剑南节度使郭英乂、简州刺史韩澄杀郭英乂、郭英乂部前军柏茂琳又起兵讨伐崔旰等，蜀中一片大乱。正所谓："前年渝州杀刺史，今年开州杀刺史。群盗相随剧虎狼，食人更肯留妻子。"（《三绝句》）杜甫出峡来到潭州时，又赶上湖南兵马使臧玠杀潭州刺史崔瓘，潭州大乱，真正是"天下郡国向万城，无有一城无甲兵"（《蚕谷行》）！

然而，不管命运把杜甫抛到哪种境地，他始终都因自认为"诗是吾家事"（《宗武生日》）而"不敢废诗篇"（《归》）。上至帝王将相、风云雷雨，下至田父邻媪、花鸟鱼虫，可以说寓目辄书，尽入诗囊。一首诗，便是他的一篇日记；一部少陵诗集，便是他一生喜怒哀乐的心史。而其间所折射的，则是那个盛极而衰的时代。这便是杜诗思想价值之所在。

因为他把诗看作"吾家事"，所以创作上可以"颇学阴何苦用心"（《解闷》其七），可以"不薄今人爱古人"（《戏为六绝句》其五），可以"新诗改罢自长吟"（《解闷》其七），可以"晚节渐于诗律细"（《遣闷戏呈路十九曹长》），也可以"老去诗篇浑漫与"（《江上值水如海势聊短述》），终成继往开来、位在至尊的诗坛泰斗。他在诗的体制上、句法上、语词上都别开生面，各有标举和创新。南宋人张戒在《岁寒堂诗话》中说："王介甫只知巧语之为诗，而不知拙语亦诗也；山谷只知奇语之为诗，而不知常语亦诗也；欧阳公诗专以快意为主，苏端明诗专以刻意为工，李义山诗只知有金玉龙凤，杜牧之诗只知有绮罗脂粉，李长吉诗只知有花草蜂蝶，而不知世间一切皆诗也。惟杜子美则不然，在山林则山林，在廊庙则廊庙，遇巧则巧，遇拙则拙，遇奇则奇，遇俗则俗，或放或收，或新或旧，一切物、一切事、一切意，无非诗者，故曰'吟多意有馀'，又曰'诗尽人间兴'，诚哉是言!"人称其先祖杜预为将军武库，而一部杜工部集却端的是诗家武库，方方面面的内容和各式各样的技法尽在其中。后之元稹、白居易得其粗俗，韩愈、贾岛得其险怪，李贺、李商隐得其精严。其在章法、句法、用典、炼字方面的探索，更开启宋人讲求来历、瘦硬生新的新诗格。

杜甫擅长用离析开合之句，如"身世双蓬鬓，乾坤一草亭"（《暮春题瀼西新赁草屋五首》），言一生事业只落得一双蓬鬓，天地之间唯此草亭属于我。"身世"与"蓬鬓""乾坤"与"草亭"间是一个大大的滑落，同时也是最为凝练的概括，犹如两极间的超级链接。同类句法还有"乾坤一腐儒"（《江汉》）、"天地一沙鸥"（《旅夜抒怀》）等。此法正为宋江西诗派所袭用，黄庭坚《次韵王定国扬州见寄》曰："未生白发犹堪酒，垂上青云却佐州。飞雪堆盘鲙鱼腹，明珠论斗煮鸡头。""未生白发"，本当有一番作为，以"犹堪酒"承之，则年富力强仅仅是尚胜酒力的资本；"明珠论斗"，将是何等豪奢，继之以"煮鸡头"，则"论斗"者原是与明珠近似的鸡头米，读之不禁令人哑然失笑。他如"桃李春风一杯酒，江湖夜雨十年灯"（黄庭坚《寄黄几复》）、"三过门间老病死，一弹指顷去来今"（苏轼《过永乐文长老已卒》）等，俱得一波三折之妙，实由老杜句法中生出。

以古诗笔法、文章笔法入律诗，是老杜的另一特色，实乃细极而求粗、细极而求变者。如《白帝城最高楼》这首拗律的"独立缥缈之飞楼""杖藜叹世者谁子"，全是文章笔法；《望岳》（西岳）之"安得仙人九节杖，拄到玉女洗头盆"、《所思》之"可怜怀抱向人尽，欲问平安无使来"，全是律句中的拗体。此法为中唐韩愈所效法，更为宋之苏轼、黄庭坚所光大。

唐人律诗，绝少通首用典者，杜甫却做了这方面的尝试。如本书所选之《陪李七司马皂江上观造竹桥即日成往来之人免冬寒入水聊题短作简李公》，是一首贺竹桥一日造成的贺诗，诗曰：

> 伐竹为桥结构同，褰裳不涉往来通。
> 天寒白鹤归华表，日落青龙见水中。
> 顾我老非题柱客，知君才是济川功。
> 合欢却笑千年事，驱石何时到海东。

八句诗七用典事，且皆与渡水和桥有关。末两句以秦始皇造石桥渡海千年不成，反衬皂江竹桥建造之快。全诗诙谐幽默，实已远唐风而开宋调。我们把宋苏轼所写竹阁诗与此竹桥诗对读，便不难看出个中渊源。

苏轼《孤山二咏·竹阁》曰：

> 海山兜率两茫然，古寺无人竹满轩。
> 白鹤不留归后语，苍龙犹是种时孙。
> 两丛恰是萧郎笔，十亩空怀渭上村。
> 欲把新诗问遗像，病维摩诘更无言。

竹阁在杭州广化寺柏堂之后，是唐白居易守杭州时为鸟窠禅师所建。苏轼熙宁六年（1073）通判杭州，访旧迹而有此作，八句诗中有六句用典。篇中处处不离居易，处处不离竹，点化白诗入己诗，贴切自然，恰到好处，而大量用典正是宋人以学问为诗的一大特色。从对比中可以看出，老杜之诗已露出这样的端倪。

老杜诗中的诙谐幽默处亦是开启宋诗的重要方面。他在大历四年（769）初到潭州的《清明》诗中写道：

> 此身漂泊苦西东，右臂偏枯耳半聋。
> 寂寂系舟双下泪，悠悠伏枕左书空。

双眼尚可流泪，而因右臂偏瘫，所以只剩左手还能向空书字（用晋人殷浩书空作"咄咄怪事"典）。清人朱瀚曰："因右臂偏枯，而以左臂书空，既可喷饭。只点'左'字，尤为险怪。"（仇兆鳌《杜诗详注》引）后来在潭州饿饭，又有《江阁卧病，走笔寄呈崔卢两侍御》曰：

> 滑忆雕胡饭，香闻锦带羹。
> 溜匙兼暖腹，谁欲致杯罂。

此诗一如陶渊明之赋"乞食"。雕胡饭唯"忆"其"滑"，锦带羹仅"闻"其"香"，诗人之饥寒困顿可知。非思之切、求之急，便不会有"溜匙""暖腹"之句。唯不知"两侍御"最终致其杯罌否？《诗经·小雅·宾之初筵》有"左右秩秩"之语，又有"是曰既醉，不知其秩""屡舞傲傲""侧弁之俄"的种种醉态，老杜信手拈来，言"凋瘵筵初秩，欹斜坐不成"（《宗武生日》），化老病之况为黑色幽默，令人笑而含泪。其他如写骑马摔伤事曰："骑马忽忆少年时，散蹄迸落瞿塘石……不虞一蹶终损伤，人生快意多所辱。"（《醉为马坠诸公携酒相看》）增入"人生快意"之议论，便顿生风趣。杖藜老翁，自难跃马。而杜甫却说："杖藜妨跃马，不是故离群。"（《南楚》）著一"妨"字，便见出诙谐，补之以"不是故离群"，更见出老翁的少年心。在《晚晴呈吴郎见过北舍》中，杜甫写两老翁相向而立，只用"竹杖交头拄"五字，以竹杖之手柄交头代替人之交面，体物之细腻令人咋舌。如此"戏作"手法，于宋诗最是常见。苏轼记六瓶酒被摔碎的憾事曰："岂意青州六从事，化为乌有一先生。"（《章质夫送酒六壶书至而酒不达戏作小诗问之》）黄庭坚言归隐不得之苦衷曰："白发齐生如有种，青山好去坐无钱。"（《次韵裴仲谋同年》）秦观述居京任秘书省正字之清寒曰："日典春衣非为酒（化用老杜'朝回日日典春衣，每日江头尽醉归'诗句），家贫食粥已多时。"（《春日偶题呈上尚书钱丈》）诸如此类，俱可在老杜诗中找到伏脉。老杜在炼字、炼句方面更被讲求"无一字无来处"的江西诗派奉为师祖，从本书的"点评"中读者自可辨明，此不多论。

以上主要从章法句式、隶事用典、语言风格等方面讨论了杜甫诗歌的艺术特色。为避免流于空泛，本文着重从开启宋诗方面落墨，因讨论杜诗艺术的专著、文章已经很多，这里不再复述他人成说。

杜甫之诗，有着很大的涵盖面和包容性，所以不同时代、不同心态的读者，便会从中读出不同的杜甫来。旧时代，以为杜甫所以为古今诗人之首，在于他"一饭未尝忘君"（见苏轼《王定国诗集叙》）；新中国则又认为杜甫在诗歌里"运用人民的语言，诉说人民的情感"，因此可以称之为"人民的诗人"（见朱东润《杜甫叙论》）。鉴于这种种认识上的差异，本书在选篇上尽量顾到杜甫思想情感、生活阅历的方方面面，力求表现出一个立体的、完整真实的杜甫。而按诗歌内容分类的选注方式，正好适应了多侧面表现诗人风貌的需要，所以本书按照感时、书怀、交游、览古、品艺、咏物、纪行、思亲、遣兴的顺序，共划分出九个方面的内容。其中既有近几十年来杜诗选本中习见的《兵车行》《潼关吏》《无家别》（这方面的内容以其过于熟滥而在选目上适当做了紧缩），也有向来不曾为选家所关注的新面孔。如：

九载一相见，百年能几何？
复为万里别，送子山之阿。
————《别唐十五诚因寄礼部贾侍郎》

甫也诸侯老宾客，罢酒酣歌拓金戟。
骑马忽忆少年时，散蹄迸落瞿塘石。
白帝城门水云外，低身直下八千尺。
————《醉为马坠诸公携酒相看》

圃畦新雨润，愧子废锄来。
竹杖交头拄，柴扉扫径开。
————《晚晴吴郎见过北舍》

读这样的作品，我们不得不为杜甫待友的温润、酒后的潇洒和体物的细腻所感动，而且对许多读者来说这是一种全新的感动——不能让读者有新的感动，不能让读者对杜甫有新的认识，这个选本便没有了存在的意义。

杜诗注本，可谓沈沈夥颐，至有"千家注杜"之说。清人仇兆鳌的《杜诗详注》更是旧注之集大成者。加之当代研究者的孜孜努力，原以为杜诗在注释方面已无太多伸展的余地。但这本杜诗类编选注下来，才发现杜注之陈陈相因者、以讹传讹者、脱注失注者并不在少数。兹择要举证如下：

一、史实不确。《所思》："苦忆荆州醉司马，而今樽酒定常开。"杜甫自言荆州司马是崔漪。仇注引蔡梦弼注曰："崔漪盖自吏部而谪荆州司马也。"萧涤非《杜甫诗选注》亦从此说，而将仇注中表推测的"盖"字略去，言"崔由吏部贬荆州司马"。此系因袭旧说而误。实际上，崔漪并非由吏部贬荆州司马。《旧唐书·肃宗本纪》称，崔漪与杜鸿渐是拥戴肃宗自立的功臣，肃宗即位后擢升"朔方节度判官崔漪为吏部郎中，并知中书舍人"。又据《旧唐书·颜真卿传》载："中书舍人兼吏部侍郎崔漪带酒容入朝……真卿劾之，贬漪为右庶子。"可知崔漪是由吏部贬右庶子，并未离朝。贬荆州司马事史传无载，反倒是杜诗可补史传之阙，而诸本所言史实均误。

二、出处不确。《题桃树》："帘户每宜通乳燕，儿童信莫打慈鸦。"仇兆鳌注"儿童"句曰："古乐府有《莫打鸦》。"（标点依中华书局1979年版排印本）但遍查《乐府诗集》，并无"莫打鸦"之题，翻检汉魏乐府，亦无直言"莫打鸦"者，唯《魏泰诗话》载赵宋之梅尧臣作有《莫打鸭》诗，讽宣州守笞打官妓事。诗曰："莫打鸭，打鸭惊鸳鸯。鸳鸯新向池中宿，不比孤洲老鹧鸪。鹧鸪尚欲远飞去，何况鸳鸯羽翼荒。"仇兆鳌必以"鸭"为"鸦"而误记为古乐府矣。

三、语词不确。《绝句漫兴九首》："隔户杨柳弱袅袅，恰似十五女儿腰。"仇注："鲍照诗：'窈窈燕弄风，袅袅柳垂腰。'"如仇注，首先将"柳"与"腰"联系在一起的便是鲍照。查鲍诗，其《在江陵叹年伤老》曰："窈窈燕弄风，袅袅柳垂道。"如此，鲍诗与"腰"并无干系，引诗所注者唯"袅袅"二字而已。首先以"腰"状柳者实是北周的庾信。其《和人日晚景宴昆明池》诗曰："上林柳腰细，新丰酒径多。"从庾信到杜甫，虽描述上重心稍有倾斜，然所言"柳腰"，重心俱在于"柳"；而今之"柳腰"，则重心在"腰"。从以人状柳，到以柳状人，此又古今词义之一转也。中华版《杜诗详注》已在出版说明中指出仇注引书常有错误。编者在注释中细加检核，发现所言果然不虚，且经过查证的引文常有于注杜无补的情况。此举其中最为典型的一例，余不赘。

四、漏注典事。《园人送瓜》："东陵迹荒绝，楚汉休征讨。"仇注承宋赵次公注，仅注上句为故东陵侯邵平青门种瓜典，下句失注。下句实亦隐括种瓜典事。据刘向《新序·杂事》载，战国时梁大夫宋就曾为边县令，地临楚界。楚梁边亭俱种瓜，梁亭瓜美。楚人妒而夜搔之，至有死焦者。梁人欲搔楚瓜以报复，宋就不许，且派人夜间偷浇楚瓜，使楚瓜亦美。梁楚由是成为睦邻。"休征讨"当由此出。诗先赞美送瓜主人，再叙食瓜之乐，末以种瓜典事作结。脱注搔瓜之典，"楚汉"句便无着落，无形中减少了许多韵味。

以上种种，已努力在注释中作了弥补与纠正，唯不知尚有多少欠缺。

感谢主编祖美老师的信任，将选注杜诗的重任交付与我，使我有了一个"在游泳中学习游泳"的机会。这番实践首先让我打破了对旧注的迷信与依赖，同时也使我认识到即使如杜甫这样一代又一代人投入很大力量去研究的作家，也仍有鞭长不及处,更遑论我们还有许多并未去用心垦殖的生土地。古典文学研究真是一项筚路蓝缕的事业,从事这项事业的人应该少在熟悉的风景里兜圈子,而多一些暴虎冯河的开拓。

安得壮士挽天河

丽人行①

三月三日天气新②,长安水边多丽人。态浓意远淑且真,肌理细腻骨肉匀③。绣罗衣裳照暮春,蹙金孔雀银麒麟④。头上何所有?翠为㔠叶垂鬓唇⑤。背后何所见?珠压腰衱稳称身⑥。就中云幕椒房亲⑦,赐名大国虢与秦⑧。紫驼之峰出翠釜⑨,水精之盘行素鳞。犀箸厌饫久未下⑩,鸾刀缕切空纷纶⑪。黄门飞鞚不动尘⑫,御厨络绎送八珍。箫鼓哀吟感鬼神,宾从杂遝实要津⑬。后来鞍马何逡巡⑭:当轩下马入锦茵⑮!杨花雪落覆白蘋⑯,青鸟飞去衔红巾。炙手可热势绝伦⑰,慎莫近前丞相嗔⑱!

[注释]

①此诗约作于杨国忠入相次年,即天宝十二载(753)春天。诗题为作者自创之乐府新题。行,乐府歌曲的体裁之一。此篇未用乐府旧题,而是诗人自拟,后《兵车行》之题亦如是。

②三月三日:此日为上巳节,人们有在水边修禊、宴饮的习俗。唐时长安士女多于是日游赏曲江。

③肌理细腻:肌肤柔滑细润,即《诗经·硕人》"肤如凝脂"意。骨肉匀:胖瘦适中。

④"蹙金"句:指衣上所绣物色。一说玄宗时内府仅两件锦袄饰以金雀,一为御用,一赐贵妃。诗句暗讽杨家姐妹服饰违禁。

⑤萏(è 饿)叶：花叶形首饰。鬓唇：鬓边。

⑥腰衩：腰带。

⑦椒房：汉时后妃宫室以椒末和泥涂壁，取椒之多籽(子)而辛香，后以借指后妃。椒房亲：后妃的亲属，此指杨贵妃的姐姐。

⑧虢与秦：杨贵妃两个姐姐的封号。二姐封虢国夫人，三姐封秦国夫人。

⑨紫驼之峰：唐时以驼峰制作珍馐佳肴。

⑩犀箸：犀牛角制作的筷子。厌饫：餍足，吃饱。

⑪鸾刀：饰有鸾铃的刀。空纷纶：犹今之所言"白忙活"。

⑫黄门：太监。飞鞚：跨马疾驰。此句写太监为杨家姐妹传送玄宗赏赐的菜肴。

⑬宾从(zòng 纵)：随从之人。杂遝(tà 踏)：众多貌。实要津：填满交通要道。

⑭后来鞍马：指杨国忠的到来。逡巡：徘徊舒缓貌，以形容杨的骄纵傲慢。

⑮锦茵：地毯。

⑯"杨花"句：暗喻杨国忠与从妹虢国夫人通奸事。《埤雅》："杨花入水化为浮萍。"据此，杨花与白蘋实为一物，杨花覆蘋，正喻兄妹苟且。

⑰绝伦：无与伦比。

⑱嗔：嗔怒，责怪。

[点评]

　　写丽人意态之美、服饰之华、饮馔之精、势焰之炽，不动声色而讽意自见。明陆时雍曰："诗，言穷则尽，意亵则丑，韵软则庳。杜少陵《丽人行》、李太白《杨叛儿》，一以雅道行之，故君子言有则也。"清钱谦益曰："此诗语极铺扬，而意含讽刺，故富丽中特有清刚之气。"二说确是的论。

兵车行①

车辚辚，马萧萧②，行人弓箭各在腰③。爷娘妻子走相送，尘埃不见咸阳桥④。牵衣顿足拦道哭，哭声直上干云霄！道旁过者问行人，行人但云：点行频⑤！或从十五北防河⑥，便至四十西营田⑦。去时里正与裹头⑧，归来头白还戍边！边庭流血成海水，武皇开边意未已⑨！君不闻：汉家山东二百州⑩，千村万落生荆杞。纵有健妇把锄犁，禾生陇亩无东西。况复秦兵耐苦战⑪，被驱不异犬与鸡。长者虽有问，役夫敢申恨？且如今年冬，未休关西卒。县官急索租，租税从何出！信知生男恶，反是生女好；生女犹得嫁比邻，生男埋没随百草⑫！君不见：青海头⑬，古来白骨无人收。新鬼烦冤旧鬼哭，天阴雨湿声啾啾！

[注释]

①这是一首反对黩武战争的诗。明王嗣奭以为是因天宝八载（749）哥舒翰攻吐蕃石堡城而作（《杜臆》）；清钱谦益以为是因天宝十载（751）鲜于仲通攻南诏而作，两战均死士卒数万。诗之本事虽不能完全坐实，但却反映出那一时期战争频繁、百姓涂炭的历史面貌。
②"车辚辚"二句：化用《诗经》语句，《车邻》："有车邻邻"；《车攻》："萧萧马鸣"。
③行人：从军出征之人。

④咸阳桥:在咸阳西南渭水上,当时为长安通往西北的必经之路。

⑤点行:按名册强征入伍。据唐史记载,征南诏时,杨国忠遣御史分道捕人,连枷送诣军所,以充士卒。"于是行者愁怨,父母妻子送之,所在哭声震野。"(见《资治通鉴·唐纪三十二》)

⑥北防河:在黄河以北设防。

⑦西营田:在河西(今甘肃、宁夏境)屯垦戍守。

⑧里正:唐制百户为一里,设里正,即里长。裹头:古以皂罗三尺为头巾来裹头。句以里正代为裹头证其年幼。

⑨武皇:汉武帝。此以代指唐玄宗。

⑩"汉家"句:指唐土全境。山东,即华山以东。唐建都长安,西临中原,关中以外俱可称"山东"。二百州,唐有天下,凡一百九十二郡,故以二百为成数。州,隋之旧称。

⑪秦兵:关中之兵。关中旧为秦地。

⑫"信知"四句:化用汉魏人陈琳《饮马长城窟行》句意:"生男慎莫举,生女哺用脯。君独不见长城下,死人骸骨相撑拄。"

⑬青海头:即青海边。原为吐谷浑之地,唐高宗时为吐蕃所占,与吐蕃的战争大都在这一带发生。

[点评]

　　这是杜甫最早反映民生疾苦的诗作。全诗以"道旁过者问行人"划界,上段纪事,下段纪言。纪言部分又自相接应,以"未休关西卒"应"开边意未已",以"租税从何出"应"千村万落生荆杞",被前人称之为"条理秩然而善于曲折变化"。全诗四换其韵,三、五、七言错杂,以大开大阖之笔叙事传情,不蹈袭前人而尽得《诗经》、乐府之风神,正所谓"像我者死而学我者活"也。故明代胡应麟评曰:"少陵不效四言,不仿《离骚》,不用乐府旧题,是此老胸中壁立处。然风骚、乐府遗意,杜往往得之。"此诗即其一证。又,清施鸿保《读杜诗说》于此诗指瑕曰:"'见'、'闻'二字似互误。村落荆杞当云见,不当云闻;鬼哭啾啾当云闻,不当云见也。或言诗作于长安中,故于山东二百州云闻;是送人至青海者,故于古来白骨云见,说亦可通,然究与下句皆不可连解。"读诗之心细,直细过毫发,故而有此发现。言之成理,录出以飨今之读杜诗者。

前出塞

（其三、其六）①

磨刀鸣咽水②，水赤刃伤手。

欲轻肠断声，心绪乱已久。

丈夫誓许国，愤惋复何有？

功名图麒麟③，战骨当速朽。

挽弓当挽强④，用箭当用长。

射人先射马，擒贼先擒王。

杀人亦有限，立国自有疆⑤。

苟能制侵陵⑥，岂在多杀伤？

[注释]

①"出塞""入塞"为汉乐府旧题。诗人先写《出塞》九首，后又写了五首，故以"前""后"分之。《前出塞》组诗写天宝末年哥舒翰征吐蕃事，主旨与《兵车行》相同，亦在反对穷兵黩武。第一首"君已富土境，开边一何多"即已开宗明义。组诗全以征夫之口出之，从第一首出征直写到第九首论功，层层递进，结构完整，直可作一首来读。此选其中两首。

②呜咽水：指陇水。《太平御览》引《三秦记》所载北朝民歌曰："陇头流水，鸣声

呜咽。遥望秦川,心肝断绝。"诗之首四句即由《陇头歌》生发。

③"功名"句:指名垂史册。西汉宣帝曾图画霍光、苏武等一十八名功臣像于麒麟阁上,以示旌扬。

④挽强:挽强弓、硬弓。

⑤疆:疆界,国土范围。

⑥侵陵:侵凌,侵犯。

[点评]

　　两诗结构相同,俱在四句处划断。前四句"似谣似谚,最是乐府妙境"(清黄生辑《杜工部诗说》语);后四句征人自述心思,亦颇达款曲。然杜公以仁者之心言兵,必如宋襄公,所向无不败者。惟"射人"一联,能得战胜之要,故至今仍活在人们口中,且将含义推而广之。

后出塞五首

（其二）①

朝进东门营,暮上河阳桥②。

落日照大旗,马鸣风萧萧③。

平沙列万幕,部伍各见招。

中天悬明月,令严夜寂寥。

悲笳数声动④,壮士惨不骄。

借问大将谁? 恐是霍嫖姚⑤。

[注释]

①本组诗作于天宝十四载(755)冬安禄山叛乱之初。组诗与《前出塞》结构相同,也由一征夫之口道来,从应征辞家写起,至避祸逃归结束。本篇为第二首,写集合队伍时情况。

②东门营:洛阳城东门外的兵营。东门,原名上东门,后改为东阳门。河阳桥:河阳县境架于黄河上的浮桥。河阳,今河南孟津。两句之"朝进""暮上"体式,源于楚辞,三国魏王粲《从军行》又有"朝发邺都桥,暮济白马津"之句。

③"落日"二句:由《诗经·车攻》"萧萧马鸣,悠悠旆旌"化出。

④笳:军中号角。句中指军营的号角声。

⑤霍嫖姚:汉武帝时名将霍去病。曾以嫖姚校尉之衔随大将军卫青北击匈奴。此以喻指领兵主将。

[点评]

　　沉着爽峻,千军万马之壮阔军容尽于文字间见之。《前出塞》写哥舒翰西征,其辞悲;《后出塞》写安禄山北伐,其辞乐。《杜臆》称:安禄山招募赴蓟门者,其时"势已盛而逆未露,且以重赏要士,故壮士喜功者乐于从之"。诗中主人公怀着"男儿生世间,及壮当封侯"(其一)的心志应征入伍,最后带着"跃马二十年,恐孤明主恩"醒悟逃归。首尾相顾后再看此篇壮辞,愈见老杜叙事安排之深刻用心。人物心态之波澜曲折,人物命运之起伏跌宕,直是小说笔法。

自京赴奉先县咏怀五百字①

　　杜陵有布衣②,老大意转拙。许身一何愚!窃比稷与契③。居然成濩落④,白首甘契阔⑤。盖棺事则已,此志常觊豁⑥。穷年忧黎元⑦,叹息肠内热。取笑同学翁,浩歌弥激烈。非无江海志,潇洒送日月。生逢尧舜君⑧,不忍便永诀。当今廊庙具⑨,构厦岂云缺?葵藿倾太阳⑩,物性固难夺。顾惟蝼蚁辈,但自求其穴。胡为慕大鲸,辄拟偃溟渤?以兹悟生理,独耻事干谒⑪。兀兀遂至今⑫,忍为尘埃没?终愧巢与由⑬,未能易其节。沉饮聊自适,放歌破愁绝。

　　岁暮百草零,疾风高冈裂。天衢阴峥嵘⑭,客子中夜发。霜严衣带断,指直不能结。凌晨过骊山⑮,御榻在嵽嵲⑯。蚩尤塞寒空⑰,蹴蹋崖谷滑。瑶池气郁律⑱,羽林相摩戛⑲。君臣留欢娱,乐动殷胶葛⑳。赐浴皆长缨㉑,与宴非短褐㉒。彤庭所分帛㉓,本自寒女出。鞭挞其夫家,聚敛贡城阙㉔。圣人筐篚恩,实欲邦国活㉕。臣如忽至理,君岂弃此物?多士盈朝廷,仁者宜战栗!况闻内金盘,尽在卫霍室㉖。中堂舞神仙,烟雾蒙玉质。暖客貂鼠裘,悲管逐清瑟。劝客驼蹄羹㉗,霜橙压香橘。朱门酒肉臭,路有冻死骨。荣枯咫尺异,惆怅难再述。北辕就泾渭,官渡又改辙㉘。群冰从西下,极目高崒兀^㉙。疑是崆峒来^㉚,恐触天柱折^㉛。河梁幸未坼^㉜,枝撑声窸窣^㉝。行旅相攀援,川广不可越。

老妻寄异县,十口隔风雪。谁能久不顾?庶往共饥渴。入门闻号咷,幼子饥已卒!吾宁舍一哀,里巷亦呜咽。所愧为人父,无食致夭折。岂知秋禾登,贫窭有仓卒^㉞。生当免租税,名不隶征伐。抚迹犹酸辛,平人固骚屑^㉟。默思失业徒^㊱,因念远戍卒。忧端齐终南^㊲,澒洞不可掇^㊳。

[注释]

①此诗作于天宝十四载(755)十一月间,时当安禄山作乱前夕。杜甫在右卫率府胄曹参军任上,由京城长安前往奉先县探家。诗写一路闻见及到家后之所遇所思,表现出对百姓苦难及国家前途的忧虑。奉先县,今陕西蒲城。

②杜陵:汉宣帝陵,在长安城东南。其地称杜陵原,杜甫曾家于此,故自称"杜陵布衣""杜陵野老"。

③稷与契:传说为虞舜的两位贤臣。两句说自己以辅国良臣自期。

④濩落:即"瓠落"。《庄子·逍遥游》中所说的一种大葫芦,"其坚不能自举也;剖之以为瓢,则瓠落无所容。"此谓不合时宜,不能为世所用。

⑤契阔:勤苦。

⑥觊豁:希望达到。

⑦黎元:百姓。

⑧尧舜君:尧舜那样的君主,此指唐玄宗。尧舜为传说中的两位贤圣之君。

⑨廊庙具:指国家的栋梁之材。

⑩葵藿:秋葵与藿叶。秋葵为菊科植物,其叶有向日特性。藿叶为一种豆科植物的叶,并无向日性,此与葵连用而偏指葵。三国魏曹植《求通亲亲表》:"若葵藿之倾叶,太阳虽不为之回光,然终向之者,诚也。"杜甫即用此意。

⑪干谒:求助于权贵,谋取官职。

⑫兀兀:劳碌貌。

⑬巢与由:巢父与许由。尧时两位耻于入世为官的贤达隐者。

⑭天衢:天街,此指天空。

⑮骊山:在今陕西临潼,山麓有华清宫。此地西距长安六十里。

⑯御榻:皇帝的寝宫。唐玄宗与杨贵妃每年十月到此避寒,以华清宫内有温泉故。嵽嵲(dì niè 弟聂):形容山之高峻,此以指骊山。

⑰蚩尤:古代南方部落的酋长,曾兴雾与黄帝作战。此代指大雾。

⑱瑶池:神话中西王母宴游之所。此指华清宫温泉池。气郁律:水气上蒸貌。

⑲羽林:羽林军。此指华清宫禁卫军。相摩戛:接踵摩肩,形容卫士众多。

⑳胶葛:指乐声远播。

㉑长缨:长长的帽带。指达官贵人。

㉒短褐:粗布短衣。指未当官的寒士。

㉓彤庭:指朝廷。

㉔城阙:指京城。

㉕筐篚:两种盛物竹器。筐篚恩,指以筐篚所盛币帛分赐大臣以示恩宠的一种礼节。两句说,圣上以出自寒女之帛与聚敛所得之币颁赐群臣,其目的是为了国家的生存和发展。

㉖内:大内,宫禁。金盘:象征珍宝。卫霍:卫青和霍去病,汉武帝外戚。此借指杨贵妃的亲属。两句言大内珍宝尽归杨氏。

㉗驼蹄羹:美味珍馐。

㉘官渡:泾渭二水的渡口,在今陕西临潼境内。改辙:改变路线。由长安到奉先,先经骊山,渡泾渭二水后再改道北行。

㉙举兀:高峻貌。

㉚崆峒:山名,在今甘肃岷县。泾渭二水发源于陇西,故有句中所疑。

㉛天柱折:语本《淮南子·天文训》载,共工怒触不周山,"天柱折,地维绝"。此形容水势浩大。

㉜坼:毁坏。

㉝枝撑:桥柱。窸窣:象声词。

㉞窭(jù巨):贫寒。仓卒:犹"仓猝"。指意外事变。

㉟平人:平民。避唐太宗李世民讳,改"民"为"人"。骚屑:纷扰貌。

㊱失业徒:失去事业、漂泊流离之人。

㊲终南:山名。在长安之南。

㊳颎洞:本指水势浩大、广漠无边,此以喻愁。掇:拾取,收拾。

[点评]

　　写自京师赴奉先所见所闻、所感所思,议论纵横,要在讽皇亲国戚之奢侈,悯黎民戍卒之苦难。"朱门酒肉臭,路有冻死骨"二句为点睛之笔,令人触目惊心。苦乐不均,潜伏着种种危机,故心中有无穷隐忧。安史为乱之征,已在笔端也。愤然慨然,沉郁沉痛,俱是老杜本色,不愧"诗史"之称。清卢世㴶曰:"《赴奉先》及《北征》,肝肠如火,涕泪横流,读此而不感动者,其人必不忠。"(《读杜私言》)

　　诗于篇章结构上分为三段。开篇至"放歌破愁绝"为第一段,自述心志与处境:诗人曾窃比稷契,也曾志在江海。是"穷年忧黎元"的热忱和"葵藿倾太阳"的物性,使他不忍放弃仕途;但耻事干谒、不事蝇营的性格,又让他困顿下僚。尴尬的处境,使他既无法实现"致君尧舜"的理想,又背离了巢由般独善自守的心志,所以只能靠"沉饮""放歌"来破闷遣愁。"岁暮百草零"至"川广不可越"为第二段,写路途之艰难及闻见。"老妻寄异县"至终篇为第三段,写还家后家中之惨状。通篇实录与咏怀相结合,而以"咏怀"为全诗之主旨,小中见大,由家及国,以"意"胜而不以"艺"胜,读之真令人"叹息肠内热"也。

悲陈陶①

　　　　　　孟冬十郡良家子②,血作陈陶泽中水!

　　　　　　野旷天清无战声,四万义军同日死③!

　　　　　　群胡归来血洗箭④,仍唱胡歌饮都市。

　　　　　　都人回面向北啼,日夜更望官军至⑤。

[注释]

①此诗为至德元载(756)十月宰相房琯率军收复京师时兵败陈陶而作。时长安已陷落安史叛军手中,杜甫在投奔灵武肃宗行在途中为叛军所俘,掳至长安。陈陶,又名陈陶斜、陈陶泽,在今陕西省咸阳市东。

②孟冬:即冬十月,战事发生之时。十郡:指陕西地区,记房琯所募义军战士的籍贯。

③"四万"句:记作战实况。据《旧唐书·房琯传》记载:"琯用春秋车战之法,以车二千乘,马步夹之。既战,贼顺风扬尘鼓噪,牛皆震骇,因缚刍纵火焚之,人畜挠败,为所杀伤者四万余人。"此日为十月二十一日。

④群胡:指叛军。安禄山为胡人,部下多用番将。

⑤"都人"二句:写沦陷地百姓盼望恢复。向北,向着行在的方向。时肃宗由灵武进驻彭原(今甘肃宁县),方位在长安西北。官军,朝廷的军队。

[点评]

　　杜甫身陷叛军之中,故以虚笔、远笔写战事,以实笔、近笔写胡兵,是一份视角独特的战地实录。

　　清浦起龙《读杜心解》评此诗曰:"陈陶之悲,悲轻进以致败也。官军之聊草败没,贼军之得志骄横,两两如生。结语兜转一笔,好,写出人心不去。"

对　雪①

战哭多新鬼②,愁吟独老翁。

乱云低薄暮,急雪舞回风。

瓢弃樽无绿,炉存火似红③。

数州消息断④,愁坐正书空⑤。

[注释]

①此诗写作背景同前篇,亦为陈陶大败而作。

②"战哭"句:意同《兵车行》"新鬼烦冤旧鬼哭,天寒雨湿声啾啾"。

③无绿:无酒。绿,代指酒。似红:似有红色火焰。实谓有炉而无火。两句写陷贼后之苦况。

④数州:指心中所牵挂之地。时玄宗在蜀,肃宗在彭原,自家妻儿在鄜州,妹在钟离,弟在平阴,俱为杜甫所牵挂者。

⑤书空:用手指向空中画字。典出《世说新语·黜免》:殷浩坐废,终日书空,作"咄咄怪事"四字。后用以表惊异、忧愤而无可奈何。

[点评]

　　题曰"对雪",实对雪而感事也。仇兆鳌曰:"乱云急雪,对雪之景;樽空火冷,对雪之况;前曰愁吟,伤官军之新败,末云愁坐,伤贼势之方张。"全诗涵盖丰富而首尾贯注,"多新鬼"与"独老翁","樽无绿"与"火似红",对仗工巧,颇见遣词用字之匠心。

春　望①

国破山河在,城春草木深②。

感时花溅泪,恨别鸟惊心③。

烽火连三月，家书抵万金。

白头搔更短，浑欲不胜簪④。

[注释]

①此诗作于至德二载(757)三月,时杜甫羁居长安。余详《悲陈陶》注①。

②"国破"二句:咏安禄山攻陷长安事。《世说新语·言语》载:晋室南迁后,过江诸人常在新亭聚饮。周颢于坐中叹道:"风景不殊,正自有山河之异!""国破"句当由此生发。草木深,暗喻人烟稀少,市井荒凉。因叛军入长安后曾大肆焚杀。

③"感时"二句:道出忧国思家之情。"花溅泪""鸟惊心"皆使动用法,谓花使泪溅,鸟令心惊。

④不胜(shēng 声)簪:古时发式是将头发挽起,以簪固定。此言头发稀疏,简直经不住簪子的重量。

[点评]

　　此为杜诗名篇,亦是熟篇。春景春物,在常人眼中,皆可喜可爱者。然在忧思憔悴之人眼中,却反增其愁绪,即所谓"景随情化"(《围炉诗话》)、"愁思看春不当春"(《唐诗归》)也。以乐景写哀,一倍增其哀情。正如清沈德潜《唐诗别裁集》所云:"'溅泪''惊心'转因花鸟,乐处皆可悲也。"

哀江头①

　　少陵野老吞声哭②,春日潜行曲江曲③。江头宫殿锁千门,细柳新蒲为谁绿? 忆昔霓旌下南苑④,苑中万物生颜色⑤。昭阳殿里第一人,同辇随君侍君侧⑥。辇前才人带弓箭⑦,白马嚼啮黄金勒。翻身向天仰射云,一笑正坠双飞翼⑧。明眸皓齿今何在?血污游魂归不得⑨!清渭东流剑阁深⑩,去住彼此无消息⑪。人生有情泪沾臆,江草江花岂终极⑫!黄昏胡骑尘满城,欲往城南望城北⑬。

[注释]

①此至德二载(757)春日羁居长安作。余详《悲陈陶》注①、《对雪》注④。哀江头,谓站在曲江边上心中涌起的哀情。

②少陵野老:杜甫自指,参见《自京赴奉先县咏怀五百字》注②。少陵,汉宣帝后许后的葬地,在今陕西省西安市长安区,杜陵东南十余里。

③曲江:又称曲江池,本天然池沼,汉武帝造宜春苑于此,以池水曲折,故名曲江。唐时重加疏凿与建设,成为长安第一胜景。西南为芙蓉园。池岸有紫云楼等殿宇台阁,安史乱后,建筑物圮废。故址在今陕西西安市东南,池已埋为平陆,如今是一片稻田。

④霓旌:仪仗中的一种彩旗,此代指帝王。南苑:指芙蓉园。隋时改宜春苑而成,唐因之。唐玄宗以为行宫。

⑤苑中万物:唐康骈《剧谈录》称,曲江池花卉环周,烟水明媚。

⑥“昭阳”二句:咏唐玄宗宠幸杨贵妃事。昭阳殿里第一人,原指汉成帝后赵飞燕,此代指杨玉环。昭阳殿,汉宫殿名,赵飞燕所居。同辇,《汉书·外戚传》称,汉成帝游于后庭,想与班婕妤同辇而行,班婕妤以“贤君”之理加以拒绝。此暗讽唐玄宗荒唐而杨玉环专宠。

⑦才人:宫中女官,正四品,掌燕寝、射生等事。

⑧“翻身”二句:言才人射中飞鸟而贵妃为之一笑。

⑨“明眸”二句:言贵妃在随玄宗西逃入蜀途中被赐死马嵬坡事。即白居易《长恨歌》所谓:“六军不发无奈何,宛转蛾眉马前死。”

⑩清渭东流:指贵妃薨葬渭滨。马嵬坡南滨渭水。剑阁深:指明皇入蜀。

⑪去住:指生死。句谓明皇贵妃从此生死相隔。

⑫岂终极:即没有终极。此句言花草无知,当时而自开自长。诗意一同上文之“细柳新蒲为谁绿”。

⑬望城北:指站在曲江池北望皇城。

[点评]

　　曲江池,实长安第一胜景,这里南有紫云楼、芙蓉苑,西有杏园、慈恩寺。每逢中和(二月初一)、上巳(三月三日)之节,上自帝王将相,下至商贾庶民,莫不毕集。上巳日玄宗赐宴群臣,新科进士宴集,皆在此地。然而当长安陷落安史叛军之手,曲江池一片萧然,再无往年春日那歌舞喧阗的景象。诗人所以要"春日潜行曲江曲",正抚今追昔之意也。清黄生评曰:"此诗半露半含,若悲若讽。天宝之乱,实杨氏为祸阶,杜公身事明皇,既不可直陈,又不敢曲讳,如此用笔,浅深极为合宜。"又以为老杜此篇在白居易《长恨歌》之上,曰:"《长恨歌》今古脍炙,而《哀江头》无称焉,雅音之不谐俗耳如此!"

自京窜至凤翔喜达行在所三首
(其一、其三)①

西忆岐阳信,无人遂却回。

眼穿当落日,心死著寒灰②。

雾树行相引,连山望忽开③。

所亲惊老瘦:辛苦贼中来。

死去凭谁报④?归来始自怜!

犹瞻太白雪,喜遇武功天⑤。

影静千官里，心苏七校前⑥。

今朝汉社稷，新数中兴年。

[注释]

①至德二载(757)四月，杜甫由长安逃至凤翔，投奔肃宗。肃宗已于这年二月由
彭原进驻凤翔。五月十六日，杜甫官拜左拾遗，诗即拜官后痛定思痛之作。凤
翔，今属陕西。行在所，朝廷在外临时驻留之地。
②岐阳：指凤翔。凤翔在长安之西、岐山之南。信：信使，指前往"行在"进行联
络的人。遂：成功。四句错综为文。"眼穿"承"岐阳信"，"心死"承"无人遂却
回"，言一直未能与朝廷联系上。
③望忽开：豁然开朗，指喜达行在。
④凭谁报：句谓若逃窜途中死去，也无人报信。
⑤太白：凤翔附近高山。《三秦记》："太白山在武功县南，去长安三百里，不知高
几许。俗云：'武功太白，去天三百。'"武功，县名，今属陕西。两句写重见汉家
天日的欢欣。
⑥"影静"二句：写立朝为官。千官，《荀子·正论》："古者天子千官，诸侯百官。"
七校，泛指武官。汉武帝曾设七校尉。

[点评]

　　不肯陷身贼中，耿耿忠心，此中见之。清黄生曰："公若潜身晦迹，可徐待王
师之至，必履危蹈险，归命朝廷，以素负匡时报主之志，不欲碌碌浮沉也。"

述　怀①

　　去年潼关破，妻子隔绝久②；今夏草木长，脱身得西走③。麻鞋见天子，衣袖露两肘；朝廷愍生还，亲故伤老丑④。涕泪受拾遗⑤，流离主恩厚；柴门虽得去，未忍即开口⑥。寄书问三川⑦，不知家在否。比闻同罹祸⑧，杀戮到鸡狗。山中漏茅屋，谁复依户牖⑨？摧颓苍松根，地冷骨未朽。几人全性命？尽室岂相偶⑩？嶔岑猛虎场⑪，郁结回我首⑫。自寄一封书，今已十月后⑬。后畏消息来，寸心亦何有？汉运初中兴，生平老耽酒。沉思欢会处，恐作穷独叟⑭。

[注释]

①此为投奔凤翔拜官后作。余详前首注①。
②"去年"二句：写诗人自鄜州投奔灵武，途中为叛军掳至长安事。去年，指天宝十五载(756)。潼关破，天宝十五载六月，安禄山攻破潼关，唐玄宗避乱入蜀，命太子李亨都统西北诸路兵马，负责收复两京。李亨七月初九到达灵武，十二日自立为帝，改元为至德，史称肃宗。妻子隔绝久，杜甫在逃难中安家于鄜州羌村，知肃宗继位，便只身前去投奔，途中被俘，终于抵达凤翔行在，历时已将近一年，故而称"久"。
③"今夏"二句：写至德二载(757)四月由长安脱身前往凤翔行在事。草木长，言脱身时全凭草木作掩护。西走，凤翔在长安西。
④老丑：指一路奔波狼狈不堪的形貌。句与《自京窜至凤翔喜达行在所》"所亲

惊老瘦"同义。

⑤涕泪受拾遗:至德二载五月十六日肃宗任杜甫为左拾遗。唐置左右拾遗各二人,从八品。这是杜甫得到的最高官职。

⑥"柴门"二句:言可以探家而未忍遽去。

⑦三川:鄜州县名,杜甫寄家所在。

⑧罹(lí 离)祸:遭到祸害。以下是对家中情况的惦念和忧虑。

⑨户牖(yǒu 有):门窗。

⑩"尽室"句:谓不知全家人能否相守在一处。

⑪猛虎场:喻叛军横行施暴之地。

⑫回我首:即使我牵肠挂肚之意。

⑬"自寄"二句:言曾寄一封家书回去,然已过去十个月仍无音讯传来。

⑭"汉运"四句:言局势好转、国家中兴之后,自己恐无缘与亲人欢会。

[点评]

　　"麻鞋见天子,衣袖露两肘"出于实事;"寄书问三川,不知家在否"出于实情。实实在在写来,便有平中见奇之效。叙事用情、遣词造句,俱以朴拙老到见长故也。清申涵光以为,"此等诗无一语空闲",确是的论。

北　征①

　　皇帝二载秋②,闰八月初吉③;杜子将北征,苍茫问家室。维时遭艰虞,朝野少暇日;顾惭恩私被④,诏许归蓬荜⑤。拜辞诣阙下,怵惕久未出⑥。虽乏谏诤姿,恐君有遗失⑦。君诚中兴主,经纬固密勿⑧。东胡反未已⑨，臣甫愤所切。挥涕恋行在，道途犹恍惚。乾坤含疮痍⑩，忧虞何时毕？

靡靡逾阡陌⑪，人烟眇萧瑟。所遇多被伤，呻吟更流血。回首凤翔县，旌旗晚明灭。前登寒山重⑫，屡得饮马窟⑬。邠郊入地底，泾水中荡潏⑭。猛虎立我前，苍崖吼时裂。菊垂今秋花，石戴古车辙。青云动高兴，幽事亦可悦⑮：山果多琐细，罗生杂橡栗⑯；或红如丹砂，或黑如点漆；雨露之所濡，甘苦齐结实。缅思桃源内，益叹身世拙⑰！坡陀望鄜畤⑱，岩谷互出没。我行已水滨，我仆犹木末。鸱鸮鸣黄桑，野鼠拱乱穴。夜深经战场，寒月照白骨。潼关百万师，往者散何卒⑲？遂令半秦民，残害为异物⑳。

况我堕胡尘㉑，及归尽华发。经年至茅屋，妻子衣百结。恸哭松声回，悲泉共幽咽。平生所娇儿，颜色白胜雪㉒。见耶背面啼㉓，垢腻脚不袜。床前两小女，补绽才过膝㉔。海图坼波涛，旧绣移曲折；天吴及紫凤，颠倒在短褐㉕。老夫情怀恶，呕泄卧数日㉖。那无囊中帛㉗，救汝寒凛慄？粉黛亦解包㉘，衾裯稍罗列。瘦妻面复光，痴女头自栉㉙；学母无不为，晓妆随手抹；移时施朱铅㉚，狼藉画眉阔。生还对童稚，似欲忘饥渴。问事竞挽须，谁能即嗔喝？翻思在贼愁，甘受杂乱聒㉛。新归且慰意，生理焉得说㉜？

至尊尚蒙尘㉝，几日休练卒㉞？仰观天色改，坐觉妖氛豁㉟。阴风西北来，惨澹随回纥。其王愿助顺，其俗善驰突。送兵五千人，驱马一万匹㊱。此辈少为贵㊲，四方服勇决。所用皆鹰腾，破敌过箭疾。圣心颇虚伫，时议气欲夺㊳。伊洛指掌收，西京不足拔。官军请深入，蓄锐伺俱发。此举开青徐，旋瞻略恒碣㊴。吴天积霜露，正气有肃杀。祸转亡胡岁，势成擒胡月。胡命其能久？皇纲未宜绝！

忆昨狼狈初㊵，事与古先别。奸臣竟菹醢，同恶随荡析㊶。不闻夏殷衰，中自诛褒妲㊷。周汉获再兴，宣光果明哲㊸。桓桓陈将军，仗钺奋忠烈㊹。微尔人尽非㊺，于今国犹活。凄凉大同殿，寂寞白兽闼㊻。都人望翠华㊼，佳气向金阙㊽。园陵固有神，扫洒数不缺㊾。煌煌太宗业，树立甚宏达㊿。

[注释]

①此诗作于至德二载(757)八月由凤翔返回鄜州探家之时。就在杜甫任左拾遗的当月，宰相房琯因陈陶、青坂兵败而罢相，改任太子少师，实是肃宗想借机除掉这个玄宗安插过来的父党中人物。杜甫不明就里，冒死上疏相救，于是肃宗认定杜甫是房之同党，下令大理寺推究定罪，幸有新任宰相张镐营救，才保全左拾遗之职。然肃宗对杜甫已失去信任，便打发他回家探亲。北征，向北行。鄜州在凤翔东北。

②皇帝二载：指肃宗皇帝至德二载。

③初吉：朔日，即初一。

④顾惭：顾视而生愧意。恩私被：单独受到皇帝的恩惠。

⑤蓬荜：蓬门荜户，即草屋，对自家屋室的谦称。

⑥怵惕：惊惧貌，指诚惶诚恐。

⑦"虽乏"二句：扣自己拾遗之职，暗谓谏罢房琯乃出于公心。

⑧经纬：以织布之纵经横纬比喻处理军国大事。密勿：暗用心力。勿，作勤勉解。

⑨东胡：指安史叛军。反未已：至德二载正月安庆绪杀父安禄山自立，继续反唐。

⑩乾坤：天地，代指国家。

⑪靡靡：行迟貌。《诗经·黍离》："行迈靡靡。"阡陌：道路。

⑫寒山：秋山。重(chóng 虫)：重叠。

⑬饮马窟：掘地为槽以饮马，此见出军事调动痕迹。

⑭鄜：鄜州。今陕西彬县。郊：郊原。入地底：言鄜州地势低注。泾水：发源于泾

州,东南流经邠州界,至高陵入渭。荡潏(yù 玉):水波流动貌。两句写路途所经。

⑮"青云"二句:言望青云而兴致勃发,睹风物而心情欢悦。幽事,即下文所述之山间景物。

⑯橡栗:橡树的果实,似栗而小。

⑰桃源:晋陶渊明在《桃花源记》中所描述的世外乐土。两句写因眼见山中景物而生出身世慨叹。

⑱坡陀:冈陵起伏之地。郘畤:鄜州。因秦文公于此设畤祭天而得名。畤,祭坛。

⑲"潼关"二句:写潼关失守。哥舒翰率二十万军队镇守潼关,本拟固守,在杨国忠威逼下引师出关,次于灵宝。结果为贼所袭,自相践踏,坠黄河而死者数万,潼关因此不守。卒,同猝,仓猝。

⑳"遂令"二句:言潼关失利后,安史叛军长驱直入,关中百姓死亡近半。

㉑堕胡尘:指至德元载七月由鄜州投奔灵武途中被叛军所俘事。

㉒白胜雪:指面色苍白。

㉓耶:同"爷"。俗称父为爷。

㉔补绽:补缀。

㉕海图:织物上绣出的海景。坼:一作"拆"。天吴、紫凤:两种神兽。据《山海经》记载,朝阳之谷有天吴,丹穴之山有鸾凤。天吴为水神,虎身人面,八首、八足、八尾,背青黄色。二物当是"海图"中所绣。短:一作"裋"。四句写大乱后仓猝无衣之苦。

㉖"老夫"二句:写还家即卧病。情怀恶,心情不好。官场失意、家境艰难所致。呕泄,上吐下泻。

㉗那:同"哪"。

㉘粉黛:化妆用品。

㉙头自栉:自己梳头。

㉚移时:言所用时间之长。朱铅:胭脂与铅粉。

㉛聒:吵闹。

㉜生理:生计。

㉝蒙尘:指皇帝尚避难在外。

㉞休练卒:停止练兵。指平息战乱。

㉟妖氛:指安史之乱。豁:开朗,澄清。

㊱"阴风"六句:写回纥兵入境,助官军讨贼事。《旧唐书·回纥传》载,至德元载九月,回纥遣其太子叶护,率兵四千,助国讨贼。肃宗宴赐甚厚,并命广平王与叶护约为兄弟。

㊲少为贵:以少为贵。杜甫认为不可多用回纥兵。

㊳"圣心"二句:言肃宗对回纥援兵颇寄厚望,百官不敢再提出异议。虚伫,虚心以待之。

㊴"伊洛"六句:言官军即可收复失地。伊、洛,二水名,在今河南境,此代指东都洛阳。西京,长安。不足拔,言可轻取,不在话下。青徐,青州、徐州,今山东、苏北一带。旋瞻,眼看着。恒碣,恒山、碣石山,一在今山西境内,一在河北。所言俱是安史叛军占据之地。

㊵忆昨:忆安史乱初,玄宗仓皇奔蜀事。

㊶奸臣:指杨国忠一流。菹醢(zū hǎi租海):剁成肉酱。当唐玄宗逃难行至马嵬坡时,六军愤激不前,要求罚治奸党,左龙武大将军陈玄礼杀杨国忠,士兵"屠割支体,以枪揭其首于驿门外"。杨国忠之子及虢国夫人、韩国夫人亦同时被杀,杨玉环被赐自缢身亡。荡析:分崩离析。指灭亡。两句写马嵬坡哗变。

㊷夏殷:指夏桀王、殷纣王。褒妲:周幽王宠妃褒姒和殷纣王宠妃妲己。旧史家认为,夏、殷、西周的亡国是夏桀、商纣、周幽王各自宠幸妹喜、妲己、褒姒的结果。这里以褒、妲代指杨贵妃。两句把唐玄宗赐杨贵妃自缢说成是"中自"主动行为,实际史有明载,唐玄宗此举乃为形势所迫。

㊸宣光:周宣王、汉光武帝。他们一中兴西周,一建立东汉,此以比肃宗皇帝。

㊹桓桓:勇武貌。陈将军:陈玄礼。钺:大斧。两句所言陈玄礼事见本篇注㊶。据《旧唐书·杨国忠传》记载,陈玄礼在马嵬坡对军士说:"今天下崩离,万乘震荡,岂不由国忠割剥氓庶,朝野怨咨,以至此耶?若不诛之,何以塞四海之怨愤?"

㊺微尔:若没有你。人尽非:人皆沦为异族奴隶。此句同《论语》"微管仲,吾其被发左衽矣"!

㊻大同殿:宋敏求《长安志》:"勤政楼之北曰大同门,其内大同殿。"白兽闼:即白兽门。《三辅黄图》称,未央宫有白虎殿,因避唐太祖李虎讳,改称白兽殿。两句遥想叛军占领下长安宫阙之萧瑟景象。

㊼翠华:天子之旗。

㊽佳气:吉祥的气象。金阙:指唐宫阙。

㊾园陵:指唐先帝陵寝。数:礼数。两句实际意思是:先帝神灵护佑,唐王朝气数不会就此断绝。

㊿"煌煌"二句:言太宗开创的基业,必将稳固而发达。

[点评]

　　正襟危坐,曲折用笔,妙在有照应与无照应、似穿插而非穿插之间。或以为直是太史公记传笔法,或以为自可作谏章读诵,或以为"当于潦倒淋漓、忽正忽反、若整若乱、时断时续处得其篇法之妙"(明锺惺语)。细细观之,篇中叙事、论议,笔法多所不同。写山树果实"或红如丹砂,或黑如点漆",体物细腻;写家中苦况"海图坼波涛,旧绣移曲折;天吴及紫凤,颠倒在短褐",语调幽默;写小女学母施妆一段,情状毕现,最是可人:"学母无不为,晓妆随手抹。移时施朱铅,狼藉画眉阔。"此或由晋左思《娇女诗》"明朝弄梳台,黛眉类扫迹;浓朱衍丹唇,黄吻澜漫赤"之句生发而出,但确可见出老杜之真性情。然诗中把肃宗打发他探家事写成"顾惭恩私被,诏许归蓬荜";刚为上疏救房琯事险些掉了脑袋,如今却"挥涕恋行在,道途犹恍惚";玄宗赐死杨玉环明明是出于无奈,诗中却说是"不闻夏殷衰,中自诛褒妲";肃宗明明是抢班夺权,乘危自立,却誉之为"周汉获再兴,宣光果明哲"。凡此种种,则无不见出老杜之愚忠,而且是愚不可及。

　　其愚不可及,其忠不可及,其体物之精妙与用笔之老到亦不可及,这便是老杜其人其文。所以说欲识老杜,不得不读《北征》;识得《北征》,方识真老杜也。

洗兵马①

中兴诸将收山东②,捷书夜报清昼同。河广传闻一苇过③,胡危命在破竹中④。只残邺城不日得⑤,独任朔方无限功⑥。京师皆骑汗血马⑦,回纥餧肉葡萄宫⑧。已喜皇威清海岱⑨,常思仙仗过崆峒⑩。三年笛里关山月⑪,万国兵前草木风⑫。成王功大心转小⑬,郭相谋深古来少⑭。司徒清鉴悬明镜⑮,尚书气与秋天杳⑯。二三豪俊为时出,整顿乾坤济时了⑰。东走无复忆鲈鱼⑱,南飞觉有安巢鸟⑲。青春复随冠冕入,紫禁正耐烟花绕⑳。鹤驾通宵凤辇备,鸡鸣问寝龙楼晓㉑。攀龙附凤势莫当,天下尽化为侯王㉒。汝等岂知蒙帝力?时来不得夸身强!关中既留萧丞相㉓,幕下复用张子房㉔。张公一生江海客,身长九尺须眉苍;征起适遇风云会,扶颠始知筹策良㉕。青袍白马更何有㉖?后汉今周喜再昌㉗。寸地尺天皆入贡,奇祥异瑞争来送:不知何国致白环,复道诸山得银瓮㉘。隐士休歌紫芝曲㉙,词人解撰清河颂㉚。田家望望惜雨干㉛,布谷处处催春种。淇上健儿归莫懒㉜:城南思妇愁多梦㉝。安得壮士挽天河,净洗甲兵长不用㉞!

[注释]

①原注:"收京后作。"此诗作于乾元二年(759)二月。时杜甫因房琯事牵连,已

出为华州(今陕西华县)掾。他于去年冬来到收复后的洛阳,此时仍在洛阳小住。这时郭子仪、李光弼、王思礼等九位节度使的数十万兵力,将安庆绪围在邺城(今河南安阳北)。杜甫以为收复邺城、平定叛乱已指日可待,故写下这篇情调昂扬的精心之作。洗兵马,一作"洗兵行"。

②中兴诸将:指平乱有功的郭子仪、李光弼、王思礼等人。山东:华山以东。

③河:黄河。句出《诗经·河广》:"谁谓河广,一苇航之!"言其轻易。

④胡:指安庆绪、史思明。命在破竹:言灭亡在即。《晋书·杜预传》:"今兵威已振,势如破竹。"《旧唐书·肃宗纪》:"至德二载十一月下制曰:朕亲总元戎,扫清群孽。势若摧枯,易同破竹。"

⑤邺城:在今河南安阳北。据《资治通鉴》记载,庆绪败走,子仪等追之至邺。庆绪收余兵拒战于愁思冈,又败,乃入城固守。子仪等围之。

⑥朔方:指朔方节度使郭子仪。自谓胜利的根源在于朝廷对将帅的信任。此诗作后不到一个月,肃宗派内监鱼朝恩为观军客使,致使令出多门,九节度之师大败,郭子仪退守洛阳。

⑦汗血马:胡马。出大宛国,汉时传入中土。

⑧餧:同"喂"。汉元帝尝宴单于于葡萄宫,此借以指肃宗对回纥将士的优待。

⑨海岱:指青州。《尚书·禹贡》:"海岱惟青州。""山东"之地,极于海岱,杜甫以为邺城之役必胜,故有"皇威清海岱"之说。

⑩仙仗:指天子的仪仗。崆峒:山名,在今甘肃平凉。肃宗至灵武及归京时所必经之地。此句有劝讽之意,要肃宗痛定思痛。

⑪三年:指安史作乱的时间。从天宝十四载(755)十一月安禄山起兵,至杜甫作诗之乾元二年(759)二月,计已三年零三个月。关山月:汉乐府横吹曲名。多写将士久戍不归及伤离内容。

⑫万国:喻战乱祸及地域之广。草木风:用苻坚为晋军战败后,登八公山,以为草木皆兵的典事,谓战乱使得人心惶惶。

⑬成王:肃宗之子李俶,即后来的唐代宗。在收复两京时,俶为天下兵马元帅。心转小:北齐刘昼曰:"楚庄王功立而心惧,晋文公战胜而绝忧,非憎荣而恶战,乃功大而心小,居安而念危也。"(《刘子·慎言篇》)

⑭郭相:郭子仪。乾元元年八月为中书令,故称相。

⑮司徒:李光弼。至德二载四月为司徒。

⑯尚书:王思礼。高丽人,时为兵部尚书。

⑰济时了:渡过了难关。

⑱"东走"句:翻用晋人张翰典事。据《世说新语》记载,张翰见秋风起,乃思吴中莼羹鲈脍,遂命驾东归。诗句谓可以安心为官,不必思乡。

⑲"南飞"句:翻用曹操《短歌行》"月明星稀,乌鹊南飞。绕树三匝,何枝可依"句意,言逃难百姓可以回家安居了。

⑳"青春"二句:言朝廷又恢复了活力与生机。

㉑鹤驾:太子之驾。因太子晋乘白鹤仙去,故以鹤驾称太子。凤辇:天子之辇。鸡鸣问寝:宫中礼制。龙楼:指玄宗居处。两句写重振朝仪。

㉒"攀龙"二句:写朝廷封爵太滥。

㉓萧丞相:萧何,刘邦为汉王时用何为相,楚汉争战之际为刘邦留守关中,供给粮草,为建汉之第一功臣。此或以比房琯。琯自蜀奉传国宝及玉册至灵武传位,并留相肃宗。

㉔张子房:张良。刘邦谋士,佐刘邦得天下,功封留侯。此以比继房琯为相的张镐。时镐罢相为荆州大都督府长史兼本州防御使。

㉕"张公"四句:写张镐。

㉖青袍白马:侯景事。南朝梁武帝时,有童谣曰"青丝白马寿阳来",后侯景果骑白马攻破建康,士兵皆青衣。景寻为陈将击败,逃亡时被部下杀死。此以比安庆绪、史思明。更何有:不在话下。

㉗后汉今周:以后汉开国和周朝中兴比况唐王朝时下的局势。参《北征》注㊸。

㉘"寸地"四句:言地方官员见局势好转,纷呈祥瑞之物,以为攀附。致白环,《竹书纪年》载,帝舜九年,西王母来朝,献白环玉玦。得银瓮,《瑞应图》称,王者宴不及醉,刑罚中则银瓮出焉。

㉙紫芝曲:秦末"四皓"隐居商山,作《紫芝歌》。句言隐士不必再隐居。

㉚清河颂:一作"河清颂"。"清河"与上句之"紫芝"假借成对。旧说黄河千年一清,故以河清为瑞。南朝宋文帝元嘉中,河济俱清,鲍照作《河清颂》。杜甫作诗之年,岚州合关河、黄河三十里清如冰,时以为平乱吉兆。

㉛惜雨干:苦旱。

㉜淇上健儿:指攻邺士兵。淇,水名,近邺城。

㉝城南:长安城南。"淇上健儿"的家乡。

㉞洗甲兵：据刘向《说苑》载，武王伐纣而天雨，或以为凶兆，武王曰："非也，天洗兵也。"

[点评]

辞旨宏放，音韵流转，有石钟山窾坎镗鞳之声也。老杜以为，邺城一战，可以定乾坤，故以"洗兵"之词为祝，取武王伐纣之吉也。武王伐纣遇雨，武王称之为"天洗兵"（或作"洒兵"），此自然是洗兵利战之意；武王马到功成，战无不胜，正应"洗兵"之说。故"洗兵"又有一战而捷，一战而罢意，此正老杜之所取。然自"安得壮士挽天河，净洗甲兵长不用"诗语一出，"洗兵"竟成了罢战息兵的代用语。老杜之纵横老笔，确有令人啧啧称奇处。

潼关吏①

士卒何草草②，筑城潼关道。大城铁不如，小城万丈余。借问潼关吏，——修关还备胡！要我下马行③，为我指山隅："连云列战格④，飞鸟不能逾。胡来但自守，岂复忧西都⑤！丈人视要处，窄狭容单车。艰难奋长戟，万古用一夫⑥。"哀哉桃林战，百万化为鱼⑦。请嘱防关将："慎勿学哥舒！"

[注释]

①此诗作于乾元二年（759）三月邺城大败之后。时诸节度使联军"各溃归本镇"，郭子仪率朔方军断河阳桥退守洛阳。杜甫则由洛阳返回华州任所。一路所闻所见，促使他写出了极具纪实风格的六首名篇，史称"三吏""三别"。这便

是《新安吏》《潼关吏》《石壕吏》,《新婚别》《垂老别》《无家别》。本书各选其一。潼关,在今陕西潼关县东南,为长安门户。"三吏"均为问答体,本篇为诗人与督役潼关吏的问答。

②草草:劳苦貌。

③要:同"邀"。

④战格:战栅,以御敌。

⑤西都:指长安。

⑥"艰难"二句:用晋张载《剑阁铭》句意:"一夫荷戟,万夫趦趄。"

⑦桃林:桃林塞,自灵宝以西至潼关一带地方。化为鱼:指哥舒翰失守潼关事。见《北征》注⑲。

[点评]

以问答体纪事,信实可征,当补正史所不载也。末言"慎勿学哥舒"者,正如王嗣奭《杜臆》所说:"潼关之败,由杨国忠促战所致,罪不在哥舒,当时只少一死耳。公特借翰以戒后人,非专归狱于哥舒也。"

无家别①

寂寞天宝后②,园庐但蒿藜!我里百余家,世乱各东西。存者无消息,死者为尘泥。贱子因阵败③,归来寻旧蹊。久行见空巷,日瘦气惨凄④。但对狐与狸,竖毛怒我啼!四邻何所有?一二老寡妻。宿鸟恋本枝,安辞且穷栖。方春独荷锄,日暮还灌畦。县吏知我至,召令习鼓鞞⑤。虽从本州役,内顾无所携。近行止一身,远去终转迷⑥。家乡既荡尽，远近理亦齐！永痛长病母，五年委沟溪⑦。生我不得力，终身两酸嘶⑧。人生无家别，何以为蒸黎⑨？

[注释]

①本篇写作背景同《潼关吏》，详该篇注①。
②天宝后：指安史乱后。安史之乱起于天宝十四载(755)，嗣后改元至德。
③贱子：诗中主人公自谓。败阵：指邺城溃败。见《洗兵马》《潼关吏》注①。
④日瘦：谓太阳无光。
⑤习鼓鞞：从事军事活动。
⑥终转迷：指客死他乡。
⑦五年：从安史乱起至作诗之年恰是五年。两句实谓老母死于战乱。
⑧两酸嘶：言生者死者俱心酸号哭。
⑨蒸黎：百姓。两句言自己已落入非人的境地。

[点评]

  诗中主人公乡里，总共百余户人家，五年战乱，竟涤荡殆尽。诗中主人公则落到无家可归、亦无家可别的地步。家，久已空巷，惟有狐狸与之相对，读之令人顿有风诗《东山》之想。尽管《东山》篇还乡士兵念中的家是"果裸之实，亦施于宇。伊威在室，蟏蛸在户。町疃鹿场，熠燿宵行"，但家中毕竟还有妻子"洒扫穹窒"以相待；而杜甫笔下的还乡士兵非但孑然一身，且老母竟在他出征之年死于沟溪！《东山》中人将和分别三年的妻子团聚，此无家之人却要在服役五年、还家未久之际再度应征。无家可归已是悲哀，无家可别则更是惨凄，此正杜公老笔之独到处也。明代王嗣奭评曰："非亲见不能作，他人虽亲见亦不能作。公以事至东都，目击成诗，若有神使之，遂下千秋之泪。"此语确是的评。

岁　暮①

岁暮远为客,边隅还用兵。

烟尘犯雪岭②,鼓角动江城③。

天地日流血,朝廷谁请缨④?

济时敢爱死?寂寞壮心惊!

[注释]

①此诗作于广德元年(763)岁末。这年十二月,吐蕃陷松、维、保三州,时杜甫正为避成都徐知道叛乱而流寓梓州(今四川三台)。

②雪岭:雪栏山,俗称宝鼎山。在松州境,即今四川松潘县东三十里。山上设有关隘,终年积雪。

③江城:指梓州,州滨涪江。

④请缨:汉终军典事。终军使南越时说:"愿受长缨,必羁南越王而致之阙下。"(见《汉书·终军传》)句谓朝廷没有挺身而出的人。

[点评]

　　杜甫作此诗时五十一岁。流离困顿,衣食难以为继,然仍是不肯忘君。"济时"二句,最可见出心志。仇兆鳌评曰:"此诗忧乱而作也。上四岁暮之景,下四岁暮之情。烟尘鼓角,蒙上用兵。当此流血不已,请缨无人,安忍惜死不救哉。故虽寂寞之中,而壮心忽觉惊起,可见公济时之念,至老犹存也。"

登 楼①

花近高楼伤客心:万方多难此登临②!

锦江春色来天地③,玉垒浮云变古今④。

北极朝廷终不改⑤,西山寇盗莫相侵⑥!

可怜后主还祠庙⑦,日暮聊为梁甫吟⑧。

[注释]

①此诗作于广德二年(764)春。此年正月,杜甫携家由梓州赴阆川,准备出峡。二月,闻严武再任成都尹兼剑南节度使,于是决定重返成都。此诗即初回成都时作。

②万方多难:言时局不稳。广德元年十月,吐蕃入长安,立广武王为帝,改元,置百官,留十五日而退。代宗逃至陕州,十二月始还朝复位。此时吐蕃又陷松、维、保三州及云山新筑二城,西川节度使高适不能救,于是剑南西山诸州亦入吐蕃。(见《资治通鉴》)

③锦江:在成都南。自郫县西分岷江东流至成都城南合郫江,折西南入彭山县界。以濯锦色鲜而得名。

④玉垒:玉垒山。在今四川理县东南新保关。奇石千尺,屹立城表,地处蜀中通吐蕃要道。

⑤北极朝廷:指唐王朝。北极,北极星,喻皇室。终不改:指代宗还朝复位,吐蕃所立广武王承宏逃匿草野,社稷光复。

⑥西山:指岷山山脉。西山寇盗,指吐蕃。

⑦后主:指蜀汉后主刘禅,亡国之君。此或有讽代宗一度失国意。祠庙:后主祠

在成都锦官门外先主祠之东,西为诸葛武侯祠。句中"祠庙"名词作动词,意谓后主亡国之君不该享受祭祀。

⑧梁甫吟:汉乐府歌曲名,属挽歌一类。诸葛亮早年躬耕隆中时常好吟之。

[点评]

　　此是杜集中名篇。气象雄浑而纡徐有力。"锦江"一联承"花近高楼"而来,"北极"一联承"万方多难"而来,末借望中之二主庙、武侯祠,叹国事之悲哀与自身之寂寞,结构谨严而言外有意。"万方多难"之际,诗人只能如躬耕陇亩的诸葛武侯那样,在歌吟中抒发壮志与悲情,岂不哀哉! 明代王嗣奭《杜臆》最得老杜胸臆:"首联写登临所见,意极愤懑而词犹未露,此诗家急来缓受之法。'锦江''玉垒'二句,俯视弘阔,气笼宇宙,人竞赏之,而佳不在是,止作过脉语耳。北极朝廷,如锦江春色,万古常新;而西山寇盗,如玉垒浮云,倏起倏灭。结语忽入后主,深思多难之故,无从发泄,而借后主以泄之。又及《梁甫吟》,伤当国无诸葛也,而自伤不用亦在其中。不然,登楼对花,何反作伤心之叹哉!"

白　帝①

白帝城中云出门,白帝城下雨翻盆。

高江急峡雷霆斗②,古木苍藤日月昏。

戎马不如归马逸,千家今有百家存。

哀哀寡妇诛求尽,恸哭秋原何处村?

[注释]

①此诗作于大历元年(766)秋。时杜甫因严武病故,无法在成都草堂继续维持

生计而准备离蜀。只因"关塞阻"而"转作潇湘游",故顺江而下,流落到夔州(今四川奉节)。白帝,即白帝城。近夔州府治,在今四川奉节县东白帝山上,为东汉末公孙述所筑。

②高江急峡:白帝城为长江三峡之起端,山形险峻,水流湍急。雷霆斗:水浪相搏,声若雷霆。

[点评]

　　安史刚平,吐蕃又起。举目四望,竟无以家为。"恸哭秋原何处村",正诗人茫然四顾之态。首四句一气滚出,于律体中逞歌行气势,于景语中寓时代战乱,确是老杜特色。

宿江边阁①

　　　　　　暝色延山径,高斋次水门。

　　　　　　薄云岩际宿,孤月浪中翻。

　　　　　　鹳鹤追飞静,豺狼得食喧。

　　　　　　不眠忧战伐,无力正乾坤!

[注释]

①此是大历元年(766)在夔州作。余详《白帝》注①。江边阁,杜甫所居之西阁,临白帝城之西。

[点评]

　　开篇关合一"宿"字,结尾收以"不眠"。"薄云""孤月",不眠之所见;"鹳鹤""豺狼",不眠之所闻。所以"不眠"者,为"无力正乾坤"也。诗人之情愫,由此见之。全篇悉用对句,古朴而苍凉。

秋兴八首①

玉露凋伤枫树林,巫山巫峡气萧森②。

江间波浪兼天涌,塞上风云接地阴。

丛菊两开他日泪,孤舟一系故园心。

寒衣处处催刀尺,白帝城高急暮砧③。

夔府孤城落日斜④,每依北斗望京华⑤。

听猿实下三声泪⑥,奉使虚随八月槎⑦。

画省香炉违伏枕⑧,山楼粉堞隐悲笳⑨。

请看石上藤萝月,已映洲前芦荻花。

千家山郭静朝晖,日日江楼坐翠微⑩。

信宿渔人还泛泛⑪,清秋燕子故飞飞。

匡衡抗疏功名薄⑫,刘向传经心事违⑬。

同学少年多不贱,五陵衣马自轻肥⑭。

闻道长安似弈棋⑮,百年世事不胜悲。

王侯第宅皆新主,文武衣冠异昔时。

直北关山金鼓振⑯,征西车马羽书驰⑰。

鱼龙寂寞秋江冷,故国平居有所思⑱。

蓬莱宫阙对南山⑲,承露金茎霄汉间⑳。

西望瑶池降王母㉑,东来紫气满函关㉒。

云移雉尾开宫扇㉓,日绕龙鳞识圣颜㉔。

一卧沧江惊岁晚㉕,几回青琐点朝班㉖。

瞿塘峡口曲江头㉗,万里风烟接素秋㉘。

花萼夹城通御气㉙,芙蓉小苑入边愁㉚。

珠帘绣柱围黄鹄㉛,锦缆牙樯起白鸥㉜。

回首可怜歌舞地,秦中自古帝王州㉝。

昆明池水汉时功㉞,武帝旌旗在眼中㉟。

织女机丝虚夜月㊱,石鲸鳞甲动秋风㊲。

波漂菰米沉云黑㊳,露冷莲房坠粉红㊴。

关塞极天惟鸟道㊵,江湖满地一渔翁㊶。

昆吾御宿自逶迤㊷,紫阁峰阴入渼陂㊸。

香稻啄馀鹦鹉粒,碧梧栖老凤凰枝。

佳人拾翠春相问④，仙侣同舟晚更移④。

彩笔昔曾干气象④，白头吟望苦低垂④。

[注释]

①诗为大历元年(766)秋在夔州作。余详《白帝》注①。秋兴，因秋而感兴。

②巫山巫峡：居长江三峡之中位，西接瞿塘峡，东接西陵峡。夔州为长江三峡西端起点，这里杜甫以巫山巫峡代指三峡山水。萧森：萧瑟阴森。

③白帝城：详《白帝》注①。暮砧：日暮捣衣的砧声。

④夔府：夔州府，治所在今四川奉节。

⑤北斗：北斗星，代指唐朝廷。京华：京城，指长安。

⑥"听猿"句：由郦道元《水经注》所引渔歌化出："巴东三峡巫峡长，猿鸣三声泪沾裳。"三峡旧时多猿，啼声凄厉。

⑦"奉使"句：用张骞故事。据《荆楚岁时记》称，张骞奉命出使西域，为寻河源，乘槎经月，直至天河。又据晋张华《博物志》载，有人近海而居，每年八月有浮槎去来不失期，因乘槎而去，达一城郭，问此是何处，答曰："访严君平则知之。"因还至蜀，问君平。君平告曰："某年某月，有客星犯牛宿。"计其年月，正此人到天河时。此或兼用二典，以"八月槎"之严君平在蜀，比况严武在蜀；以张骞出使事比况严武为节度使而诗人自己又曾入幕为参谋。

⑧画省：指尚书省。画省香炉，《汉官仪》："尚书省中，皆以胡粉涂壁，青紫界之，画古贤人烈女。尚书郎更直，给女侍史二人，执香炉烧熏，从入台中，护衣服。"伏枕：卧病。违伏枕，言因卧病而不能回尚书省。此是杜甫能为尊者讳处，他未能还朝是因为肃宗的贬斥和代宗的疏远，与病无干。

⑨山楼：指白帝城楼。粉堞：城上白色雉堞。悲笳：军中乐声，暗示战乱。

⑩翠微：青绿的山色。

⑪信宿：连宿两夜。《左传·庄公三年》："凡师一宿为舍，再宿为信，过信为次。"此指渔人夜夜捕鱼。

⑫匡衡抗疏：汉元帝时，匡衡数次上疏议论时事，官拜光禄大夫、太子少傅。《汉书》有传。此以匡衡自比，言因上疏遭贬。

⑬刘向传经：汉宣帝时，刘向受命传授《穀梁传》，在石渠阁讲"五经"。成帝时又

典校内府"五经"。《汉书》有传。心事违:言自己欲效刘向传经而不能。

⑭五陵:指长安北郊五座汉代帝王陵墓,即长陵、安陵、阳陵、茂陵、平陵。汉唐时为豪门贵族所居之地。轻肥:即轻裘肥马。典出《论语·雍也》:"赤之适于齐也,乘肥马,衣轻裘。"

⑮长安似弈棋:指朝廷政局的争夺得失如同弈棋。

⑯"直北"句:言战事。时西北之吐蕃、回纥屡屡寇边侵扰,对长安帝都形成很大威胁。直北,正北,指长安。金鼓,金钲战鼓。

⑰羽书:羽檄,紧急文书。插羽以示快递、速达。

⑱"鱼龙"二句:述厌羁旅、思故国之意。鱼龙寂寞,旧说龙秋分而降,蛰寝于渊。此以"鱼龙寂寞"状秋景,亦兼谓自己之避地隐居。故国:故乡,指长安家园。平居,平时居处。

⑲蓬莱宫阙:蓬莱宫,即大明宫。南山:终南山。主峰在长安之南。《唐会要》:"龙朔二年,修旧大明宫,改名蓬莱宫,北据高原,南望终南如指掌。"

⑳承露金茎:指汉建章宫之金茎承露盘。

㉑瑶池降王母:神话传说,西王母居昆仑山之瑶池。

㉒紫气满函关:《列仙传》云:"老子西游,关令尹喜望见紫气浮关,而老子果乘青牛而过。"函关,即函谷关。

㉓雉尾开宫扇:雉鸡尾羽所制宫扇,为宫中仪仗。

㉔龙鳞:指帝王所穿龙袍,绣有龙纹。圣颜:皇帝的容颜。

㉕沧江:指长江。岁晚:岁暮,亦指自己年近老境。

㉖青琐:青琐闼,指宫门。以门上饰有青色连环图案,故称。点朝班:上朝点名,依次入班。句谓自己暌违朝廷生涯已经很久了。

㉗瞿塘峡:即夔峡,长江三峡之第一峡。曲江:在长安城东南。详《哀江头》注③。

㉘素秋:即秋天。秋属西,白帝主之,故以"素"称之。

㉙花萼:即花萼相辉楼。在长安南内兴庆宫。夹城:两旁筑有高墙的通道。亦称夹道。唐时宫中南内有夹道通东内大明宫及曲江芙蓉园。

㉚芙蓉小苑:即芙蓉园。详《哀江头》注③、注④。边愁:指边将安禄山叛乱陷长安。

㉛黄鹄:天鹅。《西京杂记》:"昭帝始元元年,黄鹄下建章太液池中,帝作歌。"

㉜锦缆牙樯:指华丽的游船。起白鸥:言游船惊起鸥鸟。

㉝秦中:关中。自周秦至汉唐,皆以秦中为京畿之地。

㉞昆明池:在长安西南,方圆四十里。汉武帝元狩三年所凿,以操练水军。

㉟武帝:指汉武帝刘彻。旌旗:指汉武帝水军战船上的旗帜。

㊱织女机丝:指昆明池畔织女、牛郎二石雕。班固《西都赋》:"集乎豫章之馆,临乎昆明之池,左牵牛而右织女,若云汉之无涯。"

㊲石鲸:石刻鲸鱼。《西京杂记》:"昆明池刻玉石为鲸鱼,每至雷雨常鸣吼,鳍尾皆动。"

㊳菰(gū 姑):即茭白,水生植物,可作蔬食。果实称菰米,亦可食。

㊴莲房:莲蓬。

㊵鸟道:喻高峻险要的山路,言惟飞鸟可过。此指夔州道路。李白《蜀道难》:"西通太白有鸟道,可以横绝峨眉巅。"

㊶江湖满地:谓随处漂泊。渔翁:杜甫自指。

㊷昆吾御宿:《汉书·扬雄传》:"武帝广开上林,东南至宜春鼎湖,昆吾御宿。"晋灼曰:"昆吾,地名也,有亭。"颜师古曰:"御宿,在樊川西。"据《长安志》载,昆吾亭在蓝田县境,御宿川在万年县西南四十里。由长安往游渼陂,必经此二地。

㊸紫阁峰:终南山北峰。渼陂:据《长安志》载,陂在鄠县(今陕西户县)西五里,出终南山诸谷,合胡公泉为陂。以水味美,故配水以为名,元以后干涸。终南山倒影,可映入渼陂水中。杜甫《渼陂行》:"半陂以南纯浸山,动影袅窕冲融间。"可与此句互为注脚。

㊹拾翠:曹植《洛神赋》:"或采明珠,或拾翠羽。"

㊺仙侣同舟:《后汉书·郭太传》:"太与李膺同舟而济,众宾望之,以为神仙焉。"此追忆与岑参兄弟同舟游渼陂事。《渼陂行》曰:"岑参兄弟皆好奇,携我远来游渼陂。"

㊻彩笔:五色笔,喻文才。梁江淹梦郭璞向他索五色笔,之后诗无美句,人谓才尽。干气象:指诗人早年献三大礼赋,得到玄宗赏识。

㊼低垂:忧伤貌。

[点评]

　　此"秋兴"者,因秋而遣兴也。触夔州秋景,兴故国之思,身居巫峡,心望帝京。八首为组律,首尾相衔,一气贯注,富丽雄浑,沉着痛快。追忆京华盛日,则色彩缤纷;感叹西南漂泊,则情调低沉。总而观之,其气象如云蒸霞蔚,其思绪如天风海涛。各章由眼前景而思往日事:一忆长安故园,二怀京华奉使,三念匡衡抗疏,四忧京都战乱,五思朝圣恩荣,六叹胡尘犯阙,七记汉唐之盛,八想文才气象。每章皆怀昔伤今,感情起伏跌宕,波澜壮阔,故成为千古传诵的名篇。明郝经评曰:"力扛九鼎,勇夺三军,真大方家如椽之笔。王元美谓其藻绣太过,肌肤太肥,造语牵率而情不接,结响奏合而意未调,如此诸篇,往往有之。由其材大而气厚,格高而声弘,如万石之钟,不能为喁喁细响;河流万里,那得不千里一曲?子美之于诗,兼综条贯,非单丝独竹,一戛一击,可以论宫商者也。"

阁　夜[1]

岁暮阴阳催短景[2],天涯霜雪霁寒宵[3]。

五更鼓角声悲壮,三峡星河影动摇[4]。

野哭千家闻战伐[5],夷歌几处起渔樵[6]。

卧龙跃马终黄土[7],人事音书漫寂寥[8]。

[注释]

①此大历元年(766)冬在夔州作。阁夜,西阁之夜。

②阴阳:日月。景:日光。冬季昼短,故曰"短景"。

③霁:指霜雪停止。

④"五更"二句:写阁夜不眠之所闻所见。

⑤"野哭"句:写蜀中兵乱。此前一年,即765年,兵马使崔旴攻袭成都尹郭英乂,

邛州牙将柏茂琳、泸州牙将杨子琳、剑南牙将李昌夔起兵讨盱,兵乱连年未息。

⑥夷歌:西夷之歌。夔州有少数民族居住,故称其歌为"夷歌"。起渔樵:指夷歌起于渔猎、樵采的日常劳动。此句是庆幸蜀中兵乱未曾殃及夔州。

⑦卧龙:指诸葛亮。跃马:指公孙述。曾于西汉末年在蜀地称帝。晋左思《蜀都赋》有"公孙跃马而称帝"之说。句谓千古贤愚,同归于尽。种种往事,俱成烟尘。夔州有诸葛、公孙祠庙,故以为咏。

⑧"人事"句:承上句而出。往事如烟,今日之人事际遇和亲友音书也就随其寂寥无闻吧。

[点评]

此阁夜伤乱之作也。上四,阁夜景象;下四,阁夜情事。"五更"一联,雄浑壮阔,最为后世所推崇。"三峡星河影动摇",虽宵霁之景,却暗含典事。《史记·天官书》注曰:"左旗九星,在河鼓左,右旗九星,在河鼓右,动摇则兵起。"又《汉书·天文志》曰:"元光中,天星尽摇,上以问候星者。对曰:'星摇者,民劳也。'后伐四夷,百姓劳于兵革。""影动摇"者,正与兵乱关合。用事之不着痕迹,令人叹为观止。故明胡应麟评曰:"气象雄盖宇宙,法律细入毫芒,自是千秋鼻祖。"

昼 梦①

二月饶睡昏昏然②,不独夜短昼分眠。

桃花气暖眼自醉,春渚日落梦相牵。

故乡门巷荆棘底,中原君臣豺虎边③。

安得务农息战斗，普天无吏横索钱！

[注释]

①此是大历二年(767)二月在夔州作。
②饶睡：多瞌睡。
③"故乡"二句：述梦中相牵之事。安史乱后，洛阳数百里内化为丘墟，故曰"荆棘底"；吐蕃入侵，藩镇跋扈，故曰"豺虎边"。

[点评]

"昼梦"者，白日梦也。诗人将希望天下太平、百姓安居的心愿冠以"昼梦"之题，全篇顿生讽意。二月为农耕之月，"安得务农息战斗，普天无吏横索钱"，正见老杜悲悯之心也。

岁晏行①

岁云暮矣多北风②，潇湘洞庭白雪中。渔父天寒网罟冻，莫徭射雁鸣桑弓③。去年米贵缺军食④，今年米贱大伤农。高马达官厌酒肉，此辈杼柚茅茨空⑤。楚人重鱼不重鸟，汝休枉杀南飞鸿⑥。况闻处处鬻男女，割慈忍爱还租庸⑦。往日用钱捉私铸，今许铅铁和青铜⑧。刻泥为之最易得⑨，好恶不合长相蒙⑩！万国城头吹画角⑪，此曲哀怨何时终？

[注释]

①此诗当是大历三年(768)冬次岳州(今湖南岳阳)时作。岁晏,岁暮。行,见《兵车行》注①。

②"岁云暮"句:由《古诗十九首》生发。其十六首曰:"凛凛岁云暮,蝼蛄夕鸣悲。凉风率已厉,游子寒无衣。"

③莫徭:南方少数民族名。《隋书·地理志》:"长沙郡又杂有夷蜑,名曰莫徭。自云其先祖有功,常免徭役,故以为名。"其族善射。桑弓:桑木制做之弓。

④"去年"句:据《旧唐书》载,大历二年十月,尝减京官职田三分之一充军粮。

⑤杼柚:织布机部件。《诗经·大东》:"小东大东,杼柚其空。"茅茨:指茅屋。句言百姓被剥夺殆尽,织机与茅屋俱空。

⑥"楚人"二句:劝莫徭不要"射雁鸣桑弓"。因楚人并不嗜鸟,射到也卖不出去。重鱼不重鸟,《风俗通》:"吴楚之人嗜鱼盐,不重禽兽之肉。"

⑦"况闻"二句:承上二句而出,言百姓已到了卖儿鬻女以偿租庸的地步,更无钱去买鸟食用。鬻(yù 玉),出卖。租庸,唐时赋税。凡授田者,每丁岁纳粟二石或稻三斛谓之租,每丁岁役二十日,有闰月加二日,不能应役,纳绫绢绝每日三尺,谓之庸。这里代指各种盘剥杂税。

⑧"往日"二句:叹币制崩坏,私钱滥行。唐制:"盗铸者身死,家口配没。"(《旧唐书·食货志》)然天宝数载之后,富商奸人渐收好钱,潜往江淮之南,每钱货得恶者五文,假托官钱。

⑨刻泥为之:愤激之语。言刻泥为钱,较在青铜中掺杂铅铁更为容易。

⑩蒙:欺蒙,蒙骗。

⑪吹画角:言兵戈未息。

[点评]

　　此诗距杜甫辞世不足两年,可知诗人忧国忧民之心至死未泯也。恰如宋代名相李纲在《杜子美》一诗中所评述的:"杜陵老布衣,饥走半天下。作诗千万篇,一一干教化。是时唐室卑,四海事戎马。爱君忧国心,愤发几悲咤。孤忠无与施,但以佳句写。风骚列屈宋,丽则凌鲍谢。笔端笼万物,天地入陶冶。岂徒号诗史,诚足继风雅。呜呼诗人师,万世谁为亚?"

书怀遣兴

永夜角声悲自语

夜宴左氏庄①

风林纤月落②,衣露静琴张③。

暗水流花径,春星带草堂④。

检书烧烛短⑤,看剑引杯长⑥。

诗罢闻吴咏,扁舟意不忘⑦。

[注释]

①此诗大约是杜甫三十岁居河南时所作。此时诗人结束了吴越、东鲁之游,在洛阳东首阳山下建起陆浑庄。左氏庄当与陆浑庄邻近。

②纤月:细而弯的新月。

③衣露:露湿衣裳。静琴张:言夜深人静,弹奏雅琴。

④"暗水"二句:上句写听觉,下句写视觉。一"带"字反映出星星初现的景象。

⑤检书:翻阅书籍。烧烛短:意在写"检书"时间之长。

⑥"看剑"句:言把酒看剑。李白、杜甫等唐代诗人都写到剑,看来唐代文人也是佩剑的。

⑦吴咏:吴歌。吴地的歌曲。两句谓闻吴歌而忆起东游吴越的情景。

[点评]

诗写夜宴情景。虽尚未形成自己的艺术风格。但描绘细腻而不见痕迹,是风韵佳妙的成功之作。中间两联是历来称道的佳句。"饮杯看剑"之举在诗中已成为一种意象,象征着昂扬向上的精神和政治抱负。

奉赠韦左丞丈二十二韵[①]

　　纨袴不饿死,儒冠多误身[②]。丈人试静听[③],贱子请具陈[④]:甫昔少年日,早充观国宾[⑤]。读书破万卷,下笔如有神。赋料扬雄敌,诗看子建亲[⑥]。李邕求识面[⑦],王翰愿卜邻[⑧]。自谓颇挺出[⑨],立登要路津[⑩]。致君尧舜上,再使风俗淳[⑪]。此意竟萧条,行歌非隐沦[⑫]。骑驴三十载[⑬],旅食京华春[⑭]。朝扣富儿门,暮随肥马尘。残杯与冷炙,到处潜悲辛。主上顷见征[⑮],欻然欲求伸[⑯]。青冥却垂翅,蹭蹬无纵鳞[⑰]。甚愧丈人厚,甚知丈人真。每于百僚上,猥诵佳句新[⑱]。窃效贡公喜[⑲],难甘原宪贫[⑳]。焉能心怏怏[㉑],只是走踆踆[㉒]?今欲东入海,即将西去秦[㉓]。尚怜终南山,回首清渭滨[㉔]。常拟报一饭[㉕],况怀辞大臣[㉖]。白鸥没浩荡,万里谁能驯[㉗]?

[注释]

①此诗作于天宝七载(748)长安应试下第之后。天宝六载,唐玄宗下诏天下凡有一技之长者皆可入京应试,但主持考试的奸相李林甫对布衣一个不取,并上表称贺"野无遗贤"。杜甫、元结等布衣皆在这次考试中落第。韦左丞,韦济,他于748年由河南尹入朝任尚书左丞,对杜甫的诗很称赏。杜甫向他奉赠此诗,感谢知遇之恩,并陈述自己的才能抱负及困顿处境,流露出对仕途经济的依违之情。
②纨袴:指一无所长的富家子弟。纨,丝织细绢。袴,同裤。此以服饰代人。两

句为愤激语,写世道之黑暗不公。

③丈人:对韦左丞的尊称。

④贱子:杜甫自指。

⑤观国宾:王者之宾客。《周易·观》:"观国之光,尚宾也。"杜甫二十四岁时曾在东都洛阳参加进士考试,故有此自谓。

⑥"赋料"二句:自诩文才。扬雄,西汉辞赋大家。敌,匹敌。杜甫三年后以"三大礼赋"博得玄宗赏识,故知赋敌扬雄之说不虚。子建,三国时大诗人曹植。谢灵运曾有"天下才共一石,子建独得八斗"之说。

⑦李邕求识面:《新唐书·杜甫传》:"甫少贫,不自振。李邕奇其材,先往见之。"

⑧王翰:当时的著名诗人,杜甫的前辈。卜邻:择以为邻。

⑨挺出:突出,出类拔萃。

⑩要路津:指居于要职。语出《古诗十九首》:"何不策高足,先据要路津。"

⑪"至君"二句:自言抱负,要成为伊尹那样的贤相。《孟子》:"伊尹使是君为尧舜之君。"晋应璩《与弟书》:"伊尹辍耕,郅恽牧羊,思致君于唐虞,济斯民于涂炭。"

⑫萧条:言壮志不遂。行歌:行歌于路,此为隐士之举。隐沦:隐士之流。两句言自己因壮志未酬而行歌于市,并非隐遁者流。

⑬三十载:当是"十三载"之误。杜甫自开元二十三年赴京兆之贡,至天宝六载长安应试,计为十三载。

⑭旅食:于羁旅中求食。

⑮"主上"句:指天宝六载唐玄宗下诏征贤事。

⑯欻(xū 虚)然:忽然。

⑰青冥:青天。蹭蹬:海水近陆处水势渐次削弱貌。两句以鸟、鱼失势比况自己"求伸"未果。

⑱猥(wěi 委)诵:犹言"谬诵"。猥,自谦之词,如今之所言"有辱""谬承""错蒙"等。

⑲贡公喜:典出《汉书·王吉传》。王吉与贡禹友善,王吉贵显,贡禹喜而弹冠。此以王吉比韦济,以贡禹自况,有期待援引之意。

⑳原宪:孔子学生。所居蓬枢瓮牖,正冠则缨绝,振襟则肘见,然安贫而不改其乐。后以为贫士的代表。

㉑怏怏:不服气,愤愤不平貌。

㉒踜踜:且进且退貌。

㉓"今欲"二句:言打算离开长安,或东下,或西上。去,离开。秦,代指长安。

㉔"尚怜"二句:言于长安欲去而又不忍,尚有所眷顾。终南山、清渭滨,皆为长安代指,以其地理相近。

㉕报一饭:汉代成语。《史记·范雎蔡泽列传》:"一饭之恩必偿。"

㉖大臣:指韦济。

㉗"白鸥"二句:以白鸥自拟,表示不为环境所屈服。

[点评]

　　杜甫人在盛年而仕途蹭蹬,故投诗韦左丞,以求援引。诗中自矜自重、自怨自艾、自悲自怜之情缱绻道来,颇达款曲。其"致君尧舜"之理想,"欻然求伸"之热望俱勃勃"挺出",故直言"行歌非隐沦""难甘原宪贫",汲汲于功名之态,虽难令人嘉许,然篇中命意曲折,布置严谨,下笔有神,却颇为可观。而"纨袴不饿死,儒冠多误身""读书破万卷,下笔如有神"等,更是千古传诵的名句。前人多从诗之雄俊处着眼,元董养性曰:"篇中皆陈情告诉之语,而无干望请谒之私,词气磊落,傲睨宇宙,可见公虽困顿之中,英锋俊采,未尝少挫也。"此说亦不谬。

乐游园歌①

　　乐游古园崒森爽②,烟绵碧草萋萋长。公子华筵势最高③,秦川对酒平如掌④。长生木瓢示真率⑤,更调鞍马狂欢赏。青春波浪芙蓉园,白日雷霆夹城仗⑥。阊阖晴开㳸荡荡⑦,曲江翠幕排银榜⑧。

拂水低徊舞袖翻,缘云清切歌声上。却忆年年人醉时,只今未醉已先悲。数茎白发那抛得⑨?百罚深杯亦不辞⑩!圣朝已知贱士丑,一物自荷皇天慈⑪。此身饮罢无归处,独立苍茫自咏诗。

[注释]

①此诗当作于天宝十载(751)。《文苑英华》版此诗题下有自注曰"晦日贺兰扬长史筵醉歌"。晦日即正月晦日,也就是正月三十日,唐时以为节庆,有在水边湔裳、饮酒的习俗。乐游园,即乐游原,汉宣帝所建,在长安东南郊。其地四望宽敞,唐时为游赏胜地。节日里幄幕云布,车马填塞,馨香满路。朝士诗人赋诗,翌日传于京城。

②崒:高貌。森爽:森疏而爽豁。

③公子:指杨长史。

④"秦川"句:据《长安志》称:乐游原居京城之最高,四望宽敞,京城之内,俯视如掌。

⑤长生木瓢:以长生木制成的酒瓢。晋人嵇含有《长生木赋》。

⑥青春:即春。芙蓉园:在乐游原西南,参《哀江头》注③、注④。玄宗开元二十年曾自大明宫筑夹城通芙蓉园和曲江。白日雷霆:指玄宗出游的车声。仗:仪仗。两句写于乐游园华筵遥瞰芙蓉园情况。

⑦阊阖:天门。此代指皇家宫殿门。诛(dié 迭)荡荡:阔大之意。句由汉乐府《天门歌》化出:"天门开,诛荡荡。"

⑧曲江:见《哀江头》注③。翠幕:游宴时搭建的临时帐幕。银牓:宫殿门端所悬匾额。

⑨那抛得:即难以释怀之意。

⑩深杯:满杯。

⑪"圣朝"二句:感愤之语。已知贱士丑:玄宗于天宝十载正月初八朝献太清宫,九日朝飨太庙,十日有事于南郊,祭天祭祖祭地,杜甫因此献三篇大赋赞颂三大礼祭,称"三大礼赋"。玄宗奇其才,召试文章,结果竟不了了之。此时杜甫已知仕进无望,故言"贱士丑"。然一草一木都能得到皇天恩惠,何况人乎?已,一作"亦"。

华筵欢赏、轻歌曼舞之下，竟是诗人"圣朝已知贱士丑""此身饮罢无归处"的悲叹与迷茫，丽辞壮语间，别是一番苍凉。清王夫之曰："以乐景写哀，以哀景写乐，一倍增其哀乐。"（《姜斋诗话》）此即乐景写哀之一证也。

曲江三章章五句

（其三）①

自断此生休问天②，杜曲幸有桑麻田③，故将移住南山边④。短衣匹马随李广，看射猛虎终残年⑤。

［注释］

①此诗约作于天宝十一载（752）献赋不遇后，参《乐游园歌》注⑪。曲江：见《哀江头》注③。章五句：连章之每篇均由五句组成，系杜甫创体。
②自断此生：杜甫已自感前途无望。
③杜曲：地名，在曲江池西南杜陵原之西，为杜甫祖籍。
④南山：终南山。杜曲近终南。
⑤"短衣"二句：以失意之李广自慰。李广，西汉名将。曾因与匈奴作战失利被废为庶人，屏居蓝田，他常于南山中射虎。一次见草中石，以为虎而射之，中石而没箭羽。事见《史记·李将军列传》。

［点评］

《曲江三章》气脉相属，犹以第三章最是情辞激切。仇兆鳌评曰："穷达休问于天，首句陡然截住。因杜曲，故及南山，因南山，故及李广射虎。一时感慨之情，豪纵之气，殆有不能自掩者矣。"然也是杜甫善于骑射，故而有此联想。

醉时歌^①

诸公衮衮登台省^②，广文先生官独冷^③。甲第纷纷厌粱肉^④，广文先生饭不足。先生有道出羲皇^⑤，先生有才过屈宋^⑥。德尊一代常坎坷^⑦，名垂万古知何用^⑧！杜陵野客人更嗤^⑨，被褐短窄鬓如丝。日籴太仓五升米^⑩，时赴郑老同襟期^⑪。得钱即相觅，沽酒不复疑。忘形到尔汝^⑫，痛饮真吾师^⑬。清夜沉沉动春酌，灯前细雨檐花落。但觉高歌有鬼神^⑭，焉知饿死填沟壑^⑮？相如逸才亲涤器^⑯，子云识字终投阁^⑰。先生早赋归去来^⑱，石田茅屋荒苍苔。儒术于我何有哉^⑲？孔丘盗跖俱尘埃^⑳。不须闻此意惨怆，生前相遇且衔杯^㉑！

[注释]

①此诗作于天宝十三载(754)春杜甫困守长安之时。

②衮衮：连续众多貌。台省：台，御史台；省，指中书省、尚书省、门下省。此以代指高官要职。

③广文先生：指郑虔。杜甫之友，能诗善画。玄宗爱其才，为置国子监广文馆，以虔为博士。在官贫约，惟以著书为乐，时号郑广文。

④甲第：头等住宅。汉时列侯居邑皆赐宅，有甲乙次第，故曰"第"。厌：同"餍"。餍足，饱食。

⑤羲皇：伏羲氏，传说中的帝王。彼时之人以淡泊俭朴为尚。

⑥屈宋：战国时辞赋家屈原、宋玉。

⑦德尊：犹言"德高"。

⑧"名垂"句：意同晋张翰所谓"使我有身后名，不如即时一杯酒"（见《世说新语·任诞》）。

⑨杜陵野客：杜甫自称。参见《自京赴奉先县咏怀五百字》注②。

⑩籴(dí敌)：购入（粮食）。太仓：官仓，国家粮库。天宝十二载(753)秋，长安霖雨，米贵。朝廷出太仓存米十万石，低价售之。

⑪同襟期：知己朋友的约会。

⑫忘形：不拘形迹。尔汝：称谓上不讲客套。

⑬"痛饮"句：言以善饮者为师。《北史》载李元忠语曰："宁无食，不可使我无酒。阮步兵吾师也。"

⑭高歌有鬼神：即杜甫《寄李十二白二十韵》之"诗成泣鬼神"。

⑮"焉知"句：言不以困穷为虑。

⑯相如：司马相如，西汉辞赋家。亲涤器：据《史记·司马相如列传》载，相如与文君婚后困窘，故令文君当垆卖酒，自着犊鼻裤，涤器市中。

⑰子云：扬雄，字子云。王莽时，刘棻因献符命获罪，而扬雄尝教刘棻作奇字，故受牵连。使者来收捕时，扬雄正在天禄阁上校书，自料不免，故投阁拟自尽，然未死，并为王莽所赦。句谓因才而获罪。

⑱赋归去来：即归隐。晋陶渊明弃彭泽令归隐时曾作《归去来兮辞》。

⑲何有：何用、有何干系。古《击壤歌》"帝力于我何有哉"（见《艺文类聚》所引《帝王世纪》）或为此句所本。

⑳盗跖：即柳下跖，春秋时人，以造反被诬为"盗"，旧以为恶人的代表。句谓贤人恶人最终并无两样。句意与《庄子·胠箧》所谓"盗跖亦伯夷已"相通。

㉑衔杯：指饮酒。此句与上文"名垂万古知何用"相呼应，参该句注⑧。

[点评]

　　此杜公使酒骂座之文也。与"纨袴不饿死，儒冠多误身"同一风致，故当与

《奉赠韦左丞丈二十二韵》相参读。惟彼篇尚有仰仗之意,此篇则全与落寞之人相"尔汝",故更见真率与放逸。王嗣奭曰:"此篇总属不平之鸣,无可奈何之词。非真谓垂名无用,非真谓儒术可废,亦非真欲孔跖齐观,又非真欲同寻醉乡也。公咏怀诗云'沉醉聊自遣,放歌破愁绝',即可移作此诗之解。"王氏虽是知杜者,然亦不必如此开脱,此一时,彼一时,盛年之杜甫,自与步入老境后不同。

秋雨叹三首①

(其一)

雨中百草秋烂死,阶下决明颜色鲜②。

著叶满枝翠羽盖,开花无数黄金钱。

凉风萧萧吹汝急,恐汝后时难独立③。

堂上书生空白头④,临风三嗅馨香泣。

[注释]

①此诗作于天宝十三载(754)秋,时"霖雨六十余日,京师庐舍垣墙颓毁殆尽,凡一十九坊污潦"(见《唐书·韦见素传》)。

②决明:药性植物,有明目功效。决明分石决明和草决明。有注家以为杜甫所指是甘菊,一名石决,与石决明同功。以决明叶疏而甘菊叶茂,能与下文之"翠羽盖"相关合。

③后时:日后天寒岁暮之时。

④堂上书生:杜甫自指。

咏决明生不逢时,佳色难久,实寓自家身世之慨,故"临风三嗅馨香"而"泣"。宋胡仔《苕溪渔隐丛话》曰:"子美《秋雨叹》有三篇,第一篇尤感慨。"明陆时雍《唐诗镜》亦称此篇"托意深厚可味"。阴暗背景下,黄色最为醒目,故"颜色鲜"与"无数黄金钱"呼应,创造出出人意表的俏丽之美。老杜笔法,确是教人叹服。

独酌成诗①

灯花何太喜,酒绿正相亲②。

醉里从为客,诗成觉有神③。

兵戈犹在眼,儒术岂谋身④。

苦被微官缚⑤,低头愧野人。

[注释]

①此诗作于由凤翔返鄜州探家途中,背景情况详《北征》注①。

②"灯花"二句:言得酒而有吉兆。《西京杂记》记瑞应曰:"目瞤得酒食,灯花得钱财。"灯花,灯芯结花。

③觉有神:觉有神助。杜甫在《奉赠韦左丞丈二十二韵》中亦曰:"读书破万卷,下笔如有神。"

④"儒术"句:愤激语,意同汉赵壹《刺世疾邪诗》所谓"文籍虽满腹,不如一囊钱"。

⑤微官:时任左拾遗。

叹儒术难以谋身,苦身被微官束缚,然犹不肯改弦易辙,故唯有低头自愧。杜甫缱绻于仕途之情,由此可见。

曲江对酒①

苑外江头坐不归②,水精宫殿转霏微③。

桃花细逐杨花落,黄鸟时兼白鸟飞。

纵饮久判人共弃④,懒朝真与世相违。

吏情更觉沧洲远⑤,老大徒伤未拂衣⑥。

［注释］

①此诗作于乾元元年(758)春。去年九月收复长安,十月收复洛阳,肃宗大驾返长安。杜甫十一月携家由鄜州返京,继续任左拾遗,然早已不受信任。诗即写"吏情"之落寞。曲江,见《哀江头》注③。

②苑外:芙蓉苑外。苑在曲江。

③水精宫殿:借言宫殿近水。霏微:春光掩映之貌。

④久判(pān 攀):早已不再顾忌。判,俗作"拚",豁出去之意。

⑤沧洲:指隐居之所。

⑥拂衣:指辞官。

［点评］

江头纵饮,懒于朝参,足见心中抑郁,仕途多艰。《杜诗镜铨》曰:"观数诗,公在谏垣必有不得其志者,所以不久即出。"诗中"桃花"一联,最得佳评。据《漫叟诗话》载,老杜墨迹初作"桃花欲共杨花语""自以淡墨改三字"。诗写桃花坠落之缓慢、飘忽,故以杨花为衬。然杨花可漫天飞舞,桃花则无飞起之势,"共杨花语",便嫌雕琢而失真,"细逐"而"落",取杨花之轻飘而去其"起"势,最得状物之细腻。"杨花",有本作"梨花",如此便与老杜"自以淡墨改三字"无着,故不取。此联以"桃花"对"杨花",以"黄鸟"对"白鸟",正句中自对也。有如此细致之观察,足见江头兀坐之时久。《唐诗选脉会通评林》引黄家鼎评语曰:"磊磊落落,自成一调。小纵绳墨而首尾圆活,生意自然,是能倾倒。律诗不受律缚。"此得老杜之用笔者。

遣兴五首①

(其四、其五)

贺公雅吴语②,在位常清狂。

上疏乞骸骨,黄冠归故乡③。

爽气不可致,斯人今则亡。

山阴一茅宇④,江海日清凉⑤。

吾怜孟浩然⑥,裋褐即长夜⑦。

赋诗何必多,往往凌鲍谢⑧。

清江空旧鱼⑨,春雨余甘蔗⑩。

每望东南云^⑪,令人几悲咤。

[注释]

①此诗旧注编在乾元二年(759)秦州诗中。诗共五首,前三首怀古人,后二首写当世。其四咏贺知章,其五怀孟浩然。

②贺公:贺知章。

③"上疏"二句:写贺知章还乡事。《旧唐书》本传载:"天宝三载,因病恍惚,乃上疏请度为道士,求还乡里,仍舍本乡宅为观,上许之。"黄冠,道士冠。

④山阴:即会稽,今之浙江绍兴。以在会稽山北,故名。山阴是贺知章故里。

⑤江海:山阴西有浙江,东有曹娥江,两江近海,随潮出入,故有江海清凉之说。清,一作"凄"。

⑥孟浩然:襄阳(今属湖北)人。早年隐居鹿门山。开元间游长安,应进士试不第,漫游江、淮、吴、越等地,后归襄阳。张九龄出为荆州长史,曾署为从事。王昌龄自岭南北归,游襄阳,相聚甚欢,寻病卒,时在开元二十八年(740)。

⑦裋褐(shù hè 束鹤):粗陋的衣服。孟浩然以布衣终生。即长夜:孟浩然《岁暮归南山》诗:"永怀愁不寐,松月夜窗虚。"

⑧鲍谢:指刘宋诗人鲍照、谢灵运,及谢朓、谢惠连。凌鲍谢,《魏书·温子昇传》载王晖业之语曰:"江左文人,宋有颜延之、谢灵运,梁有沈约、任昉,温子昇足以陵颜轹谢,含任吐沈。"

⑨空旧鱼:孟浩然多垂钓之作,如《岘山作》"试垂竹竿钓,果得槎头鳊";《西山寻辛谔》"落日清川里,谁言独羡鱼";又有《望洞庭湖赠张丞相》以"羡鱼"求援引:"坐观垂钓者,徒有羡鱼情。"此以鱼在喻人亡。

⑩余甘蔗:与上句"空旧鱼"义同。惟知孟浩然"植果盈千树",见《田园作》,篇末曰:"乡曲无知己,朝端乏亲故。谁能为扬雄,一荐甘泉赋。"甘蔗事未见。

⑪东南:指孟浩然故里襄阳。时杜甫在秦州,故作东南望。

[点评]

　　李白入长安时,贺知章称其为"谪仙人",并解金龟换酒,与李白欢饮尽日。杜甫入长安时,贺知章已病卒于故里,杜甫困守长安十年,无日不希人援引;安史乱中,受命为左拾遗,不久即外贬为华州掾,且遇关辅大饥之荒年,弃官入秦,又孑然一布衣耳,故念及终身布衣之孟浩然,怜孟正以自怜也。五首皆为不得志而发。

空　囊^①

翠柏苦犹食,明霞高可餐^②。

世人共鲁莽^③,吾道属艰难!

不爨井晨冻^④,无衣床夜寒。

囊空恐羞涩,留得一钱看。

[注释]

①此诗当作于乾元二年(759)冬。此时杜甫弃华州(今陕西华县)掾之职,举家徙居秦州(今甘肃天水)。
②"翠柏"二句:以仙人之食柏餐霞喻自家之无食果腹。《列仙传》:"赤松子好食柏实。"司马相如《大人赋》:"呼吸沆瀣餐朝霞。"
③鲁莽:粗疏,指不分是非。
④爨(cuàn 篡):举火炊饭。

[点评]

　　以诙谐之笔,写困苦之况,实老杜之黑色幽默。无食可炊,则不须举火,亦不须上井打水,故而井冻;御寒早无被褥,更乏衣服,和衣而卧犹不能安枕,所以才有"无衣"而"床夜寒"之说。明明饿着肚子,却说"食"了柏子、"餐"了"明霞",把自己想象成不食人间烟火的仙人。而最后两句方道出实情:"囊空恐羞涩,留得一钱看,得一钱看。"要维持寒酸中的体面,真乃"儒冠多误身"也。

乾元中寓居同谷县作歌七首
(其一)^①

有客有客字子美^②,白头乱发垂过耳。

岁拾橡栗随狙公^③,天寒日暮山谷里。

中原无书归不得^④,手脚冻皲皮肉死。

呜呼一歌兮歌已哀,悲风为我从天来^⑤。

[注释]

①此诗作于乾元二年十月至十二月间。时杜甫由秦州徙居同谷。同谷,县名,治所在今甘肃成县。七首俱写苦况,此为其一。

②子美:杜甫字。

③橡栗:见《北征》注⑯。狙(jū 居)公:畜狙之人。狙,猿猴类兽名。

④中原无书:其"第三歌"曰:"有弟有弟在远方,三人各瘦何人强?生别展转不相见,胡尘暗天道路长。"此即不得归中原之因由。

⑤一歌:指七首中序列第一。其他六歌分别是:"呜呼二歌兮歌始放,闾里为我色惆怅。""呜呼三歌兮歌三发,汝归何处收兄骨?""呜呼四歌兮歌四奏,林猿为我啼清昼。""呜呼五歌兮歌正长,魂招不来归故乡。""呜呼六歌兮歌思迟,溪壑为我回春姿。""呜呼七歌兮悄终曲,仰视皇天白日速。"毛泽东 1930 年 7 月作、1962 年发表的《蝶恋花·从汀州向长沙》结句曰:"国际悲歌歌一曲,狂飙为我从天落。"当由杜甫此二句生发。

[点评]

乾元二年，是杜甫生活中的最低谷。此年他先由洛阳回华州任所，七月以关辅饥馑弃官度陇客秦州，十月由秦州往同谷，十二月由同谷入蜀至成都，所谓"一岁四行役"。以衣食无着而四处漂流，令人不得不为之洒一掬同情之泪。诗，真穷而后工耶？然既是"一岁四行役"，"岁拾橡栗"之"岁"字便无着落。清施鸿保《读杜诗说》曰："'岁'字疑误。公自秦州来同谷，未及一月，何以云'岁'？云'岁'，且若累岁矣。或云他本作'饥'，当是。"此所言极是。

狂　夫①

万里桥西一草堂②，百花潭水即沧浪③。

风含翠筱娟娟净④，雨浥红蕖冉冉香⑤。

厚禄故人书断绝，恒饥稚子色凄凉。

欲填沟壑惟疏放，自笑狂夫老更狂。

[注释]

①此诗约作于上元元年（760）夏。时杜甫至成都，在浣花溪畔建起了草堂。狂夫，杜甫自指。

②万里桥：在成都南门外，为诸葛亮送费祎处。草堂：杜甫所建茅屋，以地近草堂寺，故以"草堂"名之。

③百花潭：即浣花溪。在成都西南。沧浪：水名。指汉水下游及其与江水连通的支脉，位于楚云梦泽地区。句取古《孺子歌》之意："沧浪之水清兮，可以濯我缨；

沧浪之水浊兮,可以濯我足。"(见《孟子·离娄》《楚辞·渔父》)表示顺应环境。

④翠筱(xiǎo 小):绿竹。

⑤浥(yì 义):濡湿。红蕖:红色的荷花。

[点评]

　　仇兆鳌评曰:"上四,言草堂之景,聊堪自适;下因客况艰难,而托为笑傲之词。"然能将上四之自适与下四之疏放并作一诗者,方见其"狂"也。惟是狂夫,才能在"厚禄故人书断绝,恒饥稚子色凄凉"的艰难世道中,见出"风含翠筱娟娟净,雨浥红蕖冉冉香"的明丽风景,此狂夫之癫狂处,亦狂夫之高迈旷远处。

江　村①

清江一曲抱村流②,长夏江村事事幽。

自去自来堂上燕,相亲相近水中鸥。

老妻画纸为棋局,稚子敲针作钓钩。

但有故人供禄米③,微躯此外更何求?

[注释]

①此诗作于上元元年(760)夏。余详《狂夫》注①。诗写草堂落成后一种怡然自足的生活情态。

②清江:指浣花溪,杜甫草堂近之。以溪近锦江,故有此称。

③故人:指高适。高适时任彭州(今四川彭州市)刺史,与杜甫时有往来。杜甫《酬高使君相赠》诗曰:"故人供禄米,邻舍与园蔬。"

道眼前景,叙口边事,清纯自然,开宋诗生面。清黄生曰:"杜律不难于老健,而难于轻松,此诗见潇洒流逸之致。"

江 亭①

坦腹江亭暖②,长吟野望时。

水流心不竞③,云在意俱迟④。

寂寂春将晚,欣欣物自私⑤。

故林归未得⑥,排闷强裁诗。

[注释]

①此诗旧注编在上元二年(761),杜甫时在成都浣花草堂。

②坦腹:指坦腹而卧。用晋王羲之在择婿人面前坦腹东床典事,表示潇洒。

③心不竞:无争胜之心。

④"云在"句:言云停而不动,意与云同。由晋陶渊明《归去来兮辞》"云无心以出岫"句变化而出。

⑤欣欣:草木繁荣貌。物自私:自然万物各自有各自之生涯。

⑥故林:故园,家乡。

[点评]

有潇洒闲逸之致。江亭卧闲吟望,景与心会,正有此情趣。古来评家最看重

"水流心不竞,云在意俱迟"一联,只因此联最能体现此情趣。明王嗣奭《杜臆》曰:"景与心融,神与景会,居然有道之言。当闲适时道机自露,非公说不得如此通透。"可谓深得其旨。结联突然宕开,与前不合,即所谓"跳结法"。身处乱世,终未能真闲逸,故一跳而以"排闷"收也。

江上值水如海势聊短述①

为人性僻耽佳句,语不惊人死不休。

老去诗篇浑漫与②,春来花鸟莫深愁③。

新添水槛供垂钓④,故著浮槎替入舟⑤。

焉得思如陶谢手,令渠述作与同游⑥!

[注释]

①此诗当作于上元二年(761)。江:锦江,见《登楼》注③。

②漫与:有本作"漫兴",即随意弄笔之意。

③花鸟莫深愁:言诗中形容刻露,花鸟亦应愁怕。

④水槛:浅水处木栏。杜甫另有《水槛遣心》诗作。

⑤浮槎:木筏。

⑥陶谢:陶渊明、谢灵运。晋宋时期著名诗人,分别为田园诗派、山水诗派鼻祖,工于自然景物描写。渠:他们。两句言只有找到陶、谢那般高手,方能对"江上值水如海势"情况传神写貌,自己只能追步其后。

[点评]

老杜自谓"笔落惊风雨,诗成泣鬼神",然见"江上值水如海势"奇景,亦有不能长吟之叹。此恰如李白对黄鹤楼而曰"眼前有景道不得，崔颢题诗在上头"。偶有诗思笔力不到处，并不妨其为大家。从"语不惊人死不休"，到"老去诗篇浑漫与"，正杜甫创作风格之转关，于此篇中见之矣。

茅屋为秋风所破歌①

八月秋高风怒号，卷我屋上三重茅。茅飞渡江洒江郊：高者挂罥长林梢②，下者飘转沉塘坳③。南村群童欺我老无力，忍能对面为盗贼。公然抱茅入竹去，唇焦口燥呼不得！归来倚杖自叹息。俄顷风定云墨色，秋天漠漠向昏黑。布衾多年冷似铁，娇儿恶卧踏里裂④。床头屋漏无干处，雨脚如麻未断绝⑤。自经丧乱少睡眠⑥，长夜霑湿何由彻⑦？安得广厦千万间，大庇天下寒士俱欢颜，风雨不动安如山！呜呼！何时眼前突兀见此屋？吾庐独破受冻死亦足！

[注释]

①此诗约作于上元二年(761)秋。时在成都浣花草堂。
②挂罥(juān绢)：挂结。
③塘坳：水塘及低洼地。
④"娇儿"句：写娇儿睡觉不老实，把被里都蹬破了。
⑤雨脚：指可见到的雨丝的末端。脚，残剩的滓末，引申为末端，如日脚、雨脚等。
⑥丧乱：指安史之乱。
⑦何由彻：如何挨到天亮。彻，彻晓。

[点评]

　　"长夜霈湿"中,生出"安得广厦千万间"之良愿,宁自苦以利人,犹见老杜之仁者心也。此后诗人白居易亦受杜甫感召,写出了"争得大裘长万丈,与君都盖洛阳城"(《新制绫袄成感而有咏》);"安得万里裘,盖裹四周垠,稳暖皆如我,天下无寒人"(《新制布裘》)的仁者之诗。宋代王安石题杜甫画像时,更把"宁令吾庐独破受冻死,不忍四海赤子寒飕飕"作为杜甫精神的集中体现。诗中的仁爱精神,早已在笔法之诙谐老健外,成为本篇打动人心的最核心之点。

百忧集行①

　　忆年十五心尚孩,健如黄犊走复来;庭前八月梨枣熟,一日上树能千回。即今倏忽已五十,坐卧只多少行立。强将笑语供主人②,悲见生涯百忧集。入门依旧四壁空③,老妻睹我颜色同④。痴儿不知父子礼,叫怒索饭啼门东⑤。

[注释]

①此诗当作于上元二年(761),杜甫时年五十岁。篇题为"即事名篇"之新题乐府,取南朝梁王筠《行路难》"百忧俱集断人肠"诗意。
②主人:指杜甫作客他乡所依附之人。
③四壁空:指一贫如洗。暗用司马相如典事。据《史记·司马相如列传》载,相如与文君夜奔还成都时,"家徒四壁立"。
④颜色同:二人俱面带忧色。

⑤门东:指庖厨方向。古时厨房在宅室之东。

[点评]

　　诗写昔日之乐,今日之忧;孩提之乐,老大之忧。杜甫向被尊为"老杜",亦以诗笔之老健著称,然看到篇中"健如黄犊走复来""一日上树能千回"的孩童形象,读者亦不得不生出抚今追昔之叹。

　　旧注考订,上元二年三月,崔光远为成都尹,与高适共讨段子璋。时花惊定掠东蜀,上以高适代光远。是年十一月,光远卒,十二月,严武任成都尹。诗言"百忧集",当作于崔光远治成都时。因高适、严武与杜公友善。而崔光远无学任气,自不会与公相合。"强将笑语供主人",或因崔光远而发亦未可知。

野　望①

　　　　　西山白雪三城戍②,南浦清江万里桥③。

　　　　　海内风尘诸弟隔,天涯涕泪一身遥。

　　　　　惟将迟暮供多病,未有涓埃答圣朝④。

　　　　　跨马出郊时极目,不堪人事日萧条。

[注释]

①此诗或作于宝应元年(762),此是杜甫入蜀的第三个年头。

②西山:在成都西,一名雪岭,终年积雪。三城戍:指成都西松、维、保三城之戍,以防吐蕃侵扰。

③万里桥:在今四川华阳县南。古时自蜀入吴必经之处。三国费祎使吴,诸葛亮

送之,祎曰:"万里之路,始于此桥。"因取万里为名。

④涓埃:细流与微尘。用以喻微小的贡献。

[点评]

写跨马出郊野望,远见西山,近临南浦。触目伤怀,沉郁凄恻。见南浦而伤别,忆弟思家;望西山而感时,叹世忧国。此皆"不堪"之"人事"也。一番心事全由首二句领起,"跨马出郊"则首二句之由来。全篇结构紧密,可咏可歌。元方回《瀛奎津髓》曰:"此格律高耸,意气悲壮,唐人无能及之者。"清方东树《昭昧詹言》曰:"此诗起势写'望'而寓感慨;中四句题情,三、四远,五、六近;收点题出场,创格。此变律创格,与'支离东北'同。"又曰:"读此深悟山谷之旨。"指出此诗格律之创变,实开宋人之别调,是。

闻官军收河南河北①

剑外忽传收蓟北②,初闻涕泪满衣裳。

却看妻子愁何在?漫卷诗书喜欲狂③!

白日放歌须纵酒④,青春作伴好还乡⑤。

即从巴峡穿巫峡⑥,便下襄阳向洛阳⑦。

[注释]

①此诗作于代宗广德元年(763)。时杜甫流寓梓州(今四川三台)。河南河北:指洛阳与河阳。官军收复两河,安史叛军败走蓟北老巢。叛将史思明之子史朝义在广阳自缢,叛将纷纷献州以降,安史之乱结束在即,杜甫喜而作是诗。

②剑外：剑门关之外，指蜀地。蓟北：指今河北省北部。

③漫卷：胡乱、随便地卷起。句中指收拾起文稿书本，作归乡之计。

④放歌：纵情高歌。

⑤青春：春天。

⑥巴峡：嘉陵江峡谷。嘉陵江又称巴江。巫峡：长江三峡之中峡。此句拟想出川走水路之路线。

⑦襄阳：今湖北襄樊。洛阳：今属河南。作者原注："余田园在东都。"东都即洛阳。此句拟想由襄阳改陆路前往洛阳。

[点评]

官军平定叛乱，闻之喜出望外，雀跃无似，即欲自剑南急返东都。快人快意快语，脱口而出，自然成章，故人称为杜公"生平第一首快诗也"（《读杜心解》）。

宿 府①

清秋幕府井梧寒②，独宿江城蜡炬残。

永夜角声悲自语③，中天月色好谁看？

风尘荏苒音书绝④，关塞萧条行路难⑤。

已忍伶俜十年事⑥，强移栖息一枝安⑦。

[注释]

①此诗作于广德二年（764）秋。时杜甫重返成都，入严武幕府为节度参谋，宿府，在幕府中值夜。

②井梧:即梧桐。以桐叶有黄圈文如井,故曰"金井梧桐"。井,与"井栏"无涉。

③永夜:长夜。

④荏苒:指时间推移。

⑤"关塞"句:用《胡笳十八拍》句意:"十七拍兮心鼻酸,关山阻修兮行路难。"

⑥伶俜:漂泊之意。十年:自安史乱起迄今恰是十年。

⑦栖息一枝:《庄子·逍遥游》:"鹪鹩巢于深林,不过一枝。"

[点评]

情调悲惋,句法顿挫。为杜律中名篇。颔联最为人所称道,《岘佣说诗》曰:"'永夜角声悲自语,中天月色好谁看?''悲'字、'好'字,作一顿挫,实七律奇调,令人读之烂不觉耳。"角声悲,惟自悲自泣;月色好,惟自照自明,世界已落寞到无人应合的地步,诗人亦落寞到无心与世界应合的地步,正可见老杜与官场无缘,即使在老友严武幕中,亦有无限凄怆,这便是他于第二年(765)正月即辞幕归草堂的原因。句中之"角"为军幕号角,然角亦是二十八星宿之一。将号角之"角"借作"角宿"之"角",而与"月"相对,别有一番趣味,此亦老杜之过人处。

春日江村五首①

(其一、其二、其三、其四)

农务村村急,春流岸岸深。

乾坤万里眼,时序百年心②。

茅屋还堪赋③,桃源自可寻④。

艰难昧生理,飘泊到如今。

迢递来三蜀⑤,蹉跎有六年⑥。

客身逢故旧,发兴自林泉。

过懒从衣结⑦,频游任履穿⑧。

藩篱颇无限,恣意向江天。

种竹交加翠,栽桃烂熳红。

经心石镜月⑨,到面雪山风⑩。

赤管随王命⑪,银章付老翁⑫。

岂知牙齿落,名玷荐贤中⑬。

扶病垂朱绂⑭,归休步紫苔。

郊扉存晚计,幕府愧群材⑮。

燕外晴丝卷,鸥边水叶开。

邻家送鱼鳖,问我数能来。

[注释]

①此诗作于永泰元年(765)春辞幕府职初归草堂之时。
②"乾坤"二句:用鲍照《行乐至城东桥》诗句式:"争先万里途,各事百年身。"
③"茅屋"句:晋陶渊明《归园田居》:"方宅十余亩,草屋八九间。"此即茅屋堪赋
所本。
④"桃源"句:用陶渊明《桃花源记》典,言江村可以隐居。
⑤三蜀:指蜀地。《文选》晋左思《蜀都赋》注曰:"三蜀,蜀郡、广汉,犍为也。本
一蜀国,汉高祖分置广汉,汉武帝分置犍为。"

⑥六年：杜甫乾元二年（759）冬入蜀，至此已六年。

⑦衣结：即百结衣。《北堂书钞》引王隐《晋书》曰："董威辇忽见洛阳，止宿白社中，得残碎缯，辄结以为衣，号曰百结衣。"后以指衣多补缀。

⑧履穿：《庄子·山木》："衣弊履穿，贫也，非惫也。"又《史记·滑稽列传》载，东郭先生家贫，履有上无下，行雪中，着地处皆足迹。

⑨石镜：成都一景观。《华阳国志》载，武都一丈夫化为女子，盖山精也。蜀王纳为妾，无几物故。蜀王遣五丁之武都，担土作冢，盖地数亩，高七丈，上有石镜表其门，今成都北角武担是也。《寰宇记》称："冢上有一石，厚五寸，径五尺，莹彻，号曰石镜。"

⑩雪山：又名云岭，即今之岷山，在四川松潘县南。

⑪赤管：仇注引《汉官仪》："尚书令仆丞郎，月给赤管大笔一双，椽题曰'北宫著作'。"

⑫银章：即银印。背龟纽，文曰章，刻曰某官之章。汉制：吏秩比二千石以上者皆银印青绶。唐无赐印之制，时杜甫授参谋、检校工部员外郎，赐绯、服鱼袋，故以"银章"代指。

⑬"名玷"句：指为严武所荐，授郎官事。

⑭朱绂：红色丝带。此指系鱼袋的绶带。

⑮"郊扉"二句：指辞幕府之职归草堂事。

[点评]

明王嗣奭《杜臆》曰："此五首如一篇文字，前四首一气连环不断，至末首总发心事作结。"清仇兆鳌《杜诗详注》细绎之曰："首章，叙春日江村，有躬耕自给之意。次章，归蜀而依严武。上四承漂泊来，下截仍抱江村。故交复镇，便堪发兴，且未讲到幕府事。下两章，方层次叙出。三章，言荐授郎官之事。上四，承江天，写村前近远之景；下四，承发兴，叙老年锡命之缘。四章，言辞还幕僚之故。上四承荐贤来，下四又应江村。郊扉顶归休，幕府顶扶病。燕外以下，言景物堪娱而人情相习，所谓归休晚计也。公不耐拘束而辞幕职，曰扶病，托词也；曰愧群材，谦词也。末章，借古人以自况，是江村感怀。"按：末章已入"览古"类中，可对读。

旅夜书怀①

细草微风岸,危樯独夜舟②。

星垂平野阔,月涌大江流。

名岂文章著? 官应老病休③!

飘飘何所似? 天地一沙鸥④!

[注释]

①此诗作于永泰元年(765)五六月间。此年四月,严武去世。杜甫在成都顿失依靠,决定离蜀东下。此诗约作于舟经渝州(今重庆)、忠州(今忠县)途中。
②危:高貌。樯:桅杆。
③"名岂"二句:反话,乃愤激语。
④沙鸥:鸥鸟。杜甫漂泊于水路,故自比鸥鸟。

[点评]

　　前半写江边夜景,由近而远,由细而大。"星垂"一联壮阔而凄冷。"垂"字"涌"字,极富动感,为画面增添雄奇悲壮气氛,后半叙情,气骨傲岸而情感悲伤。纪昀评曰:"通首神完气足,气象万千,可当雄浑之品。"(《瀛奎律髓汇评》)
　　李白《渡荆门送别》有"山随平野尽,江入大荒流"之句,杜甫"星垂"一联,立意、句式颇与之相通,有人因以较二人之短长。明胡应麟《诗薮》曰:"'山随平野阔(有版本异同),江入大荒流',太白壮语也;杜'星垂平野阔,月涌大江流'骨力过之。"清王琦于《李太白全集》注中辨曰:"予谓李是昼景,杜是夜景;李是行舟暂视,杜是停舟细观,未可概论。"清翁方纲《石洲诗话》曰:"此等句皆适与手会,无意相合,固不必谓相为倚傍,亦不容区分优劣也。"翁说是。

壮　游①

　　往昔十四五,出游翰墨场②。斯文崔魏徒③,以我似班扬④。七龄思即壮,开口咏凤凰。九龄书大字,有作成一囊。性豪业嗜酒,嫉恶怀刚肠⑤。脱略小时辈,结交皆老苍⑥。饮酣视八极,俗物多茫茫⑦。东下姑苏台⑧,已具浮海航⑨。到今有遗恨,不得穷扶桑⑩。王谢风流远⑪,阖闾丘墓荒⑫。剑池石壁仄⑬,长洲芰荷香⑭。嵯峨阊门北⑮,清庙映回塘⑯。每趋吴太伯,抚事泪浪浪⑰。蒸鱼闻匕首⑱,除道哂要章⑲。枕戈忆勾践⑳,渡浙想秦皇㉑。越女天下白,鉴湖五月凉㉒。剡溪蕴秀异㉓,欲罢不能忘。归帆拂天姥㉔,中岁贡旧乡㉕。气劘屈贾垒,目短曹刘墙㉖。忤下考功第㉗,独辞京尹堂。放荡齐赵间㉘,裘马颇清狂㉙。春歌丛台上㉚,冬猎青丘旁㉛。呼鹰皂枥林,逐兽云雪冈㉜。射飞曾纵鞚,引臂落鹙鸧㉝。苏侯据鞍喜㉞,忽如携葛强㉟。快意八九年,西归到咸阳㊱。许与必词伯,赏游实贤王㊲。曳裾置醴地㊳,奏赋入明光㊴。天子废食召,群公会轩裳㊵。脱身无所爱,痛饮信行藏㊶。黑貂宁免敝㊷?斑鬓兀称觞。杜曲换耆旧㊸,四郊多白杨。坐深乡党敬，日觉死生忙。朱门务倾夺，赤族迭罹殃。国马竭粟豆^㊹，官鸡输稻粱^㊺。举隅见烦费，引古惜兴亡。河朔风尘起，岷山行幸长^㊻。两宫各警跸，万里遥相望^㊼。崆峒杀气黑，少海旌旗黄^㊽。禹功亦命子^㊾，涿鹿亲戎行^㊿。翠华拥吴岳，螭虎啖豺狼⁵¹。爪牙一不中，胡兵更陆梁⁵²。大军载草草，凋瘵满膏肓⁵³。备员窃补衮⁵⁴，忧愤心飞扬。上感九庙焚，下悯万民疮。斯时伏青蒲，廷诤守御床⁵⁵。君辱敢爱死？赫怒幸无伤⁵⁶。圣哲体仁恕，宇县复小康⁵⁷。哭庙灰烬中，鼻酸朝未央⁵⁸。小臣议论绝，老病客殊方⁵⁹。郁郁苦不展，羽翮困低昂⁶⁰。秋风动哀壑，碧蕙捐微芳⁶¹。之推避赏从，渔父濯沧浪⁶²。荣华敌勋业，岁暮有严霜⁶³。吾观鸱夷子，才格出寻常⁶⁴。群凶逆未定，侧伫英俊翔⁶⁵。

[注释]

①此诗作于大历元年(766)秋。时杜甫顺长江东下，来到夔州(今四川奉节)，并在此停居。壮游，怀抱壮志而远游。

②翰墨场：文场。

③崔魏：杜甫自注："崔郑州尚，魏豫州启心。"崔尚，武则天久视二年(701)进士。魏启心，神龙三年(707)才膺管乐科及第。

④班扬：班固、扬雄。二人是汉代著名文学家。

⑤"嫉恶"句：用嵇康《与山巨源绝交书》句意："刚肠疾恶，轻肆直言。"

⑥老苍：年长者。上文言及崔尚、魏启心年长杜甫二三十岁，高适、李白大杜甫十余岁，本书前面所收《奉赠韦左丞丈二十二韵》中提到的李邕、王翰，亦长杜甫二三十岁。

⑦多茫茫：意谓不放在眼里。

⑧姑苏台：在苏州灵岩山上。《越绝书》称：阖闾起姑苏台，三年聚材，五年乃成，高见三百里。此以姑苏台代指吴越之游。

⑨航：大船。

⑩扶桑：神话中树名，为日出之所。此代指日本。

⑪王谢：以王导、谢安为代表的东晋两大望族。世居建康（今南京）乌衣巷，其中有不少风流人物。

⑫阖闾：吴王夫差之父，死后葬于虎丘。《越绝书》称：阖闾冢在吴县阊门外，葬以盘郢鱼肠之剑。葬三日，白虎踞其上，号曰虎丘。

⑬剑池：在苏州虎丘山，上有石壁高数丈。池为秦始皇开阖闾墓以寻找鱼肠剑时掘出，故称"剑池"。

⑭长洲：苑名，在苏州。

⑮阊门：古苏州城西门。

⑯清庙：指吴太伯庙。《吴郡志》："太伯庙，东汉太守糜豹建于阊门外。"

⑰吴太伯：吴之始祖。泪浪浪：泪流不断。太伯让而后世争，故而流泪。

⑱"蒸鱼"句：咏专诸刺王僚事。《史记·刺客列传》载，吴公子光具酒请王僚，使专诸置匕首鱼腹中，借献鱼炙之机，以匕首刺王僚。僚立死，专诸亦为卫士所杀。公子光自立为王，是为阖闾。

⑲"除道"句：咏朱买臣事。据《汉书·朱买臣传》载，买臣贫时，常就会稽守邸者乞食。贵拜会稽太守后，仍"衣故衣，怀其印绶，步归郡邸"。见守邸者不改故态，才微露其绶，守邸者引绶视印，方知其今日身份。于是会稽郡发民除道以迎太守。买臣乘高车与除道之前妻、妻夫相见，前妻为自己不耐贫寒，离买臣自去而羞愧。除道，修治道路。哂，嘲笑。要章，即"腰章"。杜甫以为朱买臣之举庸俗势利，故下一"哂"字。

⑳"枕戈"句：咏勾践灭吴事。越王勾践与吴国有杀父破国之仇，他励精图治，尝胆自警，任用范蠡、文种等良臣，历时二十二年，终于一举攻灭吴国。枕戈，以戈为枕，形容警醒，随时准备应敌。晋刘琨有"枕戈待旦"说。杜甫用以形容勾践。至宋代苏轼始以"卧薪"称勾践，从而有了"卧薪尝胆"的成语。

㉑"渡浙"句：秦始皇尝游会稽，渡浙江。

㉒鉴湖：一名镜湖，在浙江绍兴。

㉓剡溪：在今浙江嵊州市南，附近多名山。李白《梦游天姥吟留别》："我欲因之梦吴越，一夜飞度镜湖月。湖月照我影，送我到剡溪。"

㉔天姥：山名，在浙江天台县西，近临剡溪。

㉕中岁：杜甫当时二十四岁。贡旧乡：由家乡州县推荐，参加进士考试。《新唐书·选举志》："唐制取士之科，大要有三：由学馆者曰生徒，由州县者曰乡贡，其天子自诏者曰制举。"

㉖劘（mó 磨）：迫近。屈贾：战国时楚国大政治家、文学家屈原和汉代政治家、文学家贾谊。目短：小视。曹刘：三国魏曹植和晋代刘桢。两句谓自己的文学创作可以匹敌屈贾而小视曹刘。

㉗"忤下"句：言进士落第。忤，抵触。考功第，即进士第。唐开元二十三年以前进士考试由吏部考功员外郎主持。

㉘齐赵：战国时齐都临淄，赵都邯郸，后以齐赵代指山东、河北所属地区。句中所写是杜甫的第二次漫游。

㉙裘马：轻裘肥马。

㉚丛台：在邯郸城东北，相传是赵武灵王为阅兵和观舞而建。

㉛青丘：在山东青州千乘县（治所在今博兴陈户镇），齐景公曾田猎于此。

㉜皂枥林、云雪冈：俱齐地地名。

㉝纵鞚：放辔疾驰。鹙鸧：猎鹰。两句写射猎技艺之高。

㉞苏侯：原注："监门胄曹苏预。"即苏源明，杜甫老友。

㉟葛强：晋山简的爱将。此为杜甫自况。

㊱咸阳：即长安。此用秦时旧名。

㊲许与：犹称许。词伯：文辞之伯。即文章领袖意。贤王：当指汝阳王李琎。杜甫在《饮中八仙歌》中有述。两句述在京城的交游俱是文伯贵戚之属。

㊳"曳裾"句：言受到王者优礼。《汉书·楚元王传》："穆生不嗜酒，元王每置酒，常为穆生设醴。"醴，甜酒。

㊴明光：汉宫殿名。此以代唐宫，述献三大礼赋事，参见《乐游园歌》注⑪。

㊵"天子"二句：写献赋后所引起的反响。当时玄宗奇之，命宰相试文章。轩裳：车服。会轩裳，指乘轩群公来集。其《莫相疑行》曰："忆献三赋蓬莱宫，自怪一日声辉赫。集贤学士如堵墙，观我落笔中书堂。"可与此二句对读。

㊶行藏：指仕与隐。《论语·述而》："用之则行，舍之则藏。"

㊷"黑貂"句：用苏秦事。《战国策·秦策》："苏秦始将连横……说秦王书十上，而说不行。黑貂之裘弊，黄金百斤尽，资用乏绝，去秦而归。"此亦指不被见用而生计困顿。

㊸杜曲:即杜陵。杜甫祖籍在焉。

㊹国马:指舞马、立仗马等御用马。

㊺官鸡:朝廷鸡坊中所养的斗鸡。

㊻河朔:指安禄山起兵的河北。两句写安史乱起,玄宗逃往蜀地。

㊼"两宫"二句:指成都之玄宗与灵武之肃宗。

㊽崆峒:山名,在甘肃。少海:太子的代称。《东宫故事》:"太子比少海。"两句言肃宗平凉收兵兴复及灵武即位事。

㊾"禹功"句:夏禹改传贤为传子,将帝位传给儿子启。此以比玄宗传位给太子肃宗。

㊿涿鹿:地名,今属河北。黄帝曾于此地大战蚩尤,此以蚩尤比安禄山。

51翠华:天子之旗。吴岳:凤翔附近山名。螭虎:喻唐朝军队。豺狼:喻叛军。两句言肃宗由灵武移驻凤翔,形成反击之势。

52爪牙:指肃宗臣属,如房琯等。旧时此词为中性词,无贬义。不中:击敌不中。陆梁:猖狂。两句写陈陶斜之败,详《悲陈陶》注①注④。

53草草:劳顿貌。瘵(zhài 债):痨病。膏肓(gāo huāng 高荒):病势沉重。两句言军队调动颇繁,百姓困苦不堪。

54备员:忝在官员之列。自谦之词。补衮:补救皇帝缺失。句指自己任左拾遗事。

55"斯时"二句以汉史丹自拟,言敢于进谏。《汉书·史丹传》载,元帝欲易太子,丹闻上独寝,"直入卧内,伏青蒲上泣谏"。青蒲,以青蒲草编织的地席。房琯败后罢相,杜甫曾上疏谏阻,未果。

56"君辱"二句:言因上疏救房琯而获罪事。详《北征》注①。

57宇县:指天下。句指局势好转,长安、洛阳先后收复。

58未央:汉宫殿名,此借指唐宫殿。至德二载(757)肃宗驾返长安,杜甫亦由鄜州入朝。参《曲江对酒》注①。

59小臣:杜甫自指。殊方:异地他乡。两句言自己无心于仕宦,故弃官而去。

60困低昂:犹言不能奋飞。

61"秋风"二句:述野有遗贤意。《淮南子》:"兰生幽谷,不为莫服而不芳。"又东汉郦炎《灵芝生河州》诗:"兰荣一何晚,严霜瘁其柯。"杜甫兼取其意。

62之推:介之推,春秋时人。从晋公子重耳在外流亡十九年,公子归复即位后,他避不受赏。渔父：楚辞中人物，又见于《孟子·离娄》。作歌曰："沧浪之水清兮可以濯吾缨，沧浪之水浊兮可以濯吾足。"两句以介之推、渔父自况。

⑥⑬"荣华"二句：言荣华胜于功业，将有危难。此是自慰之词。

⑥⑭鸱夷子：即春秋时越国大夫范蠡。他助勾践灭吴后，知勾践可与共忧患，不可共安乐，于是功成身退，泛舟游五湖，自号鸱夷子。

⑥⑮侧伫：侧身伫立。即等待、恭候意。句谓等待有英俊之士挺身而出，平定群凶。

[点评]

这是一首自传式长诗，分述幼咏凤凰、东游吴越、放荡齐赵、困守长安等种种经历及安史乱后的种种遭际与困顿。想当年意态昂藏、裘马轻狂的杜甫，晚年唯以之推、渔父辈人物自宽自慰，岂不痛哉！宋人刘克庄梦亡友方信孺后有《沁园春》词曰："叹年光过尽，功名未立；书生老去，机会方来。使李将军遇高皇帝，万户侯何足道哉！披衣起，但凄凉感旧，慷慨生哀。"观杜甫《壮游》，亦生刘克庄之叹也。

暮春题瀼西新赁草屋五首①

（其三、其四）

彩云阴复白，锦树晓来青②。

身世双蓬鬓，乾坤一草亭。

哀歌时自惜，醉舞为谁醒。

细雨荷锄立，江猿吟翠屏③。

壮年学书剑④，他日委泥沙⑤。

事主非无禄⑥，浮生即有涯。

高斋依药饵⑦，绝域改春华⑧。

丧乱丹心破，王臣未一家⑨。

［注释］

①此是大历二年(767)三月在夔州作。时作者刚由赤甲山迁居瀼西。

②锦树：春树。树花似锦。

③翠屏：指山。春山青翠如画屏。

④学书剑，用项羽事。据《史记·项羽本纪》载，项羽少时，学书不成，去；学剑，又不成。曰："书足以记名姓而已。剑一人敌，不足学，学万人敌。"此以书剑喻文治武功。

⑤委泥沙：言所学无以为用。

⑥事主：自言曾为近臣。

⑦高斋：指草屋。

⑧绝域：指瀼西。

⑨"王臣"句：言藩镇多叛志。

［点评］

　　五诗曲写身世之悲，三、四二首尤为警拔。"身世双蓬鬓，乾坤一草亭"造语凝练，开阖抑扬之间极具功力：一生事业，只落得一双蓬鬓；天地之间，惟此茅屋属于我。这等笔法，正江西诗派所袭用者。苏东坡所谓"三过门间老病死，一弹指顷去来今"（《过永乐文长老已卒》）；黄庭坚所谓"桃李春风一杯酒，江湖夜雨十年灯"（《寄黄几复》）、"未生白发犹堪酒，垂上青云却佐州""明珠论斗煮鸡头"（《次韵王定国扬州见寄》）云云，皆在一波三折处得妙趣。"身世"与"蓬鬓"间、"乾坤"与"草亭"间是一个大的滑落，同时也是最为凝练的概括。由此正可见杜甫心中的悲凉与无奈，同时也引出了下面一首学而无以为用的慨叹。"丧乱丹心破"直是道情之语，是诗人执着一生后理想的彻底破灭。他自知，只能在"绝域"间惨淡而度余生了。

登　高①

风急天高猿啸哀，渚清沙白鸟飞回。

无边落木萧萧下，不尽长江滚滚来。

万里悲秋常作客，百年多病独登台。

艰难苦恨繁霜鬓②，潦倒新停浊酒杯。

[注释]

①此诗约作于大历二年（767）秋，时杜甫仍滞留夔州。
②繁霜鬓：增白发。

[点评]

　　此是杜诗名篇。明胡应麟评曰："此章五十六字，如海底珊瑚，沉深莫测而精光万丈，力量万钧。通章章法、句法、字法，前无昔人，后无来学。此当为古今七言律第一。"又曰："一篇之中，句句皆律，一句之中，字字皆律，而实一意贯串，一气呵成。骤读之，首尾若未尝有对者，胸腹若无意于对者，细绎之，则锱铢钧两，毫发不差，而建瓴走坂之势，如百川东注于尾闾之窟。至于用句用字，又皆古今人必不敢道、决不能道者，真旷代之作也。"（《诗薮》）此诗以壮语述悲情，八句四联，皆成对仗。首尾"若未尝有对者"，"风急天高"与"渚清沙白"实句中自对；"繁霜鬓"在句中是动宾结构，与下句"浊酒杯"成对仗时又可视为偏正结构，即"繁霜"之"鬓"与"浊酒"之"杯"。"胸腹若无意于对者"，颔联疏朗平畅，意境阔大，腹联凝练紧缩，恰如宋罗大经《鹤林玉露》所谓："万里，地之远也；秋，时之凄惨也;作客,羁旅也;常作客,久旅也;百年,齿暮也;多病,衰疾也;台,高回处也;独登台,无亲朋也。十四字间含八意,而对偶又精确。"这便是前人推此篇为"古今七言律第一"的缘由。

暮　归①

霜黄碧梧白鹤栖,城上击柝复乌啼②。

客子入门月皎皎,谁家捣练风凄凄③。

南渡桂水阙舟楫④,北归秦川多鼓鼙⑤。

年过半百不称意,明日看云还杖藜⑥。

[注释]

①此诗作于大历三年(768)暮秋。时杜甫出峡顺长江来到公安(今属湖北),颇有日暮途穷之感。

②击柝:打更。柝,巡夜所敲的木梆。

③捣练:制寒衣前的一道工序:将织就的白练反复捶捣,使脱去丝胶,易于染色。这相当于机械纺织中的"振捣工艺"。

④桂水:在郴州。今湖南南部蓝山一带。阙:同缺。

⑤秦川:渭河平原,以秦之故地,故有此称,包含今陕甘两省之地。多鼓鼙:此年八月,吐蕃十万众寇灵武,尚赞摩二万众寇邠州,京师戒严。

⑥杖藜:拄藜杖。

[点评]

　　南渡不得,北归不得,百无聊赖中,惟有"看云"一事可做。从末句之一"还"

字,知杜甫今日便是看云至暮方归,而明日生涯一同于今日。且"看云"亦需"杖藜",知诗人已垂垂老矣。然诗之"前半篇高爽鲜新,操胜于人,后半篇质款近情,诙谐有趣"(清卢世㴶语),矫秀而不见悲情,散淡颓放中直入化境也。

清明二首①

（其二）

此身飘泊苦西东,右臂偏枯半耳聋②。

寂寂系舟双下泪,悠悠伏枕左书空③。

十年蹴鞠将雏远,万里秋千习俗同④。

旅雁上云归紫塞⑤,家人钻火用青枫⑥。

秦城楼阁烟花里,汉主山河锦绣中⑦。

春水春来洞庭阔,白蘋愁杀白头翁。

[注释]

①此诗当是大历四年(769)春初到潭州(今湖南长沙)时所作。

②右臂偏枯:时杜甫已患偏瘫症。此疾多发为男左女右,此种情况下为重症,反之则病症轻。半耳聋:指左耳聋。其《复阴》诗曰:"夔子之国杜陵翁,牙齿半落左耳聋。"

③书空:用手指在空中虚画字形。《世说新语·黜免》:"殷中军(浩)被废,终日恒书空作字,窃视,惟作'咄咄怪事'四字而已。"此用以表示于遭际之不甘心态。

④"十年"二句:写清明节俗,亦兼写漂泊之苦。蹴鞠:即踢球。旧时清明节有蹴

蹴、荡秋千等习俗。将雏：携子。杜甫自759年举家入蜀，迄今已是十年。

⑤紫塞：晋崔豹《古今注》曰："秦筑长城，土色皆紫，汉塞亦然，故称紫塞焉。"此以指北方。

⑥钻火：钻木取火。清明前一或二日为寒食，举国禁火。节后钻木取新火。

⑦"秦城"二句：遥想长安春色。

[点评]

　　此为七言排律。排律为律诗之拓展，即除首尾两联外，中间皆作对仗，此诗仅较律诗增出两联，然已为清人朱瀚所指摘，以为"将雏"与"习俗"不成偶对，"秦城"一联如街市灯联，过于熟烂，"蹴踘"与"秋千"为对，亦大有坊间风味。然此诗妙处不在精严而在风趣与洒脱，即朱瀚所谓："因右臂偏枯，而以左臂书空，既可喷饭，只点'左'字，尤为险怪。"（说俱见《杜诗详注》所引）能令朱先生喷饭，即其妙处。

江　汉①

江汉思归客，乾坤一腐儒。

片云天共远，永夜月同孤。

落日心犹壮，秋风病欲苏②。

古来存老马，不必取长途③。

[注释]

①此诗仇兆鳌以为作于大历四年(769)秋，今有注者以为诗言"江汉"，当是漂泊

湖北时所作,如此便当系在大历三年(768)。

②苏:苏活,康复。

③"古来"二句:用《韩非子》典事:"桓公伐孤竹,返,迷惑失道。管仲曰:'老马之智可用也。'乃放老马而随之,遂得道焉。"

[点评]

此诗以景语作情语。言身与片云共远,心与夜月同孤。片云、孤月,正诗人用以自况。"乾坤一腐儒",与"乾坤一草亭""天地一沙鸥"同一机杼,乃杜公之小大之辨耳。

小寒食舟中作①

佳辰强饮食犹寒②,隐几萧条戴鹖冠③。

春水船如天上坐,老年花似雾中看④。

娟娟戏蝶过闲幔,片片轻鸥下急湍。

云白山青万余里,愁看直北是长安⑤。

[注释]

①此是大历五年(770)在潭州(今湖南长沙)作。小寒食,寒食后一日。舟中作,杜甫到潭州后住在船上,故不止一诗标"舟中作"。

②食犹寒:寒食节禁火,故酒食俱寒。

③鹖冠:隐者之冠。

④"春水"二句:由唐沈佺期《钓竿篇》"人疑天上坐,鱼似镜中悬"化出。

⑤直北:正北。

[点评]

《潜溪诗眼》曰:"古人学问必有师友渊源。汉杨恽一书,迥出当时流辈,则司马迁外孙故也。自杜审言已自工诗,当时沈佺期、宋之问等,同在儒馆为交游,故老杜律诗布置法度全学沈佺期,更推广集大成耳。沈云:'雪白山青千万里,几时重谒圣明君?'杜云:'云白山青万余里,愁看直北是长安。'……是皆不免蹈袭前辈,然前后杰句,亦未易优劣也。"查沈佺期诗,《遥同杜员外审言过岭》作"两地江山(一作'春光')万余里,何时重谒圣明君"。"雪白山青"云云当是误记。无论杜甫是否有所仿效,"春水船如天上坐""云白山青万余里"两句,都是篇中秀句,耐人寻味。

蓬门今始为君开

赠李白①

二年客东都②,所历厌机巧。

野人对腥膻③,蔬食常不饱。

岂无青精饭④,使我颜色好。

苦乏大药资,山林迹如扫⑤。

李侯金闺彦⑥,脱身事幽讨⑦。

亦有梁宋游⑧,方期拾瑶草⑨。

[注释]

①此诗作于天宝三载(744),是杜甫赠李白诗中最早的一首。

②"二年"句:杜甫自谓。客,客居。东都:指洛阳。

③野人:杜甫自指。腥膻:大鱼大肉。对腥膻,即远见朱门酒肉,非直接面对,故下句才以蔬食不饱接之。

④青精饭:《政和证类本草》引《陶隐居登真隐诀》记述其制法曰:"用南烛草木叶,杂茎皮煮,取汁浸米蒸之,令饭作青色。高格曝干,当三蒸曝,每蒸辄以叶汁溲令浥浥,日可服二升,勿服血食,填胃补髓,消灭三虫。"句中以代指道家养生之法。

⑤"苦乏"二句:言无山林隐逸之资。大药,道家的金丹。迹如扫,不曾走过。

⑥金闺彦:朝廷的出色人才。江淹《别赋》:"金闺之诸彦。"注曰:"金闺,金马门也。"天宝初,李白以文才供奉翰林,一如汉东方朔、公孙弘之待诏金马门,故有此说。

⑦脱身:指李白自求还山。事幽讨:指在山林中从事采药、访道一类事。

⑧梁宋:河南开封一带。时杜甫与李白、高适刚有梁宋之游。

⑨瑶草:玉芝。句以"拾瑶草"喻求仙。梁宋之游后,杜甫欲往王屋山访道士华盖君,李白欲往齐州受道箓。

[点评]

　　此是杜甫向李白剖白心迹之作,坦言自己"二年客东都"的孤寂与烦恼。求仕无门,归隐无资,自见到自求还山的李侯,内心之凄苦始得抚慰。其实李白自应诏入京,供奉翰林,到"赐金放还",也正是"所历厌机巧",故两位大诗人才在苦闷中一拍即合,一见如故。此诗可作为李杜订交诗观之。

赠李白①

秋来相顾尚飘蓬,未就丹砂愧葛洪②。

痛饮狂歌空度日,飞扬跋扈为谁雄?

[注释]

①此诗作于天宝四载(745)秋与李白在鲁郡(今山东兖州)重逢时。二人初识于天宝三载四月。李白被驸马张垍所谗,赐金放还。他三月出长安,经商州东下洛阳,四月与杜甫相遇,二人一见如故,同游梁宋。又巧遇杜甫游齐赵时所结识的朋友高适,三人同游单父台(在今山东单县)。此后,李白往齐州受道箓,杜甫往王屋山访道士华盖君,因此分手。此番重逢,是李白回兖州探望家小,杜甫重游故地。

②葛洪:东晋人。闻交趾出丹砂,因求为勾漏令。此句就去年分手事由而发。因

李白炼丹未成,杜甫往王屋山寻华盖君未遇。

[点评]

　　李白年长杜甫十一岁。两人相逢时,李白刚出长安,于仕途再无幻想,而杜甫于长安则正心向往之。虽同样的身如飘蓬,同样的未就丹砂,然杜甫却以李白之"痛饮狂歌""飞扬跋扈"为不可,故赠诗相劝。此生活遭际之不同也。待杜甫阅世已深,对李白便无此等规劝语了。

春日忆李白①

白也诗无敌,飘然思不群②。

清新庾开府,俊逸鲍参军③。

渭北春天树,江东日暮云④。

何时一樽酒,重与细论文⑤?

[注释]

①此诗作于天宝五载(746)初入长安时。

②不群:卓然出众。

③庾开府:庾信。在北周为骠骑大将军,开府仪同三司,是北朝重要诗人。鲍参军:鲍照。南朝宋时曾为前军参军,文辞赡逸。

④"渭北"二句:以地域点出一个"忆"字。渭北,指杜甫所居之长安。江东,指李白所游之会稽。

⑤论(lún 伦)文:谈诗论文。论,读作平声。

　　李白与杜甫自天宝四载分手后,终生未再相见,但杜甫对这位前辈诗人的忆念之情却始终不渝。后世因杜甫对李白的推崇曾引出李杜高下之争。其实,关于李杜风格不同之论,诸如"太白歌诗,豪放飘逸,人固莫及,然其格止于此而已,不知变也。至于杜甫,则悲欢穷泰,发敛抑扬,疾徐纵横,无施不可"(《遁斋闲览》)。"少陵之诗法如孙吴,太白之诗法如李广"(《沧浪诗话》)。要之,杜甫生前并不曾想与李白比肩,且于创作孜孜以求,至晚年仍然是"不敢要佳句""新诗改罢自长吟""今我衰老材力薄"。不自满足,不弃涓埃,是尔能成其大也。

饮中八仙歌①

　　知章骑马似乘船,眼花落井水底眠②。汝阳三斗始朝天,道逢曲车口流涎,恨不移封向酒泉③。左相日兴费万钱,饮如长鲸吸百川,衔杯乐圣称避贤④。宗之潇洒美少年,举觞白眼望青天,皎如玉树临风前⑤。苏晋长斋绣佛前,醉中往往爱逃禅⑥。李白一斗诗百篇,长安市上酒家眠,天子呼来不上船,自称臣是酒中仙⑦。张旭三杯草圣传,脱帽露顶王公前,挥毫落纸如云烟⑧。焦遂五斗方卓然,高谈雄辩惊四筵⑨。

[注释]

①本篇写唐玄宗开元至天宝间贺知章、李琎、李适之、崔宗之、苏晋、李白、张旭、

焦遂八个豪饮之士。唐范传正《李公新墓碑》曰:"时人以公(指李白)及贺监、汝阳王、崔宗之、裴周南等八人为酒中八仙,朝列赋谪仙歌百余首。"由此可知八仙歌是风行一时的题材,而八仙的构成则有大同小异。此诗约作于天宝五载(746)杜甫初到长安之时,然而八仙中苏晋卒于开元二十二年(734),贺知章卒于天宝三载(744),李适之卒于天宝六载。杜甫此诗,可能是根据流行题材写其旧事。

②"知章"二句:写贺知章。知章会稽永兴(今浙江萧山)人,自号四明狂客,官至秘书监,晚年辞官为道士。喜饮酒,据《旧唐书》记载,"醉后属辞,动成卷轴,文不加点,咸有可观。"似乘船,知章家乡多水路,以船为车,以楫为马,此用以写他骑在马上晃晃悠悠的醉态,非常精当。

③"汝阳"三句:写唐玄宗的侄子李琎。他曾被封为汝阳郡王,与贺知章有诗酒之交。朝天,朝见皇帝。曲车,装酒曲之车。酒泉,郡名。汉武帝元狩二年(前121)设。城下有金泉,泉味如酒。治所在今甘肃酒泉市。

④"左相"三句:写左丞相李适之。他是唐太宗的曾孙,天宝元年(742)为左丞相,与右相李林甫不合,天宝五载辞官,第二年服毒自杀。据《旧唐书》记载,他白天处理公务,晚上大宴宾客,饮酒一斗而思维不乱。辞官后赋诗曰:"避贤初罢相,乐圣且衔杯。为问门前客,今朝几个来?"

⑤"宗之"三句:写崔宗之。他是辅佐玄宗继位的功臣崔日用之子,袭父爵为齐国公,官至侍御史。贬官金陵时曾与李白唱和。玉树临风:形容风姿秀美,超逸潇洒,亦兼写其醉后摇曳之态。

⑥"苏晋"二句:写武则天时重臣苏珦之子苏晋。他曾为摄政时的玄宗草拟诏书,历任户部、吏部侍郎。其敬佛、爱酒事无考。

⑦"李白"四句:写李白。据《旧唐书》记载,李白供奉翰林,仍每日与酒徒在酒肆中饮酒。一天玄宗作曲,亟召李白填词,李白已在酒家醉倒。"召入,以水洒面,即令秉笔,顷之成十余章,帝颇嘉之。"又据范传正《李公新墓碑》载,一次玄宗泛舟白莲池,欢宴中召李白作序,李白正醉酒于翰林院,于是命高力士扶着李白登舟作文。

⑧"张旭"三句:写张旭。旭,唐吴郡(今江苏苏州市)人,精通书法,尤善草书,是贺知章好友。据《旧唐书》说:他喜饮酒,醉后呼号狂走,"索笔挥洒,变化无穷,若有神助。"《唐国史补》还说他醉后曾以头濡墨作书,人称"张癫"。

⑨"焦遂"二句:写焦遂。遂是与文人、进士有交往的布衣,可能与杜甫相识。四筵,四座。

[点评]

诗分写八个人物,神气活现,于无连贯中体现出连贯性,可谓神来之笔。沈德潜在《唐诗别裁》中评论说:"前不用起,后不用收,中间参差历落,似八章仍是一章,格法古未曾有。"篇中记八名狂士,亦透出杜甫自家的裘马轻狂之态。

杜位宅守岁①

守岁阿戎家②,椒盘已颂花③。

盍簪喧枥马④,列炬散林鸦。

四十明朝过,飞腾暮景斜。

谁能更拘束,烂醉是生涯。

[注释]

①此诗作于天宝十载(751)除夕,时杜甫四十岁,因献《三大礼赋》而为明皇所赏,待制集贤院,但尚未授官。杜位,杜甫从弟,曾任考功郎中、湖州刺史等职,是宰相李林甫的女婿。

②阿戎:晋宋时人对从弟的称谓,唐时亦仍其旧。据杜甫《寄杜位》诗自注,阿戎家"近西曲江"。

③椒盘:据崔寔《四民月令》载,正月初一日以盘进椒,饮酒则取椒置酒中,称椒盘。

④盍簪：聚首。盍，合也。簪，固定发髻或连固冠与发的长针。《易·豫》："勿疑，朋盍簪。"故以喻朋友会合。经学家多释"簪"为"疾也"，孔颖达释《易经》此句为"群朋合聚而疾来也"，亦通。

[点评]

前四句状杜位家守岁之会的胜概，后四句发流光易逝之喟叹。言不肯作"拘束"之态而惟求"烂醉"者，正见出诗人与一班盍簪显贵之不同，实乃权耀之会间一冷眼旁观者也。

清纪昀《瀛奎律髓汇评》以为"此杜诗之极不佳者"。高步瀛《唐宋诗举要》此诗下引吴（汝纶）之语曰："后半神气骤变，能以古诗愤郁之气纳入四十字中。"此正可回答纪昀"不佳"之论。杜甫为诗，诸体赅备，不可以一格一法绳之，亦所谓"谁能更拘束"也。此诗"极不佳"而能入古今诸选家之眼，正以其别是一格。

与鄠县源大少府宴渼陂①

应为西陂好，金钱罄一餐。

饭抄云子白②，瓜嚼水精寒。

无计回船下，空愁避酒难③。

主人情烂熳，持答翠琅玕④。

[注释]

①此诗作于天宝十三载（754）居京未授官之时。时与岑参兄弟作渼陂之游。鄠县，今作"户县"，属陕西。唐时为长安属县。渼陂，在鄠县西五里，出终南山诸

谷,合胡公泉为陂,周回十四里,其水味美,故以"渼"名之。

②抄:以匙舀取。云子:云母碎屑。以状饭之晶莹洁白。仇兆鳌注:"公诗'尝稻雪翻匙',可以互证。"陆放翁云:"云子翻匙新稻饭,天吴拆绣旧衣襦。"此本引杜,而兼能注杜。

③"无计"二句:极写主人宴上款待之盛意。避酒难,言已不胜酒力而主人仍在频频相劝。

④翠琅玕:汉张衡《四愁诗》:"美人赠我青琅玕,何以报之双玉盘。"此以喻主人之深情厚谊。

[点评]

　　写游宴之美及主人盛意。"饭抄""瓜嚼"用字省净;"云子白""水精寒"状物精妙,两句已见出老杜状物之独特风神与笔力。

九日寄岑参①

　　出门复入门,雨脚但仍旧②。所向泥活活,思君令人瘦③。沉吟坐西轩,饭食错昏昼。寸步曲江头,难为一相就④。吁嗟乎苍生,稼穑不可救! 安得诛云师? 畴能补天漏? 大明韬日月⑤,旷野号禽兽。君子强逶迤,小人困驰骤⑥。维南有崇山,恐与川浸溜⑦。是节东篱菊,纷披为谁秀⑧? 岑生多新语⑨,性亦嗜醇酎⑩。采采黄金花,何由满衣袖?

[注释]

①九日:阴历九月九日。岑参:南阳(今属河南)人。天宝三载进士,解褐为卫率府兵曹参军,天宝八载入安西节度使高仙芝幕掌书记。居京期间,与杜甫结为诗友。此诗作于天宝十三载(754)秋,与《秋雨叹》同时,背景详该诗注①。

②雨脚:详《茅屋为秋风所破歌》注⑤。

③泥活活(kuò 括):走在泥泞中所发出的声音。思君令人瘦:套用汉《古诗十九首》成句:"思君令人老,岁月忽已晚。"杜甫两句说久雨道路泥泞,行步艰难,徒相思念而不得叩访。

④"寸步"二句:言因久雨而寸步难行。由句中可知杜宅地近曲江。

⑤大明:即日、月。韬:隐晦。句谓久雨而不见日月。

⑥"君子"二句:写不同身份人物的不同行态。逶迤,从容自得貌。旧写作"委蛇"。《诗经·召南》有"退食自公,委蛇委蛇"之句。句谓朝官大员乘车马,强作雍容之态,小民百姓无车马代步,困于趋走。

⑦维南有崇山:指终南山。用《诗经·小雅·大东》"维南有箕""维北有斗"句式。二句谓终南山恐怕也将要被大雨冲走。

⑧是节:指重九节。古人有于重九日饮菊花酒的习俗。两句言久雨中无人赏菊,亦无心饮菊花酒。

⑨岑生:指岑参。新语:新诗,新创作。

⑩醇酎:美酒。

[点评]

　　此诗当与《秋雨叹》对读。彼言"雨中百草秋烂死,阶下决明颜色鲜""开花无数黄金钱",此言"是节东篱菊,纷披为谁秀";彼言"临风三嗅馨香泣",此言"采采黄金花,何由满衣袖"。彼以自伤,故嗅其香而饮泣,此以怀友,故于不自觉间采菊盈抱。久雨中百无聊赖的落寞,俱由两诗间见出。而因怀友思及共嗜酒则为之采菊的下意识动作,正可见杜公之古道热肠也。

送郑十八虔贬台州司户伤其临老陷贼之故阙为面别情见于诗①

郑公樗散鬓成丝②,酒后常称老画师③。

万里伤心严谴日,百年垂死中兴时。

仓惶已就长途往,邂逅无端出饯迟④。

便与先生应永诀⑤,九重泉路尽交期。

[注释]

①此诗作于至德二载(757)冬。杜甫时由鄜州还长安。当时朝廷对安史乱中陷贼任伪职的朝官按六等定罪,三等者流贬。郑虔曾被安禄山授予水部郎中,但他称病不朝,并与朝廷暗通消息,论罪定在三等,故止贬台州。郑十八虔,即郑虔,排行十八。详《醉时歌》注③。台州,治所在今浙江临海。阙为面别,未及面别。阙,同"缺"。

②樗散:樗树散木。典出《庄子》。其《逍遥游》曰:"吾有大树,人谓之樗。"《人间世》曰:"匠石之齐,见栎社树,其大蔽牛,谓弟子曰:'散木也,无所可用。'"此言郑才不合世用。

③老画师:有自贬之意。唐时视绘画为末技,为士大夫所卑。

④出饯迟:大约杜甫返长安时郑虔已动身前往贬所,故未及相送。

⑤应永诀:料难再见。郑虔后果卒于台州,应杜甫诗中所言。

[点评]

朋友罹祸,今人避之唯恐不及,杜甫在未及面别的情况下,特"情见于诗",

深悲极痛,直以一片赤诚肝胆向人,此最是令人感动。故清人卢世㴶评曰:"如中二联,清空一气,万转千回,纯是泪点,都无墨痕。诗至此,直可使暑日霜飞,午时鬼泣,在七言律中尤难。"顾宸评曰:"古人不以成败论人,不以急难负友,其交谊真可泣鬼神。"知老杜至性之人,方可有千秋独步之诗也。

送贾阁老出汝州^①

西掖梧桐树^②,空留一院阴。

艰难归故里^③,去住损春心^④。

宫殿青门隔^⑤,云山紫逻深^⑥。

人生五马贵^⑦,莫受二毛侵。

[注释]

①此诗作于乾元元年(758)春。贾阁老:贾至。天宝元年(742)擢明经第,天宝末,官起居舍人,从玄宗入蜀,迁中书舍人。肃宗朝知制诰。迁中书舍人。阁老,《旧唐书》谓舍人之年深者为阁老。汝州,今河南临汝。时贾至出为汝州刺史。

②西掖:中书省的别称。

③归故里:贾至为洛阳人,汝州与之为邻,故有此说。

④去住:谓彼此行踪。

⑤青门:汉长安城东南门。本名霸城门,以门青色,俗呼为青门。此以代指唐都。

⑥云山紫逻深:《元丰九域志》载,汝州有紫逻山。

⑦五马:太守的代称。汉制:太守驷马,有加秩中二千石者可配右骖,故以五马为太守美称。

[点评]

　　贾至出守的缘由,史传未载,然贾至是在肃宗即位后,由玄宗从蜀中派来,与房琯一道向肃宗正式授册的册礼使判官,所以显然是父党中人,且与房琯同道,所以必然不受肃宗信任,也不可能在其身边久留。杜甫此诗对贾至出京细加抚慰,颇见待友之温润。旧时对"西掖梧桐树"一联最多激赏。《杜臆》曰:"起语从召公甘棠脱来,起得俊拔。"黄生曰:"起语醇深雅健,兴体之妙,无出其右,三唐之绝唱也。"

曲江陪郑八丈南史饮^①

雀啄江头黄柳花,鸂鶒鸂鶒满晴沙^②。

自知白发非春事,且尽芳樽恋物华。

近侍即今难浪迹,此身那得更无家^③。

丈人才力犹强健,岂傍青门学种瓜^④。

[注释]

①此诗约作于乾元元年(758)春。背景情况详《曲江对酒》注①及"点评"。曲江,见《哀江头》注③。郑八丈,未详。

②鸂鶒(jiāo jīng 交精)鸂鶒(xī chì 西赤):水鸟名。唐玄宗即位之初,曾遣宦官下江南,取鸂鶒、鸂鶒等置于苑中。

③无家:暗用东汉向子平事。据《后汉书·逸民传》载,他在子女婚嫁后即不问家事,出游名山大川,不知所终。

④青门:长安城东门。种瓜:汉邵平事。据《史记·萧相国世家》载,故秦东陵侯邵平入汉为布衣,种瓜于长安城东,瓜味甚美。又《三辅黄图》:"长安城东出南头一门曰霸城门,民见门色青,名曰青城门,或曰青门。门外旧出佳瓜,广陵人邵平……种瓜青门外。"后以青门种瓜比喻弃官归隐。

[点评]

仇兆鳌曰:"首二叙景,三四陪郑,五六自叙,七八勉郑。"杜公此时心态,正所谓"吏情更觉沧州远,老大徒伤未拂衣"(《曲江对酒》)。依违之间,仍以恋阙之情为重,即本篇之"近侍即今难浪迹,此身那得更无家"。郑八丈必有邀杜甫一同弃官归隐之说,杜甫以诗相谢,并以"丈人才力犹强健"相劝慰。劝人者,实亦自劝,不忍自绝于仕途也。

赠卫八处士①

人生不相见,动如参与商②。今夕复何夕,共此灯烛光!少壮能几时?鬓发各已苍!访旧半为鬼,惊呼热中肠。焉知二十载,重上君子堂。昔别君未婚,儿女忽成行。怡然敬父执③,问我来何方?问答未及已,驱儿罗酒浆。夜雨剪春韭,新炊间黄粱④。主称会面难,一举累十觞⑤。十觞亦不醉,感子故意长⑥。明日隔山岳,世事两茫茫。

[注释]

①此诗约作于乾元二年(759)春天杜甫由洛阳返回华州任所途中。卫八处士,

未详。

②参商:二星名。此出彼没,故以喻人之难以相见。

③父执:父亲的朋友。

④间(jiàn 见):掺杂。

⑤累:接连。

⑥故意:念旧的情意。

[点评]

语言条畅,情意真切,与《古诗十九首》同一风致。凡悉心待客或受朋友盛情款待者,读此诗无不为之动容。明王嗣奭《杜臆》评此诗曰:"信手写去,意尽而止。空灵宛畅,曲尽其妙。"《增订唐诗摘钞》曰:"只是'真',便不可及,真则熟而常新。人也未尝无此真景,但为笔墨所隔,写不出耳。"均是的评。此诗直淡到让人不觉其为诗,只如野老话家常,然却能直入心田,令人过目不忘,真所谓"风行水上,自然成文"也。

梦李白二首①

死别已吞声,生别常恻恻②。江南瘴疠地③,逐客无消息④。故人入我梦,明我长相忆。恐非平生魂,路远不可测⑤。魂来枫林青,魂返关塞黑⑥。君今在罗网,何以有羽翼⑦?落月满屋梁,犹疑照颜色⑧。水深波浪阔,无使蛟龙得⑨。

浮云终日行，游子久不至⑩。三夜频梦君，情亲见君意。告归常局促，苦道来不易。江湖多风波，舟楫恐失坠！出门搔白首，若负平生志⑪。冠盖满京华，斯人独憔悴⑫！孰云网恢恢⑬？将老身反累⑭！千秋万岁名，寂寞身后事⑮！

[注释]

①此诗当作于乾元二年(759)秋。时杜甫弃华州司功参军之职，举家流寓秦州(今甘肃天水)。李白至德二载(757)因入永王璘幕府事被捕入浔阳(今江西九江)狱，乾元元年(758)流放夜郎(今贵州桐梓一带)，第二年遇赦放还。杜甫不知李白遇赦事，故有此作。

②已：止于。恻恻：悲凄。两句言生别比死别更令人经受感情折磨。

③瘴疠：指山林湿热地区流行的瘟疫。

④逐客：指李白。

⑤平生魂：即生魂。两句担心与李白已是生死异路。因路途遥远，李白生魂怎可找到这里？

⑥"魂来"二句：由"路远"生发。枫林青，指李白江南流放地。关塞黑：指杜甫所在之秦州。

⑦"君今"二句：由"恐非平生魂"生发。

⑧"落月"二句：就"魂来"而出。颜色，容颜。

⑨"水深"二句：就"魂返"而出，是叮咛语。

⑩"浮云"二句：由汉《古诗十九首》之"浮云蔽白日，游子不顾反"句化出。

⑪"告归"六句：写梦中情景。

⑫冠盖：冠冕与车盖。代指达官贵族。斯人：指李白。憔悴：指困顿不得志。两句为李白之际遇抱不平。

⑬网恢恢：出《老子》第七十三章："天网恢恢，疏而不漏。"此句是抱怨天道不公。

⑭将老：李白时年五十九岁。

⑮"千秋"二句：言李白一定可以名垂千秋，但这已是寂寞生涯结束之后的事了。

[点评]

　　乾元二年，是杜甫一生命运的转折点，他选择了放弃仕途的人生道路；也是他生命中的最低点,已到了衣食无着的境地。此时此刻,他对曾登天子船、如今却系狱流放的好友李白有着最为透彻的理解、同情和思念,故而在分别十四年之后,"三夜频梦君"。诗前章说梦,多涉疑辞,恍惚莫辨;后章说梦,宛如目击,身形可触。"出门搔白首"以下数句,状李白亦是自抒胸臆,且句句应验。真正是"千秋万岁名,寂寞身后事"。晋人张翰曰:"使我有身后名,不如即时一杯酒。"此正当局者之心态也。而李杜身后宋代人杨万里则曰:"李杜饥寒才几日?却教富贵不论年。"——见其"富贵不论年",方以饥寒之事为小,此局外之谈也。

天末怀李白①

凉风起天末,君子意如何②?

鸿雁几时到?江湖秋水多③!

文章憎命达,魑魅喜人过④。

应共冤魂语,投诗赠汨罗⑤。

[注释]

①此诗作年与《梦李白二首》同。

②君子:指李白。

③鸿雁:指信使。两句言山长水远,音讯难通。

④魑魅(chī mèi 吃妹):山中鬼怪,噬人为生。此以喻奸邪小人。过,读平声。

⑤冤魂:指楚屈原之魂。他遭谗见放,最后投汨罗江而死。汨罗:江名。为湘江支流,位于湖南省东北部。李白流放夜郎会道途经该地。在今湖南湘阴。两句言李白不见容于当世,惟与屈原可为同调。

[点评]

　　"文章憎命达",此杜公之人生体验也。正白居易《读李杜诗集因题卷后》所谓:"翰林江左日,员外剑南时。不得高官职,仍逢苦乱离。暮年逋客恨,浮世谪仙悲。吟咏流千古,声名动四夷。文场供秀句,乐府待新词。天意君须会,人间要好诗。"

送人从军①

弱水应无地②,阳关已近天③。

今君度砂碛④,累月断人烟。

好武宁论命⑤,封侯不计年。

马寒防失道⑥,雪没锦鞍鞯。

[注释]

①此当是乾元二年(759)在秦州作。原注:"时有吐蕃之役。"
②弱水:原本当是指浅水或地僻不通舟楫之水,以弱不胜舟。后成为神话传说中力不能负草芥、浮鸿毛之水。古籍中提到的弱水有多处,此处当指张掖河。又有羌谷水、鲜水、合黎水等名。在今甘肃省。发源于祁连山下,经张掖西北流,至鼎新分北大河,至绿园又分为东西二河,分别流入苏克诺尔和嘎顺诺尔二湖,即古代之居延海。无地:言水大。
③阳关:在今甘肃敦煌西南。以居玉门关之南而名。汉置,为古代通西域的要隘。近天:指山高。

④砂碛:西去之戈壁沙漠。砂,流沙。碛,碛石。

⑤宁论命:怎能顾及生死。论,读平声。

⑥"马寒"句:用老马识途典。《韩非子》载:"桓公伐孤竹,返而失道。"管仲曰:"老马之智可用也。"乃放老马而随之,遂得道焉。

[点评]

　　此首送人入军诗有惨淡语,有抚慰语,有叮咛语,直可作边塞诗读之。但较王维、岑参之边塞诗有所不同,少了少年人的昂扬乐观与浪漫,多了成年人的理智沉着和冷峻。

诣徐卿觅果栽^①

　　草堂少花今欲栽,不问绿李与黄梅。

　　石笋街中却归去^②,果园坊里为求来^③。

[注释]

①此诗作于上元元年(760),时正初营草堂。

②石笋街:在成都府城之西,杜甫还草堂所经过。

③果园坊:成都坊名,当是徐卿住处。

[点评]

　　诗语直白而不乏趣味,风味与白居易相近。较章法森严之律诗,别是一种面貌。

又于韦处乞大邑瓷碗①

大邑烧瓷轻且坚，扣如哀玉锦城传。

君家白碗胜霜雪，急送茅斋也可怜。

[注释]

①此是上元元年（760）初营草堂时作。韦，韦班。诗集中此前一首为《凭韦少府班觅松树子栽》；后有《涪江泛舟送韦班》，旧注以为韦班或是涪江尉。大邑，县名。属邛州，咸亨二年析益州之晋原置。

[点评]

杜甫营草堂，与陶渊明乞食相差无几，般般样样都是向人伸手讨来。不仅于"萧八明府实处觅桃栽""从韦二明府续处觅绵竹""凭何十一少府邕觅桤木栽""诣徐卿觅果栽"，甚至连吃饭用的白瓷碗亦需向人讨要。诗写得风趣幽默，明白晓畅，令人解颐。

南　邻①

锦里先生乌角巾②,园收芋栗不全贫。

惯看宾客儿童喜,得食阶除鸟雀驯。

秋水才深四五尺,野航恰受两三人③。

白沙翠竹江村暮,相送柴门月色新④。

[注释]

①此诗作于上元元年(760)。杜甫于去年十二月入蜀至成都,时卜居浣花溪,营建草堂。南邻,草堂之邻。杜甫另有《过南邻朱山人水亭》,疑南邻即指朱山人。
②锦里:地名,在今成都市南,旧少城锦官之署。据《华阳国志》载,少城在大城西,即锦官城,简称锦城,或锦里。锦江濯锦其中则鲜明,故设锦官。杜甫草堂近锦里,故称南邻为"锦里先生"。乌角巾:黑色方巾。隐者、道士的冠饰。
③航:小舟。
④相送:有本作"相对"。

[点评]

　　前半写杜甫过访,锦里先生隐而居,种而食,然好客之心由人及鸟,故儿童"惯看宾客",鸟雀"得食阶除",至此,南邻之形象呼之欲出。后半写南邻相送,怡情悦性,一派天机。《网师园唐诗笺》评曰:"落笔似不经意,而拈来俱成眼前天趣,此诗之化境也,当从靖节脱胚。"末一句最有眼光,诗确有陶靖节渊明先生的田园风韵。

宾　至①

幽栖地僻经过少,老病人扶再拜难。

岂有文章惊海内,漫劳车马驻江干②。

竟日淹留佳客坐,百年粗粝腐儒餐。

不嫌野外无供给,乘兴还来看药栏③。

[注释]

①此诗旧注编在上元元年(760)诗中,时在成都浣花草堂。
②"岂有"二句:写宾至之缘由。
③药栏:种草药的小圃。

[点评]

　　此诗全叙情事而不及景物,与唐人七律之常格不同,且第五句与第四句平仄失粘。然宾主之间的种种款曲毕现诗中:老病幽栖,少有过访者;忽有远客以仰慕文名前来叩访,且相见恨晚,淹留竟日,而主人只能以粗粝之家常便饭相待,正所谓"盘飧市远无兼味",故而心怀歉疚;然临别依依,因此有末联相约重来之辞。"文章惊海内",必来宾相誉之语,故加"岂有"二字以为逊谢;"车马驻江干",知为远道而来,且来宾身份不低;由"乘兴还来"之邀,知此番宾主很是尽兴,正仇兆鳌所谓"读此诗,见豪放中有殷勤气象"。仇注又引朱瀚评语曰:"一主一宾,对仗成篇,而错综照应,极结构之法。起语郑重,次联谦谨,腹联真率,结语殷勤。如聆其謦欬,如见其仪型。较之香山诸作,真觉高曾规矩,肃肃雝雝也。"此篇虽不知老杜与相游者为何人,但可见老杜待客交友之好尚与风仪,故选入"交游"一类中。

客　至①

舍南舍北皆春水,但见群鸥日日来。

花径不曾缘客扫,蓬门今始为君开②。

盘飧市远无兼味③,樽酒家贫只旧醅④。

肯与邻翁相对饮⑤,隔篱呼取尽馀杯⑥。

[注释]

①此诗或作于上元二年(761),时在成都浣花草堂。题下原注:"喜崔明府相过。"崔明府,疑即杜公舅氏崔顼。杜甫另有《白水明府舅宅喜雨》和《九日杨奉先会白水崔明府》)。

②蓬门:蓬草之门,贫者所居。

③飧(sūn 孙):熟食。

④旧醅(pēi 胚):旧酿浊酒。

⑤邻翁:邻居老人。从其《北邻》诗可知北邻为王县令;从其《过南邻朱山人水亭》诗知南邻为朱山人。

⑥取:语助词。

[点评]

　　一片热情,一种逸性,尽在待客敬酒中表现出来。中二联为实话实说,然却显得谦恭有礼,见出忠厚长者的态度。《唐七律隽》评曰:"只家常话耳。不见深艰作意之语,而有天然真致。与《宾至》诗同一格,而《宾至》犹有作意语。虽开元、白一派,而元、白一生何曾得此妙境!"

所　思①

苦忆荆州醉司马②,谪官樽酒定常开。

九江日落醒何处? 一柱观头眠几回③?

可怜怀抱向人尽④,欲问平安无使来。

故凭锦水将双泪,好过瞿塘滟滪堆⑤!

[注释]

①此诗或作于上元二年(761)。所思者为荆州司马崔漪。

②荆州醉司马:句下原注曰:"崔吏部漪。"荆州,今湖北江陵。崔漪贬荆州司马事史传无载。《旧唐书·肃宗本纪》称,崔漪与杜鸿渐是拥戴肃宗自立的功臣,肃宗即位后,擢升"朔方节度判官崔漪为吏部郎中,并知中书舍人"。又《旧唐书·颜真卿传》载:"中书舍人兼吏部侍郎崔漪带酒容入朝……真卿劾之,贬漪为右庶子。"由此知崔漪好饮酒,然并非由吏部贬为荆州司马。

③九江:切荆州地理。《尚书·禹贡》"过九江至于东陵"注曰:"江分为九道,在荆州。"一柱观:刘宋临川王刘义庆镇江陵时所建,开元时已废。两句由荆州而出。

④怀抱:怀崔之意。向人尽:逢人问迅之意。

⑤瞿塘:三峡之西起第一峡,起于夔州。滟滪堆:瞿塘峡之最险要处,有滟滪石正

当峡口江流之中，新中国成立后被炸掉。

[点评]

因"苦忆"而"无使来"，故写诗相问讯。末二句与李白之"我寄愁心与明月，随风直到夜郎西"（《闻王昌龄左迁龙标遥有此寄》），同一诗思，同一怀抱，最见杜甫之真情至性，被《杜诗镜铨》推为"奇语"。《镜铨》又曰："侧句入突兀，通首亦一片神行，不为律缚。"

不　见①

不见李生久②，佯狂真可哀。世人皆欲杀，吾意独怜才③。敏捷诗千首，飘零酒一杯。匡山读书处，头白好归来④。

[注释]

①此篇约作于上元二年(761)，时在成都浣花草堂。题下自注曰："近无李白消息。"这是杜甫思念李白的最后一首诗。
②李生：指李白。李杜订交事详《赠李白》注①。
③"世人"二句：见出唯杜甫是李白知己。皆欲杀，或指李白从璘事，详《梦李白二首》注①。李白遇赦得释后，漂泊于浔阳、金陵、宣城、历阳等地，至杜甫作此诗时已是浪迹三年。
④匡山：即大匡山，在四川江油市西，山有李白读书堂。两句言希望李白晚年回归故乡。

　　《读杜心解》曰："'不见''可哀'四句,八句之骨。只五、六着李说,余俱就自心上写出'不见'之哀,笔笔凌空。上四,泛言其概;下乃从放逐后招之。然放逐之由,已含'欲杀'内;招之之神,已含'怜才'内。公忆李诗,首首着痛痒。"正基于同样的见解,本书选录了杜甫关于李白的全部诗章,而这首《不见》是其中认识最深刻、评价最恰切的一章。杜甫虽希望李白能在晚年回归故里,可悲的是两位大诗人全都客死他乡。李白在杜甫作此诗的次年病死于当涂(今属安徽)族叔的家中;杜甫死在由长沙到岳阳的一条破船上,死后四十三年,遗骸才得以归葬河南首阳山下。在了解诗人身世后重读此诗,怎能不让人为之泣下?

陪李七司马皂江上观造竹桥
即日成往来之人免冬寒入水聊题短作简李公①

伐竹为桥结构同,褰裳不涉往来通②。

天寒白鹤归华表③,日落青龙见水中④。

顾我老非题柱客⑤,知君才是济川功⑥。

合欢却笑千年事⑦,驱石何时到海东⑧。

[注释]

①此是上元二年(761)冬在蜀州(今四川崇庆)作。时高适守蜀州。皂江,岷江南流,经四川崇州市东北为金马河,亦名郫水,《元和郡县志》误为"鄩水"。

②襄裳:《诗·郑风·襄裳》曰:"子惠我思,襄裳涉溱。"此句言桥成后不必襄裳涉水亦能往来过河。

③"天寒"句:据《异苑》载,晋太康二年大雪,南州人见二白鹤语于桥下曰:"今兹寒不减尧崩年也。"华表,此指桥前二柱。

④青龙见水中:指桥之倒影。又,竹可称为"龙孙"。宋苏轼《孤山二咏·竹阁》曰:"白鹤不留归后语,苍龙犹是种时孙。"

⑤题柱客:用司马相如过桥典事。《太平御览》引《华阳国志》曰:"(成都)城北十里有升仙桥,有送客观。司马相如初入长安,题桥柱曰:'不乘赤车驷马,不过汝下也。'"

⑥"知君"句:化用《尚书·说命》句意:"若济巨川,用汝作舟楫。"

⑦合欢:《礼记·乐记》:"酒食者,所以合欢也。"

⑧"驱石"句:用秦皇典事。《太平寰宇记》引《三齐略记》曰:秦始皇作石桥,欲过海观日出处。有神人能驱石下海,石去不速,神辄鞭之,石皆流血。

[点评]

　　贺竹桥造成,内中多用渡水及与桥相关典事。末句"驱石何时到海东"以秦始皇造石桥千年不成,反衬皂江竹桥建造之快。全诗风趣、诙谐、幽默,实开宋代苏黄一派诗风。

遭田父泥饮美严中丞①

步屟随春风②,村村自花柳。田翁逼社日③,邀我尝春酒。酒酣夸新尹:"畜眼未见有④。"回头指大男:"渠是弓弩手。名在飞骑籍,长番岁时久⑤。前日放营农⑥，辛苦救衰朽⑦。差科死则已，誓不举家走⑧。今年大作社⑨，拾遗能住否⑩？"叫妇开大瓶，盆中为吾取。感此气扬扬，须知风化首。语多虽杂乱，说尹终在口。朝来偶然出，自卯将及酉⑪。久客惜人情，如何拒邻叟⑫。高声索果栗，欲起时被肘。指挥过无礼，未觉村野丑。月出遮我留，仍嗔问升斗⑬。

[注释]

①这是一首别具一格的饮酒诗。诗中描写了农家的宴饮场面和田父憨厚淳朴的性格形象。此诗当作于广德二年(764)春社之时。严中丞：即严武。他是杜甫的朋友，曾作过御史中丞，广德二年，代宗诏令合剑南东、西川为一道，以严武为节度使兼成都尹。杜甫初到成都时曾在生活方面得到严武的帮助，因此在写与田父泥饮的同时，也借田父之口赞扬了严武的政绩。

②步屧(xiè 谢)：穿屧行走。屧，木屐。

③社日：古时春秋两次祭祀土地神(社神)，一般在春分或秋分前后，称春社或秋社。诗中所说的是春社。逼：临近。

④新尹：指新拜成都尹的严武。"畜眼"句：言平生未见过。两句赞美严武。

⑤"回头"四句：说大儿子是飞骑籍的弓弩手，而且当番头的时间已经很长了。唐时兵役制度：抽各户强壮男子，在当地集中训练，并按照一定形式编组。组长叫番头，要学习弩射。其中身手矫健的，要编在"飞骑籍"中。

⑥放营农：言在农忙时放归在籍的男子回家务农。

⑦"辛苦"句：言帮了大忙，使他免于辛苦的田间劳动。衰朽：体弱的老头，此为田父自指。

⑧"差科"二句：言各种差役除非到了要人命的程度，我是不会全家搬走的。言外之意是说舍不得离开严武这个好官。

⑨大作社：言春社祭祀活动规模很大。

⑩拾遗：指杜甫。至德二年(757)，杜甫在朝廷做过三个半月的左拾遗(拜官时间是五月十六日，离开朝廷上路还家的时间是闰八月初一)。

⑪自卯将及酉：犹言从早到晚。古时将一昼夜按地支分为十二个时辰，晚十一点

至凌晨一点为子时,一点至三点为丑时,依次类推,早晨五点至七点为卯时,晚上五点至七点为酉时。从这句诗看,杜甫在田父家逗留整整一天。

⑫邻叟:比邻的老人。田父的农舍当与杜甫草堂相距不远。

⑬"高声"六句:写田父热情留客的言谈举止。声音笑貌并出。前人评曰:"正使班马(班固、司马迁)记事,未必如此亲切。千百世下,读者无不绝倒。"被肘:挽胳膊留客的动作。言起身时被田父用胳膊肘按下。肘,作动词用。嗔(chēn 抻):责怪。问升斗:问酒量。升、斗为量酒器。"仍嗔"句:言田父责怪杜甫不该计算酒量。意即开怀畅饮。

[点评]

为田父传声写照,粗鄙真率中,别是一番天然妙趣。然"醉翁之意不在酒",正清浦起龙《读杜心解》所谓:"笔笔泥饮,却字字美严。此以田家乐为德政歌也。"此乃老杜之幽默处与机巧处。

送路六侍御入朝①

童稚情亲四十年,中间消息两茫然。

更为后会知何地,忽漫相逢是别筵。

不分桃花红似锦,生憎柳絮白于绵。

剑南春色还无赖②,触忤愁人到酒边。

[注释]

①此诗旧注编在广德元年(763)春梓州诗内。路六侍御,名未详。从诗中可知

路六为杜甫的总角之友,分别四十年后于伐别宴上相逢。

②无赖:有不管不顾之意。

[点评]

　　清人朱瀚评曰:"始而相亲,继而相隔,忽而相逢,俄而相别,此一定步骤也。能翻覆照应,便觉神采飞动。"后四句荡开说无赖春色,正为其别筵相逢设色也。

陪章留后侍御宴南楼①

　　绝域长夏晚,兹楼清宴同。朝廷烧栈北②,鼓角漏天东③。屡食将军第,仍骑御史骢。本无丹灶术,那免白头翁④。寇盗狂歌外⑤,形骸痛饮中。野云低度水,檐雨细随风。出号江城黑,题诗蜡炬红⑥。此身醒复醉,不拟哭途穷⑦。

[注释]

①此诗作于广德元年(763)夏。时杜甫流寓梓州(今四川三台)。章留后:章彝,扬州人。时初任梓州刺史兼东川留后,第二年以小过失为严武杖杀。杜甫另有《奉寄章十侍御》等诗作。

②烧栈北:是年吐蕃陷陇右诸州,诏焚大散关。

③漏天:地名,属雅州,即今四川雅安。以夏秋多雨如天漏,故名。漏天属西川,梓州属东川,漏天东,恐战事波及梓州。

④丹灶术:炼丹术。两句言驻龄乏术。

⑤寇盗:指入寇吐蕃。

⑥"出号"二句：美章留后。出号，发出号令。江城黑，形容其令严政肃。

⑦哭途穷：晋阮籍有穷途而哭事，后用以描写无路可走的悲哀。

[点评]

　　杜甫侍宴，与陶渊明乞食相差无几，以衣食无着故也。所以对"屡食将军第，仍骑御史骢"，颇怀感激，而"形骸痛饮中"，正乃快意当前，放浪形骸之谓。然"野云"一联，仍见出状物之精妙：檐雨随风而改，故见其"细"；野云贴水而度，实乃楼高。将种种心思意态熔铸一处，此即老杜之"丹灶术"也。

陪王使君晦日泛江就黄家亭子二首①

（其一）

山豁何时断②，江平不肯流③。

稍知花改岸，始验鸟随舟。

结束多红粉④，欢娱恨白头。

非君爱人客，晦日更添愁。

[注释]

①此诗广德二年(764)正月晦日作于阆州(今四川阆中)。王使君，阆州守。晦日，正月的最后一日，旧以为节，有临水、湔裳、饮酒等习俗。泛江：指泛舟于阆水。江，嘉陵江。经阆州一段称阆江、阆水、阆中水、渝水、汉水、巴水。

②山豁：阆州城东三里有蟠龙山，望气者称之有王气，贞观中凿破山脉，称之锯山。山豁，或指此。

③"江平"句:写江流平缓。阆州地势平阔故也。

④结束:装扮。衣裳装束。红粉:侍宴女子。

[点评]

上四句言江行感受,细腻入微;下四句写舟中宴席,达陪侍之意。因地势开阔,故江流平缓;见岸花稍改,方知船行;见鸟随舟飞,始验听闻。遣词用字,于简约中见精细,颇可玩味。惟末联以"非君"云云感谢使君的宴请,稍显寒酸之态。

奉寄别马巴州①

勋业终归马伏波②,功曹非复汉萧何③。

扁舟系缆沙边久④,南国浮云水上多⑤。

独把渔竿终远去⑥,难随鸟翼一相过⑦。

知君未爱春湖色⑧,兴在骊驹白玉珂⑨。

[注释]

①此诗题下自注曰:"时甫除京兆功曹,在东川。"此诗作于广德二年(764)。大约由于正担任京兆尹的严武的举荐,朝廷决定召杜甫为京兆功曹参军,然杜甫已做好出川下荆门东游江南的打算,所以并不准备入京上任。此诗即作于准备东下之时。但后听说严武又任成都尹兼剑南节度使,于是杜甫放弃东下打算,重返成都草堂。马巴州:马姓巴州守。巴州,治所即今四川巴中市。唐时属山南西道。自注言在"东川"者,当在梓州。唐时剑南道设东西川节度使,东川辖梓、绵、剑、渝等十二州。

②马伏波:东汉伏波将军马援。此以同姓比况马巴州。

③"功曹"句:用《三国志·吴书》典事,孙策谓虞翻曰:"孤有征讨事,未得还府,卿复以功曹为吾萧何,守会稽耳。"此言自己虽除京兆功曹,但并不准备赴任。萧何,曾为刘邦汉王丞相,楚汉战争中留守关中,供给军需,立下大功。

④系缆沙边:即系缆江边。此言自己于梓州留居已久。梓州近涪江。

⑤南国:指荆楚。

⑥独把渔竿:言将去做楚国渔父,即隐居意。楚辞中有《渔父》篇。

⑦"难随"句:用《春秋》"六鹢退飞过宋都"典。言无法过京城。

⑧春湖:指洞庭湖。

⑨"兴在"句:言马巴州兴在朝觐见君,仕途顺利。骊驹:逸《诗》篇名,为告别之歌。此用为上路。白玉珂:贝饰之马勒。色白似玉,振动有声。《旧唐书·舆服志》:凡车之制,三品以上,珂九子;四品,七子;五品,三子;六品以下,去幰及珂。

[点评]

　　不肯入京城,只想做渔父,诗人之心志可知。用事如风行水上,于无着落处见漪纹也。

将赴成都草堂途中有作先寄严郑公五首①

(其一、其三、其四)

得归茅屋赴成都,直为文翁再剖竹②。

但使闾阎还揖让③,敢论松竹久荒芜。

鱼知丙穴由来美④,酒忆郫筒不用酤⑤。

五马旧曾谙小径⑥，几回书札待潜夫。

竹寒沙碧浣花溪⑦，橘刺藤梢咫尺迷。

过客径须愁出入，居人不自解东西。

书签药裹封蛛网⑧，野店山桥送马蹄。

肯藉荒庭春草色，先拚一饮醉如泥⑨。

常恐沙崩损药栏，也从江槛落风湍⑩。

新松恨不高千尺⑪，恶竹应须斩万竿。

生理只凭黄阁老⑫，衰颜欲付紫金丹⑬。

三年奔走空皮骨，信有人间行路难⑭。

[注释]

①此诗作于广德二年(764)由阆州返回成都途中。严郑公，严武。据《新唐书·严武传》载，严武宝应元年(762)自成都召还，拜京兆尹，明年为二圣山陵桥道使，封郑国公，迁黄门侍郎。广德二年，复节度剑南。杜甫知老友再度镇蜀，决计重返成都草堂，故先以此诗投石问路。

②文翁：汉景帝时人。曾为蜀郡守，在成都起官学，教授属县子弟。后用以称循吏。此比严武。剖竹：出守的代称。《汉书·文帝纪》：初与太守为铜虎符、竹使符。符一剖为二，授官时一给本人，一留官府。南朝谢灵运《过始宁墅》："剖竹守沧海。"

③间阎：指乡里、民间。揖让：相见时的礼仪。句谓使治内再兴礼乐教化。严武去后，成都陷入兵乱，故此有"还揖让"之说。

④鱼知丙穴：晋左思《蜀都赋》："嘉鱼出于丙穴。"旧录蜀中出嘉鱼之穴凡十处，杜甫所指当是邛州大邑县之嘉鱼穴，其地距成都一百五十里。

⑤酒忆郫筒：据《华阳风俗录》载，郫县有郫筒池，池旁有大竹，郫人剖其节，倾春

酿于筒,苞以藕丝,蔽以蕉叶,信宿香达于林外,然后断之以献,俗号郫筒酒。

⑥五马:太守之代称。汉制,太守驷马,朝臣出使为太守,增一马。旧曾谙小径:严武曾携酒馔至草堂。此叙旧交。

⑦浣花溪:《梁益记》:溪水出湔江,居人多造彩笺,故号浣花溪。

⑧书签:悬在卷轴一端的书名牙签或书册封面上的书名签条。药裹:药囊。

⑨拚(pān 攀):有"豁出去"之意。

⑩江槛落风湍:设江槛以减杀风浪,以防沙岸崩颓。

⑪"新松"句:用南朝吴均《咏松》诗意:"何当数千尺,为君覆明月。"

⑫黄阁老:指严武。唐时门下省称黄门省或黄阁,严武曾任门下省之给事中,故有此称。

⑬紫金丹:《云笈七签》载《合丹法》曰:火至七十日,药成,五色飞华,紫云乱映,名曰紫金。其盖上紫霜,名曰神丹。此以紫金丹代指"药栏"中物也。

⑭行路难:古乐府篇名。此借其字面。

[点评]

　　《读杜心解》曰:"五诗之致严也:首篇述来因,二篇邀游赏,三篇再速驾,四篇诉生计,末篇预归功。其自叙也:首篇,提出将赴之由;二篇,泛说堂边野趣;三篇,悬揣目今荒秽;四篇,逆计归时整顿;末篇,申缴将赴之故。"本书选其一、其三、其四,读之可明大略。《杜诗镜铨》引邵子湘语曰:"五诗不作奇语高调,而情致圆足,景趣幽新,遂开玉谿、剑南门户。"篇中"新松"一联有去恶扬善意,是杜集中名联,并广为后世所征引,其寓意远出老杜之上,正所谓"作者之心未必然,读者之心未必不然"也。

奉寄高常侍①

汶上相逢年颇多②,飞腾无那故人何③。

总戎楚蜀应全未④,方驾曹刘不啻过⑤。

今日朝廷须汲黯⑥,中原将帅忆廉颇⑦。

天涯春色催迟暮,别泪遥添锦水波⑧。

[注释]

①此是广德二年(764)重归成都后作。高常侍:高适。严武入朝后,高适代为成都尹。吐蕃陷京畿时,高适屯兵吐蕃边境,以期牵制敌人,然出师无功,松、维等州又为敌兵所陷,故又以严武代还。高适还朝当在广德二年三月。入朝后用为刑部侍郎,转散骑常侍,故称高常侍。

②汶上相逢:记与高适初逢。杜甫于开元二十三年(735)至开元二十九年(741)曾漫游齐赵,此间识高适,并从此订交。汶上:汶水之滨。汶水出泰山郡,汶上在齐南鲁北。

③无那:无奈何。

④总戎楚蜀:指高适曾为淮南节度使、剑南西川节度使。应全未:未尽其长。

⑤方驾:并驾,匹敌。曹刘:建安诗人曹植、刘桢。不啻过:远远过之。

⑥汲黯:汉武帝时良吏,后召为九卿,以直言敢谏著称。

⑦廉颇:战国时赵将。赵惠文王朝拜为上卿,孝成王朝任相国,悼襄王时获罪奔魏。赵数困于秦兵,复欲用之,颇亦思赵,后为人谗阻而未果。忆廉颇,指朝廷召高适回朝事。

⑧"别泪"句:与《所思》"故凭锦水将双泪,好过瞿塘滟滪堆"同一思致。锦水:锦江,在成都南。详《江上值水如海势聊短述》注①。

[点评]

此诗如寄友人书。上四述订交及故人之文武优劣;下四惜其入京而遥寄别情。明王嗣奭《杜臆》评曰:"高杜交契最久,故赠诗不作谀辞。总戎句,不讳其短,方驾句,独称其长。下文但云中原相忆,则西蜀之丧师失地,亦见于言外矣。"高适入京后方迁常侍,故此诗当是久别后寄奉之作,杜甫返成都后,与高并未相逢。诗以"朝廷须汲黯"相勉,正以散骑常侍"掌规讽过失,侍从顾问"之职也。老杜待友之挚情与温润,俱由此诗见出。

遣闷奉呈严公二十韵①

白水鱼竿客,清秋鹤发翁。胡为来幕下,只合在舟中②。黄卷真如律③,青袍也自公④。老妻忧坐痹⑤,幼女问头风⑥。平地专欹倒,分曹失异同⑦。礼甘衰力就,义忝上官通⑧。畴昔论诗早,光辉仗钺雄⑨。宽容存性拙,剪拂念途穷⑩。露裛思藤架,烟霏想桂丛⑪。信然龟触网,直作鸟窥笼⑫。西岭纡村北,南江绕舍东。竹皮寒旧翠,椒实雨新红⑬。浪簸船应坼⑭,杯干瓮即空⑮。藩篱生野径,斤斧任樵童。束缚酬知己,蹉跎效小忠。周防期稍稍,太简遂匆匆⑯。晓入朱扉启⑰,昏归画角终⑱。不成寻别业,未敢息微躬⑲。乌鹊愁银汉,驽骀怕锦幪^⑳。会希全物色,时放倚梧桐^㉑。

[注释]

①严公:指严武。见《遭田父泥饮美严中丞》注①、《将赴成都草堂途中有作先寄严郑公五首》注①。此诗作于广德二年(764)秋,时在严武幕中。杜甫于是年六月入幕为节度参谋、检校工部员外郎,赐绯鱼袋,然于作幕生涯多所不堪。

②在舟中:指以渔樵为友,做散淡之人。

③黄卷:工作日志。《唐会要》:天宝四载十一月,敕御史依旧置黄卷,书阙失,每岁委知杂御史长官比类能否,送中书门下。

④青袍:官秩较低者之服。上元元年制:六品服深绿。自公:《诗·召南·羔羊》"退食自公"的省文,指退朝还家而进食。犹今之所言"上班""下班"。

⑤痹(bì 必):指风、寒、湿等侵入肌体引起关节或肌肉疼痛、肿大和麻木的病症。杜甫此后三年诗中称自己"右臂偏枯",即痹症。

⑥头风:头痛病。

⑦"平地"句:言站立不稳,分曹站班时与众不协。

⑧"礼甘"二句:自言年老力衰,为臣尽礼很是吃力。

⑨"畴昔"二句:谓严武对其诗名早有肯定。

⑩"宽容"二句:感念严武的宽容与照顾。剪拂:洗涤、拂拭,喻照料。途穷:指困顿际遇。

⑪想桂丛:即思隐居之意。汉淮南王刘安有《招隐士》曰:"桂树丛生兮山之幽。"上句乃为与此句成对仗而出。

⑫"信然"二句:以"龟触网""鸟窥笼"形容自己作幕的局促心态。

⑬"西岭"四句:写草堂环境。

⑭坼:开裂。写往返草堂与幕府间的辛苦。

⑮"杯干"句:写无暇酿酒。

⑯周防:杜预《左传》序:"包周身之防。"太简:《论语·雍也》:"居简而行简,无乃大简乎?"两句言虽想稍作周防,无奈生性太过简约,所以周防之事总是做得很不到位。

⑰"晓入"句:言上班迟到。

⑱"昏归"句：言归家时晚。因幕府距草堂路途远。

⑲不成：犹"无法"。别业：即草堂。息微躬：梁沈约《游沈道士馆诗》："遇可淹留处，便欲息微躬。"微躬：对自身的谦指。两句言竟日奔走，无暇在草堂歇息。

⑳"乌鹊"二句：仇兆鳌注曰："愁银汉，无填河之力；怕锦幪，乏致远之才。"

㉑全物色：全身养性。倚梧桐：指逍遥自在的生活。《庄子·德充符》："倚树而吟，据槁梧而瞑。"两句实为辞幕申请。

[点评]

　　杜甫年事已高，作幕多有不堪，加之既为严武旧故，便更易招来僚友猜忌。从"平地专敧倒，分曹失异同"两句中即可见出端倪。既然作幕生涯如"龟触网"、如"鸟窥笼"，加之生性简约，不善设防，杜甫只好借此诗向严武提出辞呈。诗中历述辞幕之原委，生动而真率，非与严武有厚交，不可为此诗也。次年正月，严武准其辞幕，杜甫终于又在浣花草堂"息微躬""倚梧桐"了。

别唐十五诫因寄礼部贾侍郎①

　　九载一相见，百年能几何②？复为万里别，送子山之阿。白鹤久同林，潜鱼本同河。未知栖集期，衰老强高歌。歌罢两凄恻，六龙忽蹉跎③。相视发皓白，况难驻羲和④。胡星坠燕地⑤，汉将仍横戈⑥。萧条四海内，人少豺虎多。少人慎莫投，多虎信所过。饥有易子食⑦，兽犹畏虞罗⑧。子负经济才，天门郁嵯峨。飘飘适东周⑨，来往若崩波。南宫吾故人⑩，白马金盘陀⑪。雄笔映千古，见贤心靡他⑫。念子善师事,岁寒守旧柯⑬。为我谢贾公,病肺卧江沱⑭。

[注释]

①唐十五诫:生平未详。贾侍郎:贾至。洛阳人,天宝元年明经及第,广德二年(764)转礼部侍郎。《旧唐书》本传称,广德二年九月,尚书左丞杨绾知东京选,礼部侍郎贾至知东京举,两都分举选,自至始。此诗或是广德二年唐十五往东都赴举时作。

②"百年"句:当由晋乐府《杂曲歌辞·休洗红》"人寿百年能几何,后来新妇今为婆"句生发。

③六龙:指太阳。传说日神乘车驾以六龙。

④羲和:六龙日车上的驭手。

⑤胡星:昴星。二十八宿之一。西方白虎七宿,昴为白虎之中星。古以昴宿、毕宿主冀州分野。此指史朝义缢死幽州,传首京师。安史之乱将平。

⑥汉将:指仆固怀恩。铁勒部人,世袭都督。从郭子仪讨安史乱军,复两京,平史朝义有殊功。广德元年拒命于汾州,其子攻榆次,未几为帐下所杀。怀恩渡河北走灵武。"仍横戈"即指此。

⑦易子食:《左传·哀公八年》:"易子而食,析骸而爨。"

⑧虞罗:虞人的网罗。《周礼》中设有虞人,掌山泽田猎之事。

⑨东周:指东都洛阳。

⑩南宫:旧以尚书省称南宫,杜甫始称礼部为南宫,宋王禹偁《赠礼部宋员外阁老》诗:"未还西掖旧词臣,且向南宫作舍人。"自注:"礼部员外,号南宫舍人。"

⑪盘陀:马鞍垫。杜甫另有《魏将军歌》曰:"星躔宝校金盘陀,夜骑天驷超天河。"

⑫心靡他:用《诗·鄘风·柏舟》句意:"之死矢靡它。""靡",无。两句言贾侍郎长于文笔,爱重贤才。

⑬"岁寒"句:言守志如一。用晋代潘尼《内顾诗》句意:"不见山上松,隆冬不易故;不见陵涧柏,岁寒守一度。"

⑭病肺:有肺疾。此句为杜甫自谓。

诗分三段:首叙惜别之情,次记行路之难,末结寄贾之意。以第一段最为精彩。"九载一相见,百年能几何?"此一问高拔警人,非有至情者不得出此言。仇兆鳌评曰:"上四另提,感聚散不常;中四承万里复别,伤之也;下四承百年几何,勉之也。"惟"中四"在伤别的同时,亦有劝慰意:"白鹤久同林,潜鱼本同河",正庄子所谓"泉涸,鱼相与处于陆,相呴以湿,相濡以沫,不如相忘于江湖"(见《庄子·大宗师》及《天运》)。庄子性澹,故重在相忘;杜甫性真,故重在伤离。"九载""一见""百年""几何""万里",诗在数字的推衍中叙离别,别是一种风标流韵,不知此前选家何以不曾见重。

醉为马坠诸公携酒相看^①

甫也诸侯老宾客,罢酒酣歌拓金戟^②。骑马忽忆少年时,散蹄迸落瞿塘石。白帝城门水云外^③,低身直下八千尺^④。粉堞电转紫游缰^⑤,东得平冈出天壁。江村野堂争入眼,垂鞭弹鞚凌紫陌^⑥。向来皓首惊万人,自倚红颜能骑射^⑦。安知决臆追风足^⑧,朱汗骖驔犹喷玉^⑨。不虞一蹶终损伤^⑩,人生快意多所辱。职当忧戚伏衾枕,况乃迟暮加烦促。朋知来向腆我颜^⑪,杖藜强起依僮仆。语尽还成开口笑,提携别扫清溪曲^⑫。酒肉如山又一时,初筵哀丝动豪竹^⑬。共指西日不相贷,喧呼且覆杯中渌^⑭。何必走马来为问,君不见嵇康养生被杀戮^⑮。

[注释]

①此诗作于夔州(今四川奉节),时当大历元年(766)至大历三年(768)间。醉为马坠,即醉而坠马。

②拓金戟:仇兆鳌注:"庾信诗:'醉来拓金戟。'"

③白帝城:见《白帝》注①。

④低身:指俯身骑马。

⑤粉堞:指白帝城城墙。堞,城墙上箭垛。紫游缰:紫丝缰绳。晋太和中邺下童谣曰:"青青御路杨,白马紫游缰。"

⑥𩾌鞚(duǒ kòng 朵控):松弛的马口勒。𩾌,下垂貌。

⑦红颜能骑射:言少壮之能事,见《壮游》"呼鹰皂枥林,逐兽云雪冈。射飞曾纵鞚,引臂落秋鶄"数句。

⑧决臆:纵意。

⑨朱汗:好马出汗如血色,称汗血马。骖𬴂(cān diàn 参电):指马。骖,驾车之边马。𬴂,脚胫有白色长毛的马。玉:指马之口沫。

⑩不虞:不料。蹶:颠仆,摔倒。

⑪腆颜:厚颜。腆,有本作"悺",为面有惭色。

⑫提携:指随从。扫:指弹奏。

⑬豪竹:大型管乐器。

⑭覆:指倾杯而饮。杯中渌:指酒。晋时有酒名"醽渌"。

⑮嵇康:三国魏正始间人物,为竹林七贤之一,著有《养生论》,后为司马昭所杀。

[点评]

　　杜甫到夔后不久,杜鸿渐以宰相为成都尹兼剑南节度使,来到蜀中,任命柏茂琳为夔州都督邛南防御使,管领夔、峡、忠、归、万五州,治所在夔州。柏茂琳到夔后,即以杜甫为座上宾,并在生活上给予他很多关照,所以杜甫居夔期间生活安逸,创作颇丰,由此诗亦可见出杜甫的欢娱心态。开篇所言"诸侯",即有柏茂琳在内。篇题所言"诸公",亦当是柏茂琳身边人物。因社会关系融洽,生活环境轻松,方使"老'甫(夫)'聊发少年狂"也。明郝敬评曰:"题有景致,诗写得露足,辞藻风流,情兴感慨无不佳。"将此诗与《壮游》对读,最可见老杜性情中之雄豪一面也。

送惠二归故居^①

惠子白驹瘦,归溪唯病身。

皇天无老眼,空谷滞斯人^②。

崖蜜松花熟^③,山杯竹叶新^④。

柴门了无事,黄绮未称臣^⑤。

[注释]

①此诗当是大历二年(767)春在夔州作。惠二:在杜甫集中仅出现此一次,余未详。
②"惠子"四句:用《诗·小雅·白驹》"皎皎白驹,在彼空谷。生刍一束,其人如玉"诗意。皇天无老眼,蔡琰《胡笳十八拍》:"为天有眼兮何不见我独漂流。"
③崖蜜松花:即松花蜜。《本草》:"白蜜,一名崖蜜,盖蜂酿松花所成。"
④山杯:北周庾信《奉报赵王惠酒》:"野炉燃树叶,山杯捧竹根。"竹叶:酒名。汉张衡《七辨》中已提到,当是取竹叶和曲共酿而成。晋张华《轻薄篇》:"苍梧竹叶清,宜城九酝醝。"
⑤黄绮:汉初商山四皓中夏黄公、绮里季的合称。未称臣:四皓初隐于商山,高祖召之而不应。吕后用留侯之计,召之以辅太子。高祖欲废太子,见四皓同辅之,叹曰"羽翼成矣"。遂罢废太子之议。此句以未出山之黄绮比惠二。

[点评]

仇兆鳌曰:"上四,送惠归溪,惜之也;下四,溪中自适,慰之也。"黄生曰:"黄绮尚多一出,惠乃未称臣之黄绮,更觉高于古人矣。"二人将杜诗作意阐发甚明,由此见老杜交友之道。

园人送瓜[①]

　　江间虽炎瘴,瓜熟亦不早。柏公镇夔国[②],滞务兹一扫。食新先战士,共少及溪老[③]。倾筐蒲鸽青[④],满眼颜色好。竹竿接嵌窦,引注来鸟道[⑤]。浮沉乱水玉[⑥],爱惜如芝草[⑦]。落刀嚼冰霜,开怀慰枯槁。许以秋蒂除,仍看小童抱[⑧]。东陵迹芜绝[⑨],楚汉休征讨[⑩]。园人非故侯[⑪],种此何草草[⑫]。

[注释]

①此诗当作于大历二年(767)居夔州时。

②柏公:柏茂林,亦写作"柏茂琳"。大历元年冬出任夔州都督,对杜甫多有关照。夔国:夔州。春秋时为夔子国,后为楚所灭,秦置巴郡,蜀汉改巴东郡,唐置夔州,府治在今四川奉节。

③"食新"二句:扣"送瓜",言柏公体恤民情,推惠及人。先战士,据《北齐书》载,兰陵王长恭为将,每得一瓜,必与将士共之。溪老,杜甫自谓。

④倾筐:言倾筐将瓜倒出。蒲鸽青:言瓜色青如蒲鸽。由此句推之,园人所送之瓜为甜瓜。

⑤"竹竿"二句:言以竹筒引山泉水浸瓜。嵌窦:指泉眼。鸟道:指高山。

⑥沉浮:魏文帝《与吴质书》:"浮甘瓜于清泉,沉朱李于寒冰。"水玉:指瓜。言其色碧如玉。

⑦芝草:晋稽含《瓜赋》:"其名龙胆,其味亦奇,是谓土芝。"《广雅》:"土芝,瓜也。"此句亦兼言对瓜之珍视。

⑧"许以"二句:园人相约之辞。秋蒂除,指瓜园拉秧。小童抱,小童抱瓜来送。

⑨东陵迹:指东陵侯种瓜事。邵平为故秦东陵侯,秦灭后为布衣,种瓜长安城东门外,瓜分五色而味美,世谓之东陵瓜。

⑩"楚汉"句:亦种瓜典事。据汉刘向《新序·杂事》载,战国时梁大夫宋就曾为边县令,其地与楚临界。楚梁边亭俱种瓜。梁亭瓜美,楚人妒而夜搔之,致有死焦者。梁人欲搔楚瓜以报复,宋就不许,且派人夜间偷浇楚瓜,使楚瓜亦美,梁楚由是成为睦邻。"休征讨"即由此出。汉,当指梁。

⑪故侯:即故东陵侯。

⑫草草:辛劳。

[点评]

　　中国早有种瓜历史,然所种为甜瓜,或曰香瓜。西瓜是五代时期才由西域引进的。《新五代史·四夷附录》曰:胡峤居契丹"始食西瓜,云契丹破回纥得此种,以牛粪棚而种,大如中国冬瓜而味甘"。由此可知杜甫所吃的只是一筐蒲鸽般大小、蒲鸽般颜色的香瓜。诗先美送瓜主人,再叙食瓜之乐,末以种瓜典事作结,可谓面面俱到。"小童抱","抱"字为正本,然亦有作"饱"者。宋赵次公本取"饱",以全篇皆押上声韵,故当以"饱"字为是。此乃校勘学之"理校",所言有理,录备一说。

又呈吴郎①

堂前扑枣任西邻,无食无儿一妇人。

不为困穷宁有此? 只缘恐惧转须亲!

即防远客虽多事,便插疏篱却甚真!

已诉征求贫到骨,正思戎马泪盈巾。

[注释]

①此诗作于大历二年(767)。时杜甫在夔州,由瀼西移居东屯,将瀼西草堂借吴氏寓居,先有《简吴郎司法》曰:"却为姻娅过逢地,许坐曾轩数散愁。"由此知吴氏为杜甫姻亲。又因吴氏入住后有插篱防邻之举,故杜甫再以此诗代简呈之。

[点评]

有感于征求戎马,而以仁者之心哀此寡妇,实话直说,不借于比兴,如同乐府。以乐府入七言,至老杜又一变,实开晚唐杜荀鹤《山中寡妇》"哀哀寡妇诛求尽,恸哭中原何处村"一路。或以为"不成诗",殊不知情致之语皆成诗也。

晚晴吴郎见过北舍^①

圃畦新雨润,愧子废锄来^②。

竹杖交头拄,柴扉扫径开。

欲栖群鸟乱,未去小童催。

明日重阳酒,相迎自酸醅^③。

[注释]

①此与前首作时相去不远,参前首《又呈吴郎》注①。时吴郎借居瀼西草堂,过东屯访杜。仇兆鳌引黄生注曰:"吴取捷径而来,叩其后扉,故诗言'扫径'而题曰'北舍',即所谓锄斫舍北果林枝蔓者也。"

②废锄来:废耕作而来访。

③酸醅(pō peī 剖胚):未经过滤的重酿酒。酸:二度投料酿造的酒。醅:浊酒。

[点评]

　　仇兆鳌曰:"初喜其过,既惜其去,而又望其来,此直叙情事,有朴质自然之致。"诗末约吴郎重阳节来饮酒,然吴郎未再至,故此后之《九日五首》曰:"重阳独酌杯中酒,抱病起登江上台。"篇中"竹杖交头拄"一句,描绘两老翁相向而立,手杖之头柄相交接,细节煞是生动与真实,非拄杖之人,难得此句。

短歌行赠王郎司直①

　　王郎酒酣拔剑斫地歌莫哀②,我能拔尔抑塞磊落之奇才③。豫章翻风白日动,鲸鱼跋浪沧溟开④。且脱剑佩休徘徊。西得诸侯棹锦水⑤,欲向何门踏珠履⑥。仲宣楼头春色深⑦,青眼高歌望吾子⑧。眼中之人吾老矣⑨。

[注释]

①此诗作于大历三年(768)暮春。时杜甫自夔出峡,寓居湖北江陵。短歌行:乐府旧题。司直:《旧唐书·职官志》:"大理寺司直六人,从六品上,掌出使推核。"
②拔剑斫地:表愤激的动作。莫哀:劝王郎也。
③拔:振拔。
④"豫章"二句:以天下之名木、大鱼比况王郎之奇才。豫,又名枕木;章,又写作"樟"。
⑤西得诸侯:指王郎将西入蜀地。锦水:见《江上值水如海势聊短述》注①。
⑥何门:谁人之门。踏(tā 它):拖着鞋子。珠履:《史记·春申君列传》:"春申君客三千余人,其上客皆蹑珠履。"此句用春申宾客典,问王郎入蜀将做何人宾客。有提醒他注意择门的用意。
⑦仲宣楼:即王粲楼。王粲字仲宣,为"建安七子"之一,避乱依刘表于荆州,作《登楼赋》。后人因称所登楼为仲宣楼。楼址有襄阳、当阳、江陵三说。杜甫所言当是江陵城楼。南朝梁元帝《出江陵县还》:"朝出屠羊县,夕返仲宣楼。"此即杜甫所本。

⑧用晋阮籍好为青白眼典事。青眼相待,表示爱重。

⑨"眼中"句:谓"眼中之人"见我已是垂垂老者了。

[点评]

本篇上下两段,各为五句。上叶平声韵,下叶仄声韵,章法独特。虽曰"赠王郎",实借以一抒自家勃郁之气矣。诗中所涉,正老杜蜀中所历,故悲凉跌宕,突兀横绝,别是一种韵致。

衡州送李大夫七丈勉赴广州①

斧钺下青冥②,楼船过洞庭③。

北风随爽气,南斗避文星④。

日月笼中鸟,乾坤水上萍⑤。

王孙丈人行⑥,垂老见飘零⑦。

[注释]

①此诗当作于大历三年(768)冬。衡州,治所即今湖南衡阳。李勉,自江西观察使入为京兆尹,兼御史大夫。大历三年十月拜广州刺史,充岭南节度使。时岭南番帅冯崇道与桂州朱济时叛,朝廷遣李勉讨之。

②"斧钺"句:言李勉受命于朝廷。《礼记》载:"诸侯赐斧钺,然后专征伐。"故汉魏以来为将者多言仗斧钺。下青冥:自天而下。此以"青冥"代指朝廷。

③楼船:汉武帝征南越时曾作楼船。

④南斗:即斗宿,有六星,主吴越分野。文星:《晋书·天文志》:东壁二星主文

章,是谓文星。此以喻李勉有文章之才。

⑤"日月"二句:赵次公注:"言我身于日月之下如笼中之鸟,局而不伸;于天地之中如水上之萍,泛而无定。"

⑥"王孙"句:指李勉。言其为宗室。行,读音如"项"。

⑦"垂老"句:自指。

[点评]

　　清黄生评曰:"前半极其雄迈,五六意悲而语则壮,得此方称,结亦不觉衰飒,此章法凑泊之妙也。"此诗最为警人者在五六两句,即"日月笼中鸟,乾坤水上萍",然歧见亦在此处。赵次公、仇兆鳌皆主张添字作解,以"笼中鸟""水上萍"为诗人自比,以与末句之"飘零"相关合,然又有"以日月为笼而我为鸟,以天地为水而我为萍"及"日月于天,只是笼中之鸟,乾坤于大空,止是水上之萍"的解释(见赵次公注中所驳引),究竟何解为上,还请读者自裁自断。宋《王直方诗话》载有黄庭坚山谷的一段谈话,涉及此两句诗,潘锃字子真,南昌人也。尝以诗呈山谷,山谷云:"作诗须要开广,如老杜'日月笼中鸟,乾坤水上萍'之类。"子真云:"锃辈那便到此。"山谷曰:"无此只是初学诗一门户耳。"由此可知黄山谷将此一联视为"开广"之例而师法之。贾谊《鵩鸟赋》曰:"且夫天地为炉,造化为工,阴阳为炭,万物为铜。"由此推想,杜甫以天地为笼、日月为鸟;以大空为水、乾坤为萍似亦无不可也。

江阁卧病走笔寄呈崔卢两侍御①

客子庖厨薄,江楼枕席清。

衰年病只瘦,长夏想为情。

滑忆雕胡饭②,香闻锦带羹③。

溜匙兼暖腹④,谁欲致杯罂⑤?

[注释]

①此诗作于大历四年(769)秋,时流寓潭州(今湖南长沙)。崔卢两侍御,指崔五和卢十四弟。杜甫另有《因崔五侍御寄高彭州》《夏日杨长宁宅送崔侍御常正字入京》;又有《送卢十四弟侍御护韦尚书灵榇归上都二十四韵》,杜甫祖母为卢氏。

②雕胡:菰米。即茭白的果实。曝干可炊食,香滑可口。

③锦带:即莼菜。以生湖南者最美,为羹滑爽清香。

④溜匙兼暖腹:承上联而出,言雕胡饭可溜匙,锦带羹可暖腹。

⑤罂(yīng 英):小口大腹的瓦制酒器。此与"杯"为复合词,指杯类饮器。

[点评]

　　杜甫以迟暮多病之身,饱受漂泊饥寒之苦,至潭州此篇,一如陶渊明之赋"乞食"也。"雕胡饭"惟"忆"其"滑";"锦带羹"只"闻"其"香",诗人之饥寒困顿可知也。然正因如此,两样普通吃食才在诗人笔下格外诱人,"溜匙兼暖腹",非思之切、求之急,何以出此句? 惟不知"两侍御"最终致其杯罂否? 老杜之黑色幽默,直是令人鼻酸。

丞相祠堂何处寻

遣兴五首^①

（其一、其二、其三）

蛰龙三冬卧^②，老鹤万里心^③。

昔时贤俊人，未遇犹视今。

嵇康不得死^④，孔明有知音^⑤。

又如垅坻松，用舍在所寻。

大哉霜雪干，岁久为枯林。

昔者庞德公，未曾入州府^⑥。

襄阳耆旧间，处士节独苦^⑦。

岂无济时策，终竟畏罗罟^⑧。

林茂鸟有归，水深鱼知聚^⑨。

举家隐鹿门，刘表焉得取。

陶潜避俗翁^⑩，未必能达道。

观其著诗集，颇亦恨枯槁^⑪。

达生岂是足^⑫，默识盖不早^⑬。

有子贤与愚,何其挂怀抱^⑭。

[注释]

①此是乾元二年(759)在秦州作,全篇五首,前三首写古之"贤俊",后两首写当世。此以前三首入"览古"类中。

②蛰龙:龙蛇冬眠伏藏,惊蛰始出。《易·系辞下》:"龙蛇之蛰,以存身也。"此以比贤俊之人伏以待时。

③"老鹤"句:兼用《诗·小雅·鹤鸣》"鹤鸣于九皋,声闻于天"和曹操《步出夏门行》"老骥伏枥,志在千里"诗意。

④嵇康:参见《醉为马坠诸公携酒相看》注⑮。不得死:不得志而死。钟会与嵇康有隙,谮于司马昭曰:"嵇康,卧龙也,不可起。公无忧天下,顾以康为虑耳。"

⑤孔明:诸葛亮字孔明。三国时蜀相。有知音:徐庶言于刘备曰:"孔明,卧龙也,将军宜枉驾顾之。"于是刘备三顾茅庐,请诸葛亮出山,成就了魏、蜀、吴三分天下的政治局面。

⑥庞德公:汉末襄阳人。居岘山之南,未尝入州府。为司马徽、诸葛亮、徐庶等所尊事。荆州刺史刘表往见之曰:"夫保全一身,孰若保全天下乎?"庞公笑曰:"鸿鹄巢于高林,暮而得所栖,鼋鼍穴于深渊,夕而得所宿。夫趣舍行止,亦人之巢穴也,且各得其栖而已。"刘表叹息而去。庞公后携妻子登鹿门山,采药不返。事见《后汉书·隐逸传》。

⑦处士:指庞德公。

⑧罗罟:捕鸟和捕鱼的用具。

⑨"林茂"二句:用庞公"鸿鹄巢林""鼋鼍穴渊"之说。又曹植《离思赋》:"水重深而鱼悦,林修茂而鸟喜。"

⑩陶潜:一名渊明,字元亮,东晋末时人。曾为州祭酒,复为镇军建威参军,后为彭泽令。因不能"为五斗米折腰向乡里小儿",弃官归隐于寻阳柴桑(今江西九江)之栗里,成为文学史上第一个描写乡村田园生活的诗人。

⑪恨枯槁:以枯槁困顿为恨。陶渊明在《饮酒》诗中说:"颜渊故为仁,长饥至于老。虽留身后名,一生亦枯槁。"

⑫达生:《庄子》有《达生》篇曰:"达生之情者,不务生之所无以为。"后以达生为不受世务牵累之意。宋谢灵运《斋中读书》:"万事难并欢,达生幸可托。"

⑬默识:心识,领悟。《论语·述而》:"默而识之。"
⑭"有子"二句:讥陶渊明"默识"不早,在子女问题上没有开悟。陶有《责子》诗
曰:"虽有五男儿,终不好纸笔。"又有《命子》诗曰:"夙兴夜寐,愿尔斯才。尔之
不才,亦已焉哉。"

[点评]

　　首章总领全篇,言"贤俊"在世,贵逢知己,嵇康、孔明同有"卧龙"之誉,一
"不得死",一成功业,便是明证。即使高峻如坯垤松者,不为世用,亦成枯林。
次言若不能如孔明之救世,便当如庞公之高隐;三章言陶渊明虽隐居而未必达
道,故常于诗中叹恨隐士之枯槁,又把子之贤愚放在怀中。仇注引黄庭坚语曰:
"子美困于山川,为不知者诟病,以为拙于生事,又往往讥议宗文、宗武失学,故
寄之渊明以解嘲耳。"此以意逆志之说,当可成立。

蜀　相①

丞相祠堂何处寻②？锦官城外柏森森③。

映阶碧草自春色,隔叶黄鹂空好音。

三顾频烦天下计④,两朝开济老臣心⑤。

出师未捷身先死⑥,长使英雄泪满襟。

[注释]

①本篇作于上元元年(760)初至成都时。蜀相:指蜀汉丞相诸葛亮。
②丞相祠堂:今名武侯祠,在成都南郊公园内。初建于晋李雄在成都称王时。

③锦官城:成都别称。古锦官城是成都少城,毁于晋桓温平蜀时。

④三顾:刘备三顾诸葛亮于隆中草庐。

⑤两朝:诸葛亮事先主刘备和后主刘禅两朝。

⑥"出师"句:诸葛亮出兵伐魏,于渭河南五丈原病死军中。

[点评]

　　诸葛亮是一位具有悲剧性格的人物,从其早年好为《梁甫吟》一类悲怆曲调可知。设若以诸葛之才辅佐曹操,天下又不知是怎样一番景象。然诸葛亮却在解褐之初选择了势力最为薄弱的刘备,并由此导演出三分天下的政治局面。杜甫亦为具有悲剧性格的人物,从他华州弃官之举可知。所以杜甫于诸葛武侯频致意焉,多次赋诗咏之,美其才,慕其忠,赞其功,叹其出师未捷,志决身歼,盖亦所以自喻也。此诗结联二句,尤为古来失路英雄所共鸣,唐之王叔文、宋之宗泽,临终前均诵此二句以寄意,虽千载之下,犹有同感者也。

滕王亭子二首①

(其一)

　　君王台榭枕巴山,万丈丹梯尚可攀②。

　　春日莺啼修竹里③,仙家犬吠白云间④。

　　清江锦石伤心丽,嫩蕊浓花满目斑。

　　人到于今歌出牧⑤,来游此地不知还。

[注释]

①此诗作于广德二年(764)。时杜甫由梓州(今四川三台)到阆州(今四川阆

中），游赏此亭。滕王亭子：滕王李元婴由寿州刺史移镇隆州时所建。后隆州避玄宗李隆基之讳，改称阆州。滕王，唐高祖第二十二子，贞观十三年（639）封王。文明元年（684）卒。

②万丈丹梯：形容山路高耸入云，亦指通向道家仙境的道路。此处两重意思兼有，滕王亭子建在道观之内。详见本篇点评。

③莺啼修竹：用晋孙绰《兰亭诗》句意："啼莺吟修竹。"

④犬吠白云间：用汉淮南王刘安修道事。王充《论衡·道虚》："王遂得道，举家升天，畜产皆仙，犬吠于天上，鸡鸣于云中。"

⑤出牧：出为州官。旧以县官称"宰"，州官称"牧"，郡官称"守"。

[点评]

　　滕王亭子，阆中名胜也。滕王都督洪州时还建有一阁，因王勃作序而传名千古。仇兆鳌《杜诗详注》曰："新旧《唐书》并云：元婴为金州刺史，骄佚失度。太宗初丧，则饮宴歌舞，狎昵厮养。巡省部内，则借狗求置，所过为害。及迁洪州都督，复以贪闻。高宗给麻二车，助为钱缗。小说又载其召属宦妻于宫中而淫之。杨用修云：'其恶如此，而诗称"民到于今歌出牧"，未足为诗史'。今按：末二句一气读下，正刺其荒游，非颂其遗泽也。"其实杜甫重在游赏古迹，并非重在论人，故特于题下自注曰："亭在玉台观内，王曾典此州。"又有《玉台观二首》，题下自注曰："滕王造。"从游吴越、游齐鲁，到游阆州，可以见出老杜对历史人文旧迹的关注。

忆昔二首^①

（其二）

忆昔开元全盛日^②，小邑犹藏万家室。稻米流脂粟米白，公私仓廪俱丰实。九州道路无豺虎，远行不劳吉日出^③。齐纨鲁缟车班班^④，男耕女桑不相失^⑤。宫中圣人奏云门^⑥，天下朋友皆胶漆^⑦。百余年间未灾变^⑧，叔孙礼乐萧何律^⑨。岂闻一绢直万钱^⑩，有田种谷今流血。洛阳宫殿烧焚尽，宗庙新除狐兔穴^⑪。伤心不忍问耆旧，复恐初从乱离说。小臣鲁钝无所能^⑫，朝廷记识蒙禄秩^⑬。周宣中兴望我皇^⑭，洒血江汉身衰疾。

[注释]

①此诗作于广德二年（764）。本篇忆玄宗开元盛世，以期代宗能够中兴唐室。

②开元：唐玄宗李隆基年号，起讫时间为公元713—741年。

③不劳吉日出：谓出行不需择日，即日日为好日也。

④齐纨鲁缟：指精致的丝织品。《汉书·地理志》："齐俗弥侈，织作冰纨绮绣纯丽之物。"又《韩安国传》："强弩之末，力不能入鲁缟。"车班班：言商贾不绝于道。

⑤"男耕"句：指社会生产生活秩序正常。《吴越春秋》："一男不耕，有受其饥；一女不织，有受其寒。"

⑥宫中圣人：指当朝皇帝。云门：乐名。《周礼》："大司乐舞云门以祀天神。"

⑦胶漆：如胶似漆。指关系亲密。《古诗十九首》："以胶投漆中，谁能别离此？"

⑧百余年间:指唐开国至安史之乱以前,即公元618—755年,凡一百三十七年。

⑨"叔孙"句:指西汉初年叔孙通制礼仪,萧何作律九章。句以汉比唐,言唐朝开国百余年间制度健全,秩序井然。

⑩"岂闻"句:此句以下写安史之乱以后情况。

⑪"宗庙"句:指广德二年吐蕃入寇长安事。吐蕃盘踞长安十五日,代宗于这年十二月始还长安。诗当作于代宗还朝后不久,故曰"新除狐兔穴"。

⑫"小臣"句:用魏刘桢《赠五官中郎将》句意:"小臣信顽卤。"

⑬蒙禄秩:指在朝中为官。

⑭"周宣"句:希望唐代宗能效法周宣王,中兴唐室。周宣中兴,周宣王承厉王之乱,复修文武成康之业,周道复兴。

[点评]

忆开元盛日,可补史籍;盼代宗中兴,不顾衰疾,诗人拳拳之心,苍天可鉴!

春日江村五首①

(其五)

群盗哀王粲②,中年召贾生③。

登楼初有作④,前席竟为荣⑤。

宅入先贤传⑥,才高处士名⑦。

异时怀二子,春日复含情。

[注释]

①此是永泰元年(765)春辞严武幕府之职以后作。

②"群盗"句：以王粲自况。王粲字仲宣，少有才名，为蔡邕所重。生当汉末乱世，避地往依荆州刘表十五年，寂寞思归，作《登楼赋》。群盗，指汉末军阀混战局面，并以汉喻唐。哀王粲，哀其生不逢时。

③贾生：汉洛阳人贾谊。曾为汉文帝博士，后贬为长沙王太傅。岁余，帝思而召之至宣室。

④"登楼"句：指王粲作《登楼赋》，顶首句。

⑤"前席"句：指贾谊应召事，顶第二句。《史记·屈原贾生列传》载：文帝接见贾谊时，"问鬼神之本，贾生因俱道所以然之状。至夜半，文帝前席"。

⑥宅：指王粲、贾谊之宅。《沔襄记》称："王粲宅在襄阳，井台尚存。"贾谊宅在长沙。《先贤传》仇注："古书有《汝南先贤传》《楚国先贤传》。"

⑦"才高"句：言彼二人之才高于隐居之处士。

[点评]

　　仇兆鳌曰："三四分顶王贾，乃生前事；五六合承王贾，乃身后事。末句有窃比前人意。公避乱蜀中，作诗言志，甚有类于王粲；而老授郎官，未蒙见召，叹不得为贾生。至于卜宅花溪，留名后世，则自信古今同调矣。"贾生被召时二十余，故杜甫对贾生颇怀艳羡，以"前席""为荣"，晚唐李商隐对文帝"前席"之举则有更为冷峻的评说："可怜夜半虚前席，不问苍生问鬼神！"（《贾生》）此等见识，远高于杜甫。

八阵图①

功盖三分国②，名成八阵图。

江流石不转，遗恨失吞吴③。

[注释]

①此诗当是大历元年(766)初至夔州时所作。八阵图:故址在今四川奉节西南
长江中。八阵,指天、地、风、云、飞龙、翔鸟、虎翼、蛇盘八种作战阵法。
②三分国:指魏、蜀、吴三国共分天下。
③失吞吴:指未能吞灭吴国。八阵图意在防吴。

[点评]

　　先主征吴,兵败夷陵,退还鱼腹,病终永安宫。如此结局,诸葛亮不能无恨。
此诗借八阵图以赞诸葛亮之精神,悲壮慷慨。苏东坡以为吞吴非亮本意,故其恨
乃在失策于吞吴,即不当吞吴而吞之,以致局势急转直下(见《东坡志林》)。此
乃史家之见,非诗人之见也。

咏怀古迹五首①

一

　　支离东北风尘际②,飘泊西南天地间③。

　　三峡楼台淹日月④,五溪衣服共云山⑤。

　　羯胡事主终无赖⑥,词客哀时且未还⑦。

　　庾信平生最萧瑟,暮年诗赋动江关⑧。

二

摇落深知宋玉悲⑨,风流儒雅亦吾师⑩。

怅望千秋一洒泪,萧条异代不同时。

江山故宅空文藻⑪,云雨荒台岂梦思⑫?

最是楚宫俱泯灭⑬,舟人指点到今疑。

三

群山万壑赴荆门⑭,生长明妃尚有村⑮。

一去紫台连朔漠⑯,独留青冢向黄昏⑰。

画图省识春风面⑱,环佩空归夜月魂⑲。

千载琵琶作胡语⑳,分明怨恨曲中论。

四

蜀主窥吴幸三峡㉑,崩年亦在永安宫㉒。

翠华想象空山里㉓,玉殿虚无野寺中㉔。

古庙杉松巢水鹤,岁时伏腊走村翁㉕。

武侯祠屋常邻近㉖,一体君臣祭祀同㉗。

五

诸葛大名垂宇宙,宗臣遗像肃清高㉘。

三分割据纡筹策㉙,万古云霄一羽毛㉚。

仲伯之间见伊吕㉛,指挥若定失萧曹㉜。

运移汉祚终难复㉝,志决身歼军务劳㉞。

[注释]

①本篇当是大历元年(766)在夔州作,借古迹以咏怀。

②支离:破碎。此指流离,漂泊不定。

③飘泊西南:指作者流寓两川的漂泊生活。

④三峡:指夔州以东的夔峡、巫峡、西陵峡。此指夔峡。

⑤五溪:指今湖南贵州交界一带。《后汉书·南蛮传》:"武陵五溪蛮,好五彩衣服。"

⑥羯胡:古代北方民族。此指安禄山、史思明叛军。

⑦词客:作者自指,兼咏庾信。

⑧"庾信"二句:托庾信以自咏。庾信,南北朝诗人。《周书·庾信传》载,庾信由梁入北周,"常有乡关之思,乃作《哀江南赋》以致其意",其赋云:"壮士不还,寒风萧瑟。"

⑨"摇落"句:语本宋玉《九辩》:"悲哉秋之为气也,萧瑟兮草木摇落而变衰。"

⑩风流儒雅:形容其品格文藻之高。

⑪江山故宅:归州(今湖北秭归)有宋玉故宅。

⑫云雨荒台:宋玉《高唐赋》写巫山神女"旦为行云,暮为行雨,朝朝暮暮,阳台之下"。

⑬楚宫:指细腰宫,故址在今湖北秭归。

⑭荆门:山名,在湖北宜都西北,与虎牙夹江对峙如门。

⑮明妃:即王昭君。名嫱,汉元帝宫人。晋避司马昭讳,改称明君,亦称明妃。村:指昭君村,在今湖北秭归。

⑯紫台:犹紫官,帝王所居的宫殿。朔漠:北方沙漠,指匈奴所居之地。

⑰青冢:王昭君墓。在今内蒙古呼和浩特之南二十里。《太平寰宇记》:"其上草色常青,故曰青冢。"

⑱画图:指王昭君画像。《西京杂记》载,汉元帝使画工图宫女像,按图召幸。"宫人皆赂画工,昭君自恃容貌,独不肯与。工人乃丑图之,遂不得见。后匈奴入朝求美人,工按图以昭君行。及去,召见,貌为后宫第一,帝悔之,而重信于外国,故不复更人。"

⑲环佩:妇女佩戴饰物。

⑳胡语:胡音,指匈奴音乐。

㉑蜀主:指先主刘备。窥吴:公元222年,刘备率军进攻东吴,兵败退回夔州白帝城。

㉒崩年:死时。永安宫:在夔州鱼腹,故址今属四川奉节。

㉓翠华:皇帝出行的仪仗。

㉔"玉殿"句:句下原注:"殿今为卧龙寺,庙在宫东。"

㉕伏腊:伏腊之祭。伏祭在六月,腊祭在十二月。

㉖武侯祠屋:诸葛亮祠堂。诸葛亮封武乡侯,省称武侯。

㉗一体君臣:语本王褒《四子讲德论》:"君为元首,臣为股肱,明其一体,相待而成。"

㉘宗臣:重臣。

㉙三分割据:指魏、蜀、吴鼎足三分局面。纡筹策:曲尽计谋。

㉚羽毛:指鸾凤之类飞禽。

㉛伊吕:指辅佐高汤的伊尹和辅佐文王、武王的吕尚。

㉜萧曹:指汉高祖的谋臣萧何和曹参。

㉝汉祚:汉朝的帝业。

㉞志决身歼:立志坚定,以身殉职。诸葛亮鞠躬尽瘁,北伐时病死于五丈原军中。

[点评]

　　杜甫创七律组诗,或称"组律",本组即其一也。借古迹以咏怀,其源盖出于左思之《咏史》,皆托古以抒情。首章未点明古迹,而借庾信以自喻,喻其平生萧瑟,而以诗赋名世。次章咏宋玉宅,借以发萧条之悲。三章咏明妃村,借以写"一去紫台"之怨,而暗寓忠荩之恳。四章咏先主庙,借以明君臣之心。末章咏武侯祠,借以自喻其"鞠躬尽瘁"之志。诚如方东树《昭昧詹言》所评:"五首皆借古迹以见己怀,非专咏古迹也。"

艺界题赠

丹青不知老将至

戏为六绝句①

庾信文章老更成②,凌云健笔意纵横。
今人嗤点流传赋③,不觉前贤畏后生④。

王杨卢骆当时体⑤,轻薄为文哂未休⑥。
尔曹身与名俱灭⑦,不废江河万古流。

纵使卢王操翰墨⑧,劣于汉魏近风骚⑨。
龙文虎脊皆君驭⑩,历块过都见尔曹⑪。

才力应难跨数公⑫,凡今谁是出群雄?
或看翡翠兰苕上⑬,未掣鲸鱼碧海中⑭。

不薄今人爱古人,清词丽句必为邻。
窃攀屈宋宜方驾⑮,恐与齐梁作后尘⑯。

未及前贤更勿疑,递相祖述复先谁⑰?

别裁伪体亲风雅[18]，转益多师是汝师[19]。

[注释]

①此诗旧注系在上元二年(761)，为杜甫之论诗诗。本类选篇按所论内容编次，不依作年。

②庾信：字子山，初仕南朝梁，奉使西魏，被留王中。西魏亡，仕北周。文章绮丽，初擅宫体，晚年诗赋颇多乡关之思。老更成：老愈成格，文笔愈健。

③嗤点：嗤笑指点。《周书·庾信传赞》即称庾信是"词赋之罪人"。

④畏后生：《论语·子罕》："后生可畏，焉知来者之不如今也？"句言不以为庾信当畏今人嗤点。

⑤王杨卢骆：即所谓初唐四杰：王勃、杨炯、卢照邻、骆宾王。

⑥轻薄：指哂笑"四杰"的轻薄之人。哂(shěn 审)：嗤笑。

⑦尔曹：汝辈，有贬义。指"轻薄为文"者。

⑧卢王：卢照邻、王勃。代指"四杰"。

⑨"劣于"句：当读作"劣于""汉魏"之"近风骚"。即"四杰"诗稍逊于风雅楚骚汉魏之作，然亦颇有可观者。

⑩龙文虎脊：喻"四杰"之文采。

⑪历块过都：典出汉王褒《圣主得贤臣颂》："过都越国，蹶如历块。"原指马行之迅疾，言过都越国如越土块，此以喻"四杰"之才具。

⑫数公：指庾信、"四杰"。

⑬翡翠兰苕上：语出晋郭璞《游仙诗》"翡翠戏兰苕"。翡翠，鸟名，体小而羽绿色。兰苕，香草。此句喻为文之小手笔。

⑭掣：牵掣，抽取。句以"掣鲸"比喻才大气雄之大手笔。

⑮屈宋：屈原、宋玉。战国时楚之辞赋家，"风骚"之"骚"的代表。方驾：并驾齐驱。

⑯齐梁：指南朝齐梁时代的文学，其时笔力纤弱。

⑰复先谁：即复谁先。言为文递相祖述，愈趋愈下，又能在哪个前人之先呢？

⑱别裁：区别、裁汰。风雅：《诗经》中有"十五国风"和"大雅""小雅"，此以代指古典诗歌的源头《诗经》。传统诗论以为，《诗经》中的歌诗体现了乐而不淫、哀而不伤、怨而不怒的雅正风格。

⑲汝:即上文之"尔曹"。

[点评]

　　六绝句首章推美庾信,其次彰表四杰,其三言四杰逊于汉魏风骚,却远过于嗤点前辈者。其四言当今之人才力俱在庾信、四杰之下,并无掣鲸之大才;其五为杜公自道;其六戒当世为文之人。六章气格才情,纵横跌宕,以议论抒胸臆,实开以绝句论诗之先河。至金代元好问撰《论诗绝句三十首》,则论诗绝句形制大定矣。

解闷十二首①

(其五、其六、其七)

李陵苏武是吾师②,孟子论文更不疑③。
一饭不曾留俗客,数篇今见古人诗④。

复忆襄阳孟浩然⑤,清诗句句尽堪传。
即今耆旧无新语,漫钓槎头缩颈鳊⑥。

陶冶性灵存底物⑦,新诗改罢自长吟。
熟知二谢将能事⑧,颇学阴何苦用心⑨。

[注释]

①本篇作于大历元年(766),杜甫时在夔州。诗或写风土民情,或讽玄宗朝贡荔

枝事,或记创作心得,内容庞杂。兹将品论文艺的三篇录出。

②李陵苏武:汉武帝时人。李陵为李广之孙,天汉二年率五千人击匈奴,战败投降。苏武于天汉元年以中郎将出使匈奴,匈奴羁之使降,苏武不屈,持节牧羊十九年,昭帝即位后始归。《文选》收录苏武李陵之诗凡七篇,唐皎然《诗式》以为五言诗始于苏李二子,然宋苏轼已疑苏李之诗为伪作。此杜甫从南朝梁钟嵘《诗品》及唐皎然《诗式》之说。五言诗起于西汉,杜甫所推崇者实是汉代作品。

③孟子:指孟云卿。诗下原注:"校书郎孟云卿。"

④数篇:指孟云卿之作。古人诗:言孟诗有古调。

⑤孟浩然(689—740):襄阳(今属湖北)人,开元间游长安,应进士不第。诗风清俊,与王维并为盛唐山水田园诗派的代表。

⑥槎头缩颈鳊:用孟浩然句。《岘潭作》:"试垂竹竿钓,果得槎头鳊。"《冬至后过吴张二子檀溪别业》:"鸟泊随阳雁,鱼藏缩项鳊。"

⑦底物:何物。

⑧二谢:南朝宋代诗人谢灵运和齐代诗人谢朓。二人诗多描写山水自然风物,格调清隽。将能事:将尽其能事。《易》:"天下之能事毕矣。"

⑨阴何:南朝陈代诗人阴铿和梁代诗人何逊。二人集中多写景小诗,风格清新流丽。

[点评]

　　三章首推西汉五言之高古,次赏孟浩然之清俊,末属二谢、阴何之清新流丽,正"转益多师"之实证也,可与《戏为六绝句》相参读。

偶　题①

　　文章千古事②,得失寸心知。作者皆殊列,名声岂浪垂③。骚人嗟不见,汉道盛于斯④。前辈飞腾入,馀波绮丽为⑤。后贤兼旧制,历代各清规。法自儒家有,心从弱岁疲⑥。永怀江左逸⑦,多病邺中奇⑧。骐骥皆良马⑨,骐骥带好儿⑩。车轮徒已斫⑪,堂构惜仍亏⑫。漫作潜夫论⑬,虚传幼妇碑⑭。缘情慰漂荡⑮,抱疾屡迁移。经济惭长策,飞栖假一枝⑯。尘沙傍蜂虿,江峡绕蛟螭⑰。萧瑟唐虞远⑱,联翩楚汉危⑲。圣朝兼盗贼⑳,异俗更喧卑㉑。郁郁星辰剑㉒,苍苍云雨池㉓。两都开幕府,万宇插军麾㉔。南海残铜柱㉕,东风避月支㉖。音书恨乌鹊㉗,号怒怪熊罴。稼穑分诗兴㉘,柴荆学土宜㉙。故山迷白阁,秋水忆黄陂㉚。不敢要佳句㉛,愁来赋别离。

[注释]

①此诗约作于大历元年(766)秋,作者时在夔州。

②"文章"句:用三国魏曹丕《典论·论文》句意:"盖文章经国之大业,不朽之盛事。"

③浪垂:虚传。

④"骚人"二句:言汉文承楚骚。

⑤"前辈"二句:言古今诗风不同。馀波绮丽为:建安以后,诗风趋向绮丽侈靡,

故李白《古风》曰:"自从建安来,绮丽不足珍。"

⑥弱岁:弱冠之岁,即二十岁。

⑦怀:追怀。江左逸:指定都江左建康(今南京)的东晋及南朝文坛上活动的一批作家。如东晋王谢之族,宋之谢灵运、鲍照,齐之谢朓,梁之何逊,陈之阴铿等,其诗文大多洒脱逸秀。

⑧病:自患未能也。邺中奇:指曹魏时期集中于邺下的一批作家,如建安七子等。其文风慷慨有奇气。

⑨"骐骥"句:语出曹丕《典论》:"今之文人,孔融、陈琳、王粲、徐幹、阮瑀、应玚、刘桢,斯七人者……咸自以骋骐骥于千里,仰齐足而并驰。"

⑩"骐骥"句:用徐陵父子事。据《陈书·徐陵传》载:陵少时被宝志和尚称为"天上石麒麟",及子徐俭长成,南朝梁元帝召为尚书金部郎中,尝侍宴赋诗,元帝叹赏曰:"徐氏之子,复有父矣。"唯传中"麒麟"鹿属,与杜诗所称者有异。骐骥,有本作"麒麟"。

⑪"车轮"句:用《庄子·天道》典。轮扁答齐桓公技艺之道曰:"以臣之事观之,斫轮徐则甘而不固,疾则苦而不入。不徐不疾,得之于手而应于心。口不能言,有数存焉于其间。臣不能以喻臣之子,臣之子亦不能受之于臣,是以行年七十而老斫轮。"此以喻为诗之难。

⑫"堂构"句:《书·大诰》:"若考作室,既底法,厥子乃弗肯堂,矧肯构?"此喻文章之业难以继承,不肯为堂基,况肯构立屋?

⑬潜夫论:书名,东汉王符所著。此借其字面,表示要潜心创作,不求彰显。

⑭幼妇碑:曹娥碑。汉蔡邕题其后曰:"黄绢幼妇,外孙齑臼。"杨修读即解,曹操行三十里乃悟曰:"黄绢,色丝,'绝'字也;幼妇,少女,'妙'字也;外孙,女子之子,'好'字也;齑臼,受辛之器,'辤'字也。"此借以隐"绝妙好辞"几字。

⑮缘情:晋陆机《文赋》:"诗缘情而绮靡。"此言写诗以自慰。

⑯假一枝:用《庄子·逍遥游》"鹪鹩巢于深林,不过一枝"寓意。假,借。

⑰"尘沙"二句:写夔州环境。

⑱"萧瑟"句:用《四皓歌》句意:"唐虞世远,吾将何归。"

⑲楚汉危:以楚汉之际豪杰相王,喻当世军阀之争。

⑳盗贼:指崔旴。时为西山都知兵马使,畏祸转入山中,与节度使郭英乂兵戎相见。

○21"异俗"句:言夔州多夷人,风俗异于汉族。

○22星辰剑:晋雷次宗《豫章记》称:吴未亡时,常有紫气见斗牛间,张华问于雷孔章,孔章判定,斗牛间有异气是宝物,精在豫章丰城。张华以孔章为丰城令,掘地二丈,得玉匣长八尺,内有二剑。是夕,牛斗间气不复见。句以气干星辰之宝剑自况。

○23云雨池:用周瑜言于刘备语:"蛟龙得云雨,终非池中物。"

○24"两都"二句:言两都不保,天下用兵。此前吐蕃尝陷两京。

○25铜柱:汉马援征南时,立铜柱勒功其上。此指西原蛮陷邵州,桂州山獠造反事初平。

○26月支:汉西域国名,此代指吐蕃。

○27"音书"句:言书信不来。

○28"稼穑"句:言为耕作糊口而无心去写诗。

○29土宜:当地风俗。

○30白阁、黄陂:长安附近山水。黄,一作"皇"。

○31要:读平声。

[点评]

　　仇兆鳌《杜诗详注》曰:"此诗是二段格,前半论诗文,以'文章千古事'为纲领;后半叙境遇,以'缘情慰漂荡'为关键。前段结云:'漫作潜夫论,虚传幼妇碑',隐以'千古事'自期矣;后段结云:'不敢要佳句,愁来赋别离'仍以'慰漂荡'自解矣。其段落之严整,脉理之精细如此。"此论诗之结构甚确,然上段论文者似更有可观,可明老杜一生创作之心迹。

画　鹰①

素练风霜起②，苍鹰画作殊③。

㩳身思狡兔④，侧目似愁胡⑤。

绦镟光堪摘，轩楹势可呼⑥。

何当击凡鸟，毛血洒平芜⑦！

[注释]

①此为品画之作，未详作年。

②素练：指作画所用白绢。风霜起：指画鹰所显露的威猛之势。

③殊：非同寻常。

④㩳：古"竦"字。

⑤"侧目"句：用晋孙楚《鹰赋》句意："深目蛾眉，状如愁胡。"鹰目色黄而形凹，与胡人之目相似，故有此比。

⑥绦镟：系鹰之丝绳与绳上转轴。势可呼：言画面绘鹰于轩楹之上，其势似呼之欲出。两句写画作之逼真。

⑦"何当"二句：据《幽冥录》称，楚文王猎于云梦之泽，云际鸟翔翔飘飏，鹰见之，竦翮而升，矗若飞电，须臾羽堕如雪，血洒如雨，两翅坠地，广数十里。

[点评]

　　"㩳身""侧目"一联，已曲尽鹰之态势精神，末以"击凡鸟"作结，更是痛快淋漓，足见诗人自家之胸襟气魄也。仇兆鳌《杜诗详注》评曰："末又从画鹰想出真鹰，几于写生欲活。每咏一物，必以全副精神入之，老笔苍劲中，时见灵气飞舞。"《唐宋诗举要》引吴（汝纶）之语曰："咏鹰、咏马，皆杜公独擅。"

题壁上韦偃画马歌[①]

韦侯别我有所适[②]，知我怜君画无敌。

戏拈秃笔扫骅骝，欻见骐驎出东壁[③]。

一匹龁草一匹嘶，坐看千里当霜蹄[④]。

时危安得真致此，与人同生亦同死[⑤]！

[注释]

①此诗约作于上元元年（760），作者时在成都。韦偃：仇注引朱景玄《画断》曰："韦偃，京兆（长安）人，寓居于蜀。常以越笔点簇鞍马，千变万态或腾或倚，或龁或饮，或惊或止，或走或起，或翘或跂。其小者，或头一点，或尾一抹，巧妙离奇，韩幹之匹也。"

②有所适：要前往某处。

③欻（xū需）：忽然。

④坐看：因看。千里：《后汉书·马援传》："昔有骐骥，一日千里。"当霜蹄：《庄子·马蹄》："马蹄可以践霜雪。"

⑤"与人"句：言壁上之画马，将与诗人同在。

[点评]

韦偃以"点簇"法画马，"戏拈秃笔"，正道出韦偃画技与画风，"欻见骐驎出东壁"，则画作之逼真可知。较寻常题画诗不同者在最后一联，"时危安得真致此"？有此一问，人与马精神俱出。

宋洪迈《容斋随笔》曰："江山登临之美，泉石赏玩之胜，世间佳境也，观者必曰'如画'。故有'江山如画''天开图画即江山''身在画图中'之语。至于丹青之妙，好事君子嗟叹之不足者，则又以逼真目之。如老杜'人间又见真乘黄''时危安得真致此''悄然坐我天姥下''斯须九重真龙出''凭轩忽若无丹青''高堂见生鹘''直讶松杉冷，兼疑菱荇香'之句是也。"言绘画曰"逼真"，言真景曰"如画"，此换位批评之法为杜甫所善用。

韦讽录事宅观曹将军画马图歌①

国初已来画鞍马②，神妙独数江都王③。将军得名三十载，人间又见真乘黄④。曾貌先帝照夜白⑤，龙池十日飞霹雳⑥。内府殷红玛瑙盘，婕妤传诏才人索。盘赐将军拜舞归，轻纨细绮相追飞。贵戚权门得笔迹，始觉屏障生光辉。昔日太宗拳毛䯄⑦，近时郭家狮子花⑧。今之新图有二马，复令识者久叹嗟。此皆战骑一敌万，缟素漠漠开风沙。其余七匹亦殊绝，迥若寒空杂霞雪⑨。霜蹄蹴踏长楸间⑩，马官厮养森成列。可怜九马争神骏⑪，顾视清高气深稳。借问苦心爱者谁，后有韦讽前支遁⑫。忆昔巡幸新丰宫，翠华拂天来向东⑬。腾骧磊落三万匹⑭，皆与此图筋骨同。自从献宝朝河宗，无复射蛟江水中⑮。君不见金粟堆前松柏里，龙媒去尽鸟呼风⑯。

[注释]

①此诗或作于广德二年(764)重归成都时。韦讽,阆州录事,居成都。曹将军,曹霸。三国魏曹髦之后。开元中已得名,天宝末每诏写御马及功臣,官至左武卫将军。

②国初以来:指唐开国以来。

③江都王:李绪。霍王元轨之子,太宗皇帝之侄。多才艺,善书画,尤长于鞍马。此以江都王衬托曹霸。

④真乘黄:活的神马。乘黄,瑞应之物,《竹书纪年》称帝舜元年出乘黄之马。一说乘黄状似狐。此取其字面以称马。《诗经·大叔于田》:"叔于田,乘乘黄。"

⑤"曾貌"句:咏曹霸为明皇御马写真事。《明皇杂录》称,上所乘马有玉花骢、照夜白。画监曹霸人马图,红衣美髯奚官牵玉面骍,绿衣阉官牵照夜白。

⑥龙池:在唐宫南内南熏殿北、跃龙门南。此句写绘出照夜白后宫廷的震动,亦寓照夜白为真龙,故龙池有感应。

⑦拳毛騧:太宗六骏之一,刻石于昭陵北阙下,马黄毛而黑喙。

⑧郭家:郭子仪家。狮子花:马名。代宗曾以御马九花虬赐郭子仪。其马额高九寸,拳毛如鳞。狮子花即其相类者。

⑨杂霞雪:赵次公注本作"动烟雪"。

⑩霜蹄:即马蹄。《庄子·马蹄》:"马蹄可以践霜雪。"长楸:古人种楸于道,故曰长楸。句用曹植《名都篇》"斗鸡东郊道,走马长楸间"诗句。

⑪九马:即上文所言"新图有二马"及"其余七匹"。

⑫支遁:晋时僧人,字道林。《世说新语·言语》载:"支道林常养数匹马,或言道人畜马不韵,支曰:'贫道重其神骏。'"

⑬新丰宫:即骊山离宫,以在新丰邑之南,故有此称。翠华:天子之旗。向东:骊山宫在长安之东。两句忆明皇事。

⑭三万匹:明皇东封时,取牧马数万匹,每色为一队,相间若锦绣。

⑮"自从"二句:写明皇故去。献宝朝河宗:据《穆天子传》称,穆王西征至阳纡之山,河伯冯夷之所都居,是惟河宗氏,天子沉璧礼焉。自此归而上升。此以比明皇之西归。射蛟:汉武帝事。《汉书·武帝纪》称,元封五年,帝自浔阳浮江,亲射蛟江中,获之。此借以言明皇已故,不复有射蛟事。

⑯金粟堆:即金粟山,在奉先县东北二十里,明皇泰陵所在地。龙媒:即天马。《汉书·礼乐志》:"天马来,龙之媒。"后以龙媒指天马。两句言明皇墓前不见天马,惟闻鸟啼。

[点评]

老杜一支笔,上下翻飞,从画马写到真马,将国初以来之名马及鞍马画技,一并罗致笔下,更间以先皇旧事,令人顿生沧桑感慨。于咏物间糅以时事,实开清初吴伟业歌行之法也。

奉先刘少府新画山水障歌①

堂上不合生枫树,怪底江山起烟雾!闻君扫却赤县图②,乘兴遣画沧洲趣③。画师亦无数,好手不可遇。对此融心神,知君重毫素④。岂但祁岳与郑虔,笔迹远过杨契丹⑤。得非玄圃裂?无乃潇湘翻⑥?悄然坐我天姥下⑦,耳边已似闻清猿。反思前夜风雨急,乃是蒲城鬼神入⑧。元气淋漓障犹湿,真宰上诉天应泣⑨。野亭春还杂花远,渔翁暝踏孤舟立。沧浪水深青溟阔,欹岸侧岛秋毫末。不见湘妃鼓瑟时,至今斑竹临江活⑩。刘侯天机精,爱画入骨髓。自有两儿郎,挥洒亦莫比。大儿聪明到:能添老树巅崖里。小儿心孔开⑪:貌得山僧及童子。若耶溪,云门寺⑫,吾独胡为在泥滓⑬?青鞋布袜从此始⑭!

[注释]

①此诗作于天宝十三载(754)杜甫携家迁往奉先以后。奉先,今陕西蒲城。刘少府:奉先县尉刘单。少府,对县尉的尊称。山水障:绘有山水的屏障。

②君:指刘少府。赤县图:另一幅山水图画。

③沧洲趣:山水野逸之趣。沧洲,滨水之地,古以称隐者所居。南朝齐谢朓《之宣城出新林浦向板桥》诗曰:"既欢怀禄情,复协沧洲趣。"此指所咏之山水障。

④毫素:绘画所用的毛笔和绢素。此代指画技。

⑤祁岳、郑虔:杜甫的同时代画家。祁岳画迹唐时已不传,李嗣真《续画品录》仅录其名。郑虔善画山水,尝自写其诗并画以献,玄宗大署其尾曰"三绝"。余详见《醉时歌》注③。杨契丹:隋朝大画家,《后画录》称其"六法颇该,殊丰骨气"。两句是为刘少府之画技定位。

⑥玄圃:传为仙人居处,在昆仑山之巅。潇湘:二水名,在湖南零陵县合流。两句言刘少府把玄圃、潇湘移入画中。

⑦天姥:山名。详见《壮游》注㉔。

⑧蒲城:即奉先县旧名。鬼神入:言刘单之画已惊动鬼神。

⑨真宰:天神。

⑩"野亭"六句:述画中景物。

⑪心孔开:开启心窍。汉王充《论衡·艺增》:"开心通意,晓解觉悟。"

⑫若耶溪:在浙江绍兴若耶山下,近溪有云门寺。风景秀丽,溪水至清,照众山倒影,窥之如画。

⑬泥滓:泥淖。指官场仕途。杜甫时困守长安已八九年。

⑭青鞋布袜:云游的装束。表示要从此去遨游山水。

[点评]

　　起笔突兀,气韵生动,至"反思前夜风雨急,乃是蒲城鬼神入"云云,为第一段,评述刘少府之画技;"野亭"以下为第二段,细言画面内容,兼及刘之二子;末以"青鞋布袜从此始"作结,正所谓见画而有青山之想也。老杜谈艺论画之作,往往超尘脱俗,本篇又为个中翘楚,故宋之王荆公、苏东坡皆录此诗及《戏题王宰山水图歌》(详见下篇)于座右,"时时哦之,以快滞懑"(见《苕溪渔隐丛话》);

杨万里则以为"堂上不合生枫树"两句是诗中之"惊人句"（见《诚斋诗话》），足见老杜此诗之艺术魅力。

戏题王宰画山水图歌①

　　十日画一水，五日画一石。能事不受相促迫，王宰始肯留真迹②。壮哉昆仑方壶图③，挂君高堂之素壁。巴陵洞庭日本东④，赤岸水与银河通⑤，中有云气随飞龙。

　　舟人渔子入浦溆⑥，山木尽亚洪涛风⑦。尤工远势古莫比，咫尺应须论万里⑧。焉得并州快剪刀，剪取吴淞半江水⑨。

[注释]

①此诗作于上元元年（760），作者时在成都。王宰，蜀人。张彦远《历代名画记》称其"多画蜀山，玲珑窳空，巉嵯巧峭"。朱景玄《唐朝名画录》又称其"山水松石，并可跻于妙上品"。

②"能事"二句：言从容有余裕，王宰始肯作画。

③昆仑、方壶：神话传说中的仙山，此以喻王宰所绘之山水缥缈有仙气。

④巴陵：今湖南岳阳，地当洞庭湖入江之口。

⑤赤岸：赤水之岸。传说"西海之外有赤水"（见《山海经·大荒经》）。枚乘《七发》："凌赤岸，篲扶桑。"此句写画面中水势之大。

⑥浦溆：二字同义，指水边。

⑦亚：低伏。此句言风势如涛，山木为之偃伏。

⑧远势：指山水画法中的"平远山水"。咫：八寸。咫尺，指画面尺幅而言。两句

言王宰的平远山水有尺幅万里之势。

⑨"焉得"二句：典出晋索靖故事。索靖见顾恺之画，说："恨不带并州快剪刀来，剪淞江半幅纹练归去。"并州，今山西太原。古以产利剪著名。吴淞，吴地之淞江。为太湖最大支脉。

[点评]

杜甫在本篇中提出了绘画史上颇为值得注意的两项作画原则："能事不受相促迫"和"咫尺应须论万里"。第一项为后世论画者普遍接受，宋代黄庭坚在《次韵子瞻题郭熙画秋山》中即写道："但熙肯作宽画程，十日五日一水石。"后一项则又是杜甫对前代画论的继承和发展，其说首见于南朝宋代宗炳的《画山水序》，文中说："昆仑山之大，瞳子之小，迫目以寸，则其形莫睹；迥以数里，则可围于寸眸。诚由去之稍阔，则其见弥小。今张绢素以远映，则昆阆之形，可围于方寸之内。竖划三寸，当千仞之高；横墨数尺，体百里之迥。是以观画图者，徒患类之不巧，不以制小而累其似，此自然之势。如是，则嵩华之秀，玄牝之灵，皆可得之于一图矣。"杜甫将这种技法和理论概括为"远势"和"咫尺万里"，至北宋郭熙、郭思父子所撰《林泉高致》，又将"远势"分为"高远""深远""平远"，足见在绘画理论的发展中，老杜论画之说是重要的一环，大可供画家参考。

丹青引赠曹将军霸①

将军魏武之子孙②，于今为庶为清门③。英雄割据虽已矣，文采风流今尚存④。学书初学卫夫人⑤，但恨无过王右军⑥。丹青不知老将至，富贵于我如浮云⑦。开元之中常引见⑧，承恩数上南熏殿⑨。

凌烟功臣少颜色⑩，将军下笔开生面⑪。良相头上进贤冠⑫，猛将腰间大羽箭。褒公鄂公毛发动⑬，英姿飒爽来酣战。先帝御马玉花骢⑭，画工如山貌不同⑮。是日牵来赤墀下⑯，迥立阊阖生长风⑰。诏谓将军拂绢素，意匠惨淡经营中⑱。斯须九重真龙出⑲，一洗万古凡马空！玉花却在御榻上⑳，榻上庭前屹相向㉑。至尊含笑催赐金，圉人太仆皆惆怅㉒。弟子韩幹早入室㉓，亦能画马穷殊相㉔。幹惟画肉不画骨，忍使骅骝气凋丧㉕？将军善画盖有神，偶逢佳士亦写真㉖。即今漂泊干戈际㉗，屡貌寻常行路人。穷途反遭俗眼白，世上未有如公贫。但看古来盛名下，终日坎壈缠其身㉘。

[注释]

①此诗约作于广德二年(764)，作者时在成都。丹青，绘画中所用红绿两种颜料，后用为绘事的代称。引，琴曲曲调之一种，亦用为诗体名。曹将军霸，曹霸。唐谯郡(今安徽亳县附近)人，著名画家，长于鞍马、人物。唐张彦远《历代名画记》称："曹霸，魏曹髦(曹操曾孙)之后，髦画称于后代。霸在开元中已得名，天宝末，每诏写御马及功臣，官至左武卫将军。"杜甫另有《韦讽录事宅观曹将军画马图歌》。

②魏武：魏武帝曹操。

③庶：庶民百姓。清门：寒素之家。唐玄宗末年，曹霸因罪被贬为庶人。

④"英雄"二句：言曹操霸业已成陈迹，文采风流尚后继有人。

⑤卫夫人：卫铄。晋汝阴太守李矩之妻，擅长书法，著有《笔阵图》，王羲之曾从其习书。

⑥王右军：晋代大书法家王羲之。《晋书》："王羲之字逸少，起家秘书郎，后为右军将军。"

⑦"丹青"二句：言曹霸专心于画技，不问浮名。《论语·述而》："其为人也，发愤忘食，乐以忘忧，不知老之将至云尔。"又："不义而富且贵，于我如浮云。"此即杜诗所本。

⑧开元:唐玄宗年号:公元713—741年。

⑨南熏殿:在南内兴庆宫。

⑩凌烟功臣:绘于凌烟阁上的功臣画像。《旧唐书·太宗本纪》记载:贞观十七年(643)二月"戊申,诏图画司徒赵国公无忌等勋臣二十四人于凌烟阁。"阁在西内三清殿侧。少颜色:指旧画颜色暗淡。

⑪开生面:指重新摹画新像。

⑫进贤冠:《后汉书·舆服志》:"进贤冠,古缁布冠也,文儒者之服。"唐时定为朝见皇帝的一种礼冠。

⑬褒公:褒国忠壮公段志玄。鄂公:鄂国公尉迟敬德。二人在凌烟阁上分别排行第十和第七。毛发动:形容画作之生动。

⑭先帝:指唐玄宗。玉花骢:玄宗所爱之马名,原产西域。

⑮画工如山:言画工众多。貌不同:画不像。

⑯赤墀:殿廷之红色台阶。

⑰迥立:昂首卓立。阊阖:天门。此指帝王宫殿之门。

⑱匠意:犹今之所言"匠心"。惨淡经营:作画前,先用浅淡颜色打底,苦心构思,经营位置。后泛指尽心谋划。经营,即经营位置。南朝齐谢赫《古画品录》所言绘画六法之一。

⑲斯须:一会儿。九重:九重门,指皇宫。真龙:指马。旧说马长九尺为龙。

⑳玉花:即玉花骢。此指画在绢素上的玉花骢之图。

㉑屹相向:屹立相对。言画图与真马毫无二致。

㉒圉人、太仆:替皇帝掌管车马者。惆怅:为真马难以胜过画图而怅然若失。

㉓韩干:《历代名画记》称:"韩干,大梁人。……善写貌人物,尤工鞍马。初师曹霸,后自独擅。"入室:得到老师真传。《论语·先进》载孔子评子路语曰:"升堂矣,未入于室也。"

㉔穷殊相:穷尽各种形态。

㉕"韩惟"二句:为反衬曹霸画技而出,言韩干画马只及肉而不及骨,能穷形尽相而不能画出马之神骏意态。

㉖偶:一作"必"。写真:画肖像。

㉗干戈际:安史之乱余波未平。

㉘坎壈:困顿不得志。

　　此篇重在论人,而兼及论画,故较其他题画之作不同。清徐增在《而庵诗话》中评曰:"此歌起处,写将军之当时,极其尪炨;结处写将军之今日,极其慷慨;中间叙其丹青之恩遇,以画马为主;马之前后,又将功臣、佳士来衬,起头之上,更有起头,结尾之下,又有结尾。气厚力大,沉酣夭矫。看其局势,如百万雄兵团团围住,独马单枪杀进去又杀出来,非同小可。子美,歌行中大将,此首尤为旗鼓。可见行兵、行文、作诗、作画,无异法也。"评语句句切中肯綮,是真通杜诗者。老杜非画人,但题画品艺之诗,篇篇精妙,足为画论之助。如"元气淋漓障犹湿""请君放笔为直干""韩惟画肉不画骨",俱为画论中名言,可知作诗、作画"无异法"也。

存殁口号二首①

（其二）

　　郑公粉绘随长夜②,曹霸丹青已白头③。

　　天下何曾有山水,人间不解重骅骝④。

[注释]

①此诗或作于大历元年(766)。杜甫自注曰:"高士荥阳郑虔,善画山水;曹霸,善画马。"此诗所咏二人郑殁而曹存,故题曰"存殁"。口号(háo 毫):一种古诗体。表示随口吟成,与"口占"相似。南朝宋鲍照有《还都口号》,梁简文帝有《仰和卫尉新渝侯巡城口号》,后人沿用为诗题。

②郑公:郑虔。764 年死于台州。余详见《送郑十八虔贬台州司户伤其临老陷贼

之故阙为面别情见于诗》并注。

③曹霸:详《丹青引赠曹将军霸》。

④"天下"二句:言郑公已殁,世间再无山水秀作可赏,曹霸已老,谁人解识骅骝之价。

[点评]

杜甫热爱艺术,故对艺术家的困顿遭际非常关注,并因此发出"人间不解重骅骝"的浩叹。然世上不重骅骝而千金市骨的事时有发生,岂不哀哉!

宋洪迈《容斋续笔》指出:"子美存殁绝句,每篇一存一殁",其体为黄庭坚所袭用。其《病起荆江亭即事》曰:"闭门觅句陈无己,对客挥毫秦少游。正字不知温饱味,西风吹泪古藤州。"时少游殁,无己存。

李潮八分小篆歌①

苍颉鸟迹既茫昧②,字体变化如浮云③。陈仓石鼓又已讹④,大小二篆生八分⑤。秦有李斯汉蔡邕⑥,中间作者绝不闻。峄山之碑野火焚⑦,枣木传刻肥失真⑧。苦县光和尚骨立,书贵瘦硬方通神⑨。惜哉李蔡不复得⑩,吾甥李潮下笔亲。尚书韩择木⑪,骑曹蔡有邻⑫,开元已来数八分,潮也奄有二子成三人⑬。况潮小篆逼秦相,快剑长戟森相向⑭。八分一字直百金,蛟龙盘拿肉屈强⑮。吴郡张颠夸草书⑯,草书非古空雄壮。岂如吾甥不流宕,丞相中郎丈人行⑰。巴东逢李潮⑱,逾月求我歌。我今衰老才力薄,潮乎潮乎奈汝何⑲!

[注释]

①此诗当作于大历初年居夔州时。李潮,杜甫外甥。其书法不见重于当时,留传后世有《唐惠义寺弥勒像碑》等,亦无佳评。八分:介于篆书、隶书之间的一种书体。

②苍颉:亦作"仓颉",传说为汉字之创始者。相传他窥鸟迹而始作书契。

③字体变化:指汉字由甲骨而金文,而篆隶,而真书,而行草的变化。

④陈仓石鼓:石鼓文刻于秦襄公(前777—前766)时期,刻石形状似鼓,共十面,文字记述秦国君的田猎,也称"猎碣"。唐初在陕西陈仓发现。唐末以来多次被移置,现藏北京故宫博物院。

⑤大小二篆:相传秦相李斯将籀文简化为秦篆,又称小篆,籀文称大篆。句言八分书由篆书生发而来。

⑥李斯:秦丞相,善小篆。蔡邕:东汉著名书法家,善八分书。

⑦峄山之碑:指秦始皇东巡时在山东邹县峄山留下的石刻,传为李斯手笔。原石已不存,今有摹刻。

⑧枣木传刻:指木版雕刻。多用梨枣之类硬质木料为雕版。

⑨苦县光和:乃汉碑之代表作品。苦县有汉延熹八年所立之《老子铭》,蔡邕书,马永卿赞,字画遒劲,是以老子为苦县人也。光和为东汉灵帝年号,光和年间汉碑有《北岳碑》《华山亭碑》等。从此两句中可知,杜甫推崇汉碑中之瘦硬者。

⑩李蔡:李斯、蔡邕。

⑪韩择木:唐昌黎人,韩愈的叔父。上元元年四月由右散骑常侍迁礼部尚书。《宣和画谱》称其"工隶兼作八分,风流闲媚,世谓邕中兴焉"。

⑫蔡有邻:《书史会要》称:有邻为蔡邕十八代孙,"官至右卫率府兵曹参军,工八分书,书法劲险"。

⑬奄有:遂有。句言李潮之八分书与韩择木、蔡有邻相比肩。

⑭快剑长戟:形容李潮小篆之瘦硬风格。

⑮蛟龙盘拿:以形容李潮书法的盘曲飞动之势。肉屈强:形容李潮书法如蛟龙盘拿般骨肉一体、刚柔相济,线条有可弹动的张力。

⑯张颠:唐吴郡人张旭。善草书。李肇《国史补》称,他"每醉后号呼狂走,索笔挥洒,时人号为'张颠'"。余详见《饮中八仙歌》注⑧。

⑰流宕:用晋湛方生《诸人共讲老子诗》句意:"流宕失真宗,遂之弱丧辙。"丞相:
指李斯。中郎:指蔡邕。邕曾为左中郎将。丈人:对长辈的尊称。两句言李潮书
法不失真宗,可与李蔡为伍。

⑱巴东:指夔州。夔州属巴东。

⑲"我今"二句:言才力不足以为李潮作歌,此为结束之语。

[点评]

　　《字书》载王羲之之语曰:"凡字多肉微骨,谓之墨猪书也。"老杜亦是"尚骨"
派,或以其自家"太瘦生"也,故论马尚瘦"锋棱瘦骨成",论画尚瘦"韩惟画肉不
画骨,忍使骅骝气凋丧";论书还是尚瘦"书贵瘦硬方通神"。此论为"尚肥"派所
不取,宋张耒曰:"韩生丹青写天厩,磊落万龙无一瘦。"(《萧朝散惠石本韩幹马
图马亡后足》)苏轼曰:"杜陵评书贵瘦硬,此论未公吾不凭。"(《墨妙亭》)张耒
说,天厩之马喂得好,原本不瘦;苏轼书学徐浩,用笔圆熟多肉,故不尚瘦。然杜
甫论书一如论画,其中亦颇可观者,正如《苕溪渔隐丛话》所说:"此诗叙书之颠
末,可谓详尽,后人笔力岂能到此! ……唐初欧、虞、褚、薛字皆瘦劲,故子美有
'书贵瘦硬'之语。此非独言篆字,盖真字亦皆然也。"

观公孙大娘弟子舞剑器行

并序①

　　大历二年十月十九日,夔州别驾元持宅,见临颍李十二娘舞剑器②,壮其蔚
跂③。问其所师,曰:"余,公孙大娘弟子也。"开元五载④,余尚童稚,记于郾城观
公孙氏舞剑器浑脱⑤,浏漓顿挫,独出冠时。自高头宜春梨园二伎坊内人⑥,洎外
供奉舞女⑦,晓是舞者,圣文神武皇帝初⑧,公孙一人而已! 玉貌锦衣,况余白首!

今兹弟子，亦匪盛颜⑨。既辨其由来，知波澜莫二⑩。抚事慷慨，聊为《剑器行》。昔者吴人张旭善草书书帖⑪，数尝于邺县见公孙大娘舞西河剑器，自此草书长进，豪荡感激⑫，即公孙可知矣！

　　昔有佳人公孙氏，一舞剑器动四方。观者如山色沮丧，天地为之久低昂。爧如羿射九日落⑬，矫如群帝骖龙翔⑭。来如雷霆收震怒，罢如江海凝清光⑮。绛唇珠袖两寂寞⑯，晚有弟子传芬芳。临颍美人在白帝⑰，妙舞此曲神扬扬。与余问答既有以⑱，感时抚事增惋伤。先帝侍女八千人⑲，公孙剑器初第一⑳。五十年间似反掌㉑，风尘澒洞昏王室㉒！梨园弟子散如烟，女乐馀姿映寒日㉓。金粟堆南木已拱㉔，瞿塘石城草萧瑟㉕。玳筵急管曲复终，乐极哀来月东出。老夫不知其所往，足茧荒山转愁疾㉖！

[注释]

①本篇为大历二年(767)在夔州作。公孙大娘，姓公孙的女艺人，开元中以善舞剑器称名一时。剑器，唐代"健舞"之一。健舞即"武舞"，与"文舞"相对，动作迅速激烈，有雄健之美。据清钱谦益注杜诗所引《明皇杂录》称："时有公孙大娘者，善舞剑，能为《邻里曲》及《裴将军满堂势》《西河剑器浑脱》。"据郑嵎《津阳门》诗记述，玄宗生日时，杂陈百戏，其中即有公孙大娘舞剑。公孙大娘弟子，即诗序中所说的李十二娘。

②夔府：夔州都督府，府治在今四川奉节。别驾：郡守的辅助官。元持：人名，亦有本作"元特"。临颍：县名，故址在今河南临颍县西北。

③蔚跂：雄健貌。

④开元五载：即公元 717 年。

⑤郾城：今属河南，在临颍之南。浑脱：译音，即囊袋。后为健舞曲名之一。由波斯传入的"泼寒胡戏"演化而来，舞姿粗犷。武后末年，有人把"剑器"舞和"浑脱"舞糅在一起，即名"剑器浑脱"。

⑥高头:超出。犹今所言"较……高出一头"。宜春梨园二伎坊:宋程大昌《雍录》:"开元二年,置教坊于蓬莱宫,上自教法曲,谓之'梨园弟子'。至天宝中,即东宫置宜春北苑,命宫女数百人为梨园弟子。"内人:唐崔令钦《教坊记》:"伎女入宜春院,谓之内人,亦曰前头人,常在上前头也。"

⑦洎:及。外供奉:指不居宫内,随时应诏入宫表演的艺伎。

⑧圣文神武皇帝:唐玄宗的尊号。

⑨"玉貌"四句:言初见公孙舞剑器时,她"玉貌锦衣",如今我已白头,公孙弟子也不年轻了。匪,同"非"。

⑩波澜莫二:犹言"一脉相承"。

⑪张旭:见《饮中八仙歌》注⑧。

⑫邺县:今河南安阳。西河剑器:剑器舞的一种,西河当指河西、河湟一带,为舞之产地。草书长进:李肇《国史补》引张旭之语曰:"始吾见公主担夫争路,而得笔法之意;后见公孙氏舞剑器,而得其神。"豪荡感激:指由剑器舞中得来的奔放勃发笔势。

⑬燿(huò 霍):闪动貌。羿射九日:《淮南子·本经训》所载神话传说:尧时十日并出,后羿射落其九。

⑭群帝:群神。骖龙翔:驾龙飞翔。

⑮江海凝清光:指舞蹈初停而剑影犹在,如江海上平静下来的波光。

⑯绛唇珠袖:前指人,后指舞。

⑰白帝:指夔府。详见《白帝》注①。

⑱以:根由,原委。

⑲先帝:指唐玄宗。八千人:泛言其多。

⑳初:始也,本也。

㉑五十年:自开元五年(717)至大历二年(767),恰五十年。

㉒颒洞:本洪水广大无边貌,此与"风尘"相接喻社会动荡,指安史之乱。

㉓寒日:此诗作于冬十月,故称"寒日",亦有式微萧条之意。

㉔金粟堆:见《韦讽录事宅观曹将军画马图歌》注⑯。

㉕瞿塘:即瞿塘峡。石城:指白帝城,其地处瞿塘峡口。

㉖"老夫"二句:自伤漂泊。

[点评]

　　诗人幼观公孙大娘舞剑器,五十年后观其弟子李十二娘舞剑器,娓娓道来者,俱为五十年间之"风尘澒洞"也。王嗣奭《杜臆》曰:"此诗见剑器而伤往事,所谓抚事慷慨也。故咏李氏,却思公孙;咏公孙,却思先帝,全是为开元天宝五十年治乱兴衰而发。""咏李氏却思公孙,咏公孙却思先帝",确是本篇结构安排之独到处,故而曲折嶙峋,波澜起伏,收放之间,皆是妙笔。此篇序以错落妙,诗以整饬妙,错落中见悠扬,整饬中有跌宕,两相映衬,益见诗心。王室蒙尘,梨园星散,妙伎式微,诗人亦"足茧荒山"而无所依,由剑舞细事而见王朝盛衰,老杜足当"诗史"之誉耳。

赠花卿①

锦城丝管日纷纷,半入江风半入云。

此曲只应天上有,人间能得几回闻?

[注释]

①此诗约是上元二年(761)在成都作。花卿:指崔旴部将花惊定,曾平定段子璋之乱。杜甫另有《戏作花卿歌》曰:"成都猛将有花卿,学语小儿知姓名。"

[点评]

　　关于此诗之作意,多有纷争。或以为讽花卿僭作天子之乐,或以为赞歌舞之妙,今人多从咏音乐之妙方面读之。《唐宋诗举要》曰:"'锦城丝管'之篇,'岐王宅里'之咏,较之太白、龙标,殊无愧色。"此就其风华流丽之格调论也,此正诗之妙处。

吹　笛①

吹笛秋山风月清②,谁家巧作断肠声。

风飘律吕相和切,月傍关山几处明③。

胡骑中宵堪北走④,武陵一曲想南征⑤。

故园杨柳今摇落⑥,何得愁中却尽生。

[注释]

①此诗约作于大历元年(766),时在夔州。

②"吹笛"句:本于南朝陈江总《秋日登广州城南楼》:"秋城韵晚笛,危榭引清风。"

③月傍关山:乐府横吹曲中有《关山月》,《解题》云:"《关山月》,伤离别也。"

④"胡骑"句:以吹笳退敌典事喻吹笛。据《世说新语》载:刘琨为并州刺史,胡骑围之数重。琨夕乘月登楼清啸,贼闻之凄然长叹,中夜奏胡笳,贼皆流涕,人有怀土之思。向晚又吹之,贼并弃围奔走。此亦兼指吐蕃退走实事。永泰元年(765),吐蕃与回纥入寇,郭子仪免胄释甲,投枪而进,回纥酋长皆下马罗拜,再成和约,吐蕃闻之,夜引兵遁去。

⑤武陵一曲:即乐府杂曲歌辞所录之《武陵深行》,又名《武溪深行》,东汉马援南征时所作。崔豹《古今注》曰:"援门生爰寄生善吹笛,援作歌,令寄生吹笛和之,名曰《武溪深》。"

⑥杨柳今摇落:笛曲有《折杨柳》,此翻其意。

[点评]

巧以吹笛、吹箫典事入诗。仇注引陆时雍评语曰："结出故国关情,千条万绪,用巧而不见,乃为大家。"

江南逢李龟年①

岐王宅里寻常见②,崔九堂前几度闻③。

正是江南好风景,落花时节又逢君。

[注释]

①此诗约作于大历五年(770),即杜甫去世之年。李龟年:开元、天宝年间著名乐师。据唐《明皇杂录》称,李龟年及弟彭年、鹤年因善歌舞见赏于明皇,于东都之通远里大起第宅,显赫逾于公侯,"其后龟年流落江南,每逢良辰胜赏,为人歌数阕。座中闻之,莫不掩泣罢酒。"

②岐王:睿宗第四子李范。《旧唐书·睿宗诸子传》称他"好学工书,雅爱文章之士,士无贵贱皆尽礼接待"。

③崔九:本篇原注曰:"崔九即殿中监崔涤,中书令湜之弟。"《旧唐书·崔仁师传》称,涤"素与玄宗款密。兄湜坐太平党诛,玄宗常思之,故待涤逾厚,用为秘书监,出入禁中。与诸王侍宴,不让席而坐。"

[点评]

世运之治乱、年华之盛衰,彼此之凄凉流落,俱在诗里,又俱在言外,与字面之流丽风韵相表里,真哀感顽艳之千秋绝调也。

西蜀樱桃也自红

房兵曹胡马①

胡马大宛名②,锋棱瘦骨成。

竹批双耳峻③,风入四蹄轻④。

所向无空阔,真堪托死生⑤。

骁腾有如此⑥,万里可横行。

[注释]

①此诗约作于开元二十八九年(740、741)间,诗人正漫游齐赵。房兵曹,名未详。兵曹,兵曹参军事的省称。胡马,泛指产于西北少数民族地区的马。

②大宛:汉西域国名,在大月氏东北,即今中亚细亚乌兹别克共和国境内的费尔干纳盆地。大宛产良马,尤以汗血马最为著名。

③"竹批"句:言马耳如斜削的竹管。此形容马耳的尖锐挺立。后魏贾思勰《齐民要术》:"(马)耳欲得小而促,状如斩竹筒。"

④"风入"句:言马奔跑迅疾如乘风。

⑤无空阔:不把空阔之地当一回事。托死生:托付生命。两句写马之可乘。

⑥骁腾:骁勇快捷。

[点评]

　　杜甫善骑射,爱骏马,集中咏马之诗有十一首之多,皆"骁腾"而可观。此诗写出马之骨相、精神与才干,实寓杜甫自身之精神与襟抱,读之令人有"万里横行"之意。

高都护骢马行①

安西都护胡青骢②,声价欻然来向东③。此马临阵久无敌,与人一心成大功。功成惠养随所致④,飘飘远自流沙至⑤。雄姿未受伏枥恩⑥,猛气犹思战场利。腕促蹄高如踏铁⑦,交河几蹴曾冰裂⑧。五花散作云满身⑨,万里方看汗流血⑩。长安壮儿不敢骑,走过掣电倾城知。青丝络头为君老,何由却出横门道⑪?

[注释]

①此诗约作于天宝八载(749)杜甫困守长安之时。高都护:高仙芝。唐置六大都护府,统辖边疆地区,高仙芝为安西都护。府治在龟兹国城,统于阗以西、波斯以东九十六府州。骢马:毛色青白的马。

②胡青骢:西域的青骢马。

③欻:同"忽"。句言其马在西域已有高声价,如今在东土亦然。

④惠养:豢养。随所致:随所托身的主人。

⑤流沙:泛指西北沙漠地带。汉《天马歌》:"天马徕,从西极,涉流沙。"其时高仙芝入朝,次年又往边疆讨石国,俘其王。

⑥枥:马槽。魏曹操《步出夏门行》:"老骥伏枥,志在千里。"

⑦腕促蹄高:良马之征。《相马经》称:马腕欲促,促则健;蹄欲高,高耐险峻。踏铁:指踏地如铁。踏,踏。

⑧交河:唐贞观十四年(640)置县,贞元六年(790)以后陷于吐蕃。治所在今新疆吐鲁番西北约五公里处,有交河古城遗址。以界内两河交汇于城下得名。曾,

同层。

⑨五花:五花纹。即马身上有五处旋毛。唐代宗尝得宝马身披九花,故号九花虬。云满身:指马之毛色青白深浅相杂如云状。

⑩汗流血:汉李广利曾获汗血马,汗从前肩髀小孔中出,如血色。

⑪青丝络头:由汉乐府诗句化出,《陌上桑》:"青丝系马尾,黄金络马头。"横门:汉长安城北,西头第一门。门外有桥。出横门渡渭而西,即通西域之道。两句言骢马不甘老死枥槽,而思战场驰驱。

[点评]

此诗明颂骢马,暗颂马之主人高都护,亦兼有自抒怀抱意。老杜之用心,往往如此。《唐宋诗举要》引吴北江语曰:"杜公马诗特见精彩,每篇不同,皆亘古绝今之作。"

病　马①

乘尔亦已久,天寒关塞深。

尘中老尽力,岁晚病伤心。

毛骨岂殊众,驯良犹至今②。

物微意不浅③,感动一沉吟。

[注释]

①乾元二年(759)在秦州作。

②"毛骨"二句:《杜臆》:"乃不称力而称德之意。"

③意:指马之恋人之意。

[点评]

　　诗见老杜悲悯之心。老杜客秦日,为其人生之最低谷,所写咏物之作尤多,且多是卑微废弃之物,由此可见出其内心的凄苦与悲凉。

天　河①

　　　　　　　常时任显晦,秋至转分明。

　　　　　　　纵被微云掩,终能永夜清。

　　　　　　　含星动双阙②,伴月落边城③。

　　　　　　　牛女年年渡④,何曾风浪生。

[注释]

①此是乾元二年(759)七月在秦州作。天河,银河。又有星汉、云汉、河汉、银汉、天津、汉津等名。银河是由许多恒星组成的星系,在晴朗的夜空中,肉眼看去是一条较为明亮的云状光带。
②双阙:古代宫庙等建筑物前所立两柱。此处是指帝京。
③边城:指秦州。
④牛女:指牵牛、织女二星。牵牛星为天鹰座主星,在银河南;织女星为天琴座主星,在银河北,与牵牛星隔河相望。牛女故事始成于汉代,写两星相恋;六朝时增添了一年一度七夕相会的情节,杜诗所咏即织女星渡银河鹊桥与牛郎星相会事。

此诗咏天河之种种自然现象,寓意却在人世间。仇兆鳌曰:"篇中'微云掩''风浪生',似为小人谗妒而发。"后之李贺有《天上谣》,专咏天上事物,曰"天河夜转漂回星,银浦流云学水声";曰"王子吹笙鹅管长,呼龙耕烟种瑶草";曰"东指羲和能走马,海尘新生石山下"。通首设语瑰奇,风格遒险,与老杜之诗有同工异曲之妙。

初　月①

光细弦初上②,影斜轮未安。

微升古塞外,已隐暮云端。

河汉不改色,关山空自寒。

庭前有白露,暗满菊花团。

[注释]

①此诗当是乾元二年(759)在秦州作。
②弦初上:初月又称上弦月。

[点评]

通篇从"光细"二字做文章,似有叹自身处远不蒙光被意。

促　织①

促织其细微,哀音何动人。

草根吟不稳,床下意相亲②。

久客得无泪,故妻难及晨③。

悲丝与急管,感激异天真④。

［注释］

①此诗作年同前篇。促织,又名蟋蟀,秋天鸣叫,俗谚曰:"促织鸣,懒妇惊。"
②"草根"二句:活用《诗经·七月》"七月在野,八月在户,十月蟋蟀入我床下"句意。
③"久客"二句:言蟋蟀鸣声使长期在外为客者下泪,使弃妇难以安枕。得,怎得、怎能。故妻,指弃妇、媚妇。
④感激:蔡邕《琴赋》:"感激弦歌,一低一昂。"

［点评］

仇兆鳌曰:"诗到结尾,借物相形,抑彼而伸此,谓之尊题格。如咏促织而末引丝管,咏孤雁而末引野鸦是也。""久客"一联为诗人之切身体验,时诗人客秦州而难以立足,自弃官而形同弃妇,必有闻促织而下泪之事也。浦起龙《读杜心解》曰:"音在促织,哀在衷肠。以哀心听之,便派与促织去。《离骚》同旨。"

萤　火①

　　幸因腐草出②,敢近太阳飞③。

　　未足临书卷④,时能点客衣⑤。

　　随风隔幔小,带雨傍林微。

　　十月清霜重,飘零何处归?

[注释]

①此诗旧注编在乾元二年(759)秦州诗内。萤火,虫名,腹部末端有发光器,夜间闪烁发光,又名熠燿、燐。发光原理是呼吸时使名为"荧光素"的发光物质氧化所致。

②腐草出:《礼记·月令》:"腐草为萤。"

③近太阳:当是托讽之说。萤本不敢近太阳,日间光则不显。南朝梁沈旋《萤》诗曰:"雨坠弗亏光,阳升反夺照。"又萧和《萤火赋》:"见晨禽之晓征,悲扶桑之吐曜。"

④临书卷:晋车胤有囊萤读书事,见《续晋阳秋》。

⑤点客衣:杜甫另有《见萤火》诗曰:"巫山秋夜萤火飞,帘疏巧入坐人衣。"可为此处注脚。

[点评]

　　关于此诗之作意,历来纷纭。或以为讽宦官如李辅国辈近君而扰政,或以为自寓身世之慨。细味诗意,当属后者。秦州之时,老杜初弃官也,自我检点,以为卑鄙而为近臣，故有幸出腐草、敢近太阳之说，颔联自断才干：虽未足成大事，亦有一二可取者；"随风隔幔"，言君不见信而谗妒及之；"带雨傍林"，寓自窜秦州，困顿凄惨，故其亮愈小，其光愈微；末二句，正当与《空囊》《乾元中寓居同谷县作歌》相参读，是真实情境之写照也。正明王嗣奭《杜臆》所谓："公因不得于君，借萤为喻。……细写苦情，一字一泪。"考前代咏萤之作，正有以喻贤臣者，晋傅咸《萤火赋》曰："不以姿质之鄙薄，欲增晖乎太清。虽无补于日月，期自竭于陋形。不竞进于天光，退在晦而能明。谅有似于贤臣，于疏外而尽诚。假乃光而尔赋，庶有表乎忠贞。"此文即不为老杜所本，亦足与老杜相发明也。

绝句漫兴九首①

（其三）

熟知茅檐绝低小，江上燕子故来频。

衔泥点污琴书内，更接飞虫打著人。

[注释]

①漫兴：兴之所至，信笔写来。此诗为组诗之一，写燕子，作于上元二年（761）居成都浣花草堂时。

[点评]

似怨而实怜。燕之恼人处，正可人处也。老杜卜居成都，生活安逸，方有此等好心情。

三绝句^①

（其二）

门外鸬鹚去不来^②，沙头忽见眼相猜。

自今已后知人意^③，一日须来一百回。

[注释]

①此诗作于宝应元年(762)，杜甫时在成都。

②鸬鹚：水鸟名。亦称水老鸦、鱼鹰，善潜水捕食鱼类，可驯化。

③已后：即"以后"。

[点评]

沙头之鸬鹚，即门外之鸬鹚耶？实是人猜鸟，却说鸟猜人，且翻进一层，言鸟在猜人有无加害之意。由"知人意"三字可以推想，老杜于鸬鹚必有好一番抚慰，故而方有"一日须来一百回"之断言，人鸟相得之乐，尽在二十八字之中。故《杜诗详注》评曰："物本异类，视若同群，有《列子》海翁狎鸥意。"

得房公池鹅①

房相西池鹅一群②,眠沙泛浦白于云。

凤凰池上应回首③,为报笼随王右军④。

[注释]

①此诗作于广德元年(763)春。时赴房琯之召至汉州(今四川广汉)。据《旧唐书·房琯传》载,琯上元元年(760)四月以礼部尚书出为晋州刺史,八月改汉州刺史,宝应二年(即广德元年)四月,特拜进刑部尚书。杜甫至汉州时,房琯已启程,故未遇。与之同游汉州的是房琯继任王汉州及杜绵州等。房公池:房琯初牧汉州时所凿之官池,又名房公西湖或西湖,在城西。

②房相:房琯。曾在安史之乱初起时拜相,陈陶兵败后罢相。参见《北征》注①。西池:即房公池。

③凤凰池:禁苑中池沼,代指朝廷。

④笼随王右军:用晋王羲之好鹅典事。《法书要录》载:右军将军王羲之性好鹅,闻山阴道士处有好鹅十余,往求市易,道士言:"府君若能自屈书《道德经》各两章,便合群以奉。"羲之住半日,为写毕,笼鹅而去。此扣题中一"得"字。

[点评]

名曰"得鹅",实乃贺友。贺友人房公在罢相六年后重返朝廷。故首句特称"房相",而三句特言"凤凰池"。南北朝设中书省于禁苑,掌管机要,权在尚书之上,故称中书省。为"凤凰池"。唐代宰相称"同中书门下平章事",故诗文中多以"凤凰池"称宰相。此番房琯特进刑部尚书虽属尚书省,然杜甫仍以"凤凰池"

代之，似有旧话重提意，亦是望友人更有升迁也。所以此番杜甫虽访友未及见，然仍是一副好心情，把得鹅之事写得诙谐活泼。可叹房琯经绵州、梓潼至阆州卧病，未及出川便于八月四日辞世，终未能由凤凰池上"回首"也。

舟前小鹅儿①

鹅儿黄似酒，对酒爱新鹅。

引颈嗔船逼②，无行乱眼多。

翅开遭宿雨，力小困沧波。

客散层城暮，狐狸奈若何。

[注释]

①此诗写作背景同前，可与上首相参读。原注曰："汉州城西北角官池作。"官池，即房公湖。

②引颈：鹅常宛颈，此写鹅之嗔怒态。

[点评]

　　杜甫以酒色状鹅黄，首开鹅、酒互喻之例，宋范浚《张生夜载酒相过》即依此例，写出"玉碗鹅儿酒，花瓷虎子盐"的诗句。杜集此诗之前尚有《陪王汉州留杜绵州泛房公西湖》之诗曰："旧相恩追后，春池赏不稀。阙庭分未到，舟楫有光辉。豉化莼丝熟，刀鸣鲙缕飞。"知杜甫访房琯不遇，此番是与王汉州、杜绵州一道游湖饮酒。"鹅儿黄似酒"，正信手拈来之句也。然小鹅儿之毛色、意态，及群游众多之状，并诗人之怜惜之情，无不跃然纸上，正透见诗人写情状物之妙也。

宋苏轼《题高邮陈直躬处士画雁》曰："野雁见人时，未起意先改。君从何处看，得此无人态。"得野雁无人之态是绘中高手，得小鹅嗔人之态是诗家高手。

见王监兵马使说鹰二首①

雪飞玉立尽清秋②，不惜奇毛恣远游。

在野只教心力破，于人何事网罗求。

一生自猎知无敌，百中争能耻下鞲③。

鹏碍九天须却避④，兔藏三窟莫深忧⑤。

黑鹰不省人间有，度海疑从北极来。

正翮抟风超紫塞⑥，玄冬几夜宿阳台⑦。

虞罗自觉虚施巧⑧，春雁同归必见猜。

万里寒空只一日，金眸玉爪不凡材。

[注释]

①本诗原题为:《见王监兵马使说近山有白黑二鹰罗者久取竟未能得王以为毛骨有异他鹰恐腊后春生骞飞避暖劲翮思秋之甚眇不可见请余赋诗二首》。此诗作于居夔州时。兵马使，唐制，兵马元帅下有前军、中军、后军兵马使。王监兵马使，仇注引黄鹤考据曰："大历初，卫伯玉丁母忧，朝廷以王昂代其任，伯玉谮讽将吏不受诏，遂起复再任。王兵马得非王昂乎？"罗者，以网罗捕鸟之人。

②雪飞玉立:写白鹰。

③百中:指鹰之自猎。争能:怎能。鞲(gōu 沟):革制臂套,打猎时用以停立猎鹰。两句言野鹰自猎时百击百中,怎能含羞忍耻地从臂鞲上飞出去袭击猎物呢?《东观汉记》载太守桓虞之语曰:"善吏如使良鹰,下鞲命中。"

④鹏碍:指鹏翼遮天。据《后幽明录》载,楚文王尝得一异鹰,猎于云梦,俄而云际有一物,此鹰竦翮而升,矗若飞电,须臾羽堕如雪,血下如雨,有大鸟堕地,两翅广数十里,有博物君子曰:"此大鹏雏也。"句言此白鹰可击其大。

⑤兔藏三窟:用"狡兔三窟"字面。《战国策·齐策》:冯谖曰:"狡兔有三窟,仅得免其死耳。君今有一窟,未得高枕而卧也,请为君复凿二窟。"

⑥抟风:用《庄子·逍遥游》写大鹏鸟"抟扶摇羊角而上"句意。紫塞:雁门山。其山高入霄汉,雁飞不能踰,惟从两山断处飞过,故谓之雁门。鲍照《芜城赋》:"紫塞雁门。"

⑦"玄冬"句:言黑鹰避寒居于南方。曹植《离缴雁赋》:"远玄冬于南裔兮,避炎夏于朔方。"阳台,在巫山。宋玉《高唐赋》《神女赋》所谓楚王梦巫山神女处。

⑧虞罗:虞人网罗。古时设虞人之官掌管山泽苑囿、田猎等事务。此句出魏彦深《鹰赋》:"何虞者之多巧,运横罗以羁束。"

[点评]

　　借咏黑白二鹰以寓怀抱。王嗣奭《杜臆》曰:"二诗胜人,在气魄雄壮宏远,不落咏物尖巧家数。……前首起句便见力量,他人莫及。'干人'犹云'若干人',作'千人'、'于人'俱非。'自猎'妙,'耻下鞲'更妙。说鹰有品。通篇无一陪伴字句,至结语犹陡健有余力。然咏白鹰止以'玉立'二字尽之,余俱发其迅捷鸷猛,此盖与黑鹰共之;故后多从黑上发,不复说其迅猛,止有'虞罗'一句,意与前首颔联相同,此其必不可少者。至末始赞其材之不凡,此又与白鹰共之,盖二首之总结也。"颔联有文字异同,王氏以为当以"干人"为是,然"于人"与"在野"俱是介宾(介词加宾语)结构,对仗工稳,"干人"依王氏解辞则是名词作主语,与上文难以成对,故仍取"于人"入正文。

呀鹘行^①

病鹘孤飞俗眼丑^②,每夜江边宿衰柳。清秋落日已侧身,过雁归鸦错回首^③。紧脑雄姿迷所向^④,疏翮稀毛不可状^⑤。强神非复皂雕前,俊才早在苍鹰上^⑥。风涛飒飒寒山阴,熊罴欲蛰龙蛇深^⑦。念尔此时有一掷^⑧,失声溅血非其心^⑨。

[注释]

①呀(xiā 虾):张口貌。鹘(hú 胡):鹰隼类猛禽,常俯击鸠鸽以取食。此诗约作于大历三年(768)居江陵时。

②俗眼丑:俗眼以病鹘为丑。《尔雅》:"鹰隼丑,其飞也翚。"

③错回首:畏病鹘之余威。

④紧脑:头颈警挺的紧张状态。迷所向:谓雄姿不复存在。

⑤疏翮稀毛:鹘之病态。翮,鸟翅上劲健的羽茎。不可状:没法说。此是不忍形容之意。

⑥"强神"二句:言病鹘昔日俊才在苍鹰之上,如今即使强打精神亦无法与皂雕相比了。鹰,雕,鹘,同属而各自有异。《埤雅》述鹘曰:"鸠鸽中其拳,堕空中,即侧身自下承之,捷于鹰隼。或以为隼即鹘,非也。《禽经》谓鹰以膺之,鹘以搰之,隼以尹之,则是三类矣。"

⑦熊罴欲蛰:《说文解字》曰:熊"春出冬蛰"。龙蛇深:龙蛇沉于深渊。《说文解字》:"龙,鳞虫之长。春分而登天,秋分而入川。"此句言秋之已深,冬之将至。

⑧掷:投。鹘鸟搏物必自上投下。

⑨"失声"句：言病鹘为御冬自养而搏物，必非出自本心。《埤雅》："鹘有义性。"《禽经》："鹰不击伏，鹘不击妊。"失声溅血，禽兽被捕杀时之惨状。

[点评]

　　写呀鹘昔日之雄姿、今日之病状，亦写其搏物之余勇与内心之隐忍。怜爱痛惜之情跃然纸上。人与鹘，可谓同声相应、同气相求也。《呀鹘行》实老杜之自状，是其老病交加、生活无着之境状的自我写照，故而生动感人。

绝句漫兴九首①

（其九）

　　隔户杨柳弱袅袅②，恰似十五女儿腰。
　　谁谓朝来不作意③，狂风挽断最长条。

[注释]

①此诗作于上元二年(761)春。时在经营成都浣花草堂之次年，生活安逸，心情愉快。
②袅袅：鲍照《在江陵叹年伤老诗》："袅袅柳垂道。"
③作意：称意，得意。杜甫有《花鸭》诗曰："稻粱沾汝在，作意莫先鸣。"

[点评]

　　此诗咏柳。以"腰"状柳，始于北周庾信，其《和人日晚景宴昆明池》诗曰："上林柳腰细，新丰酒径多。"老杜更翻进一层，称杨柳以"十五女儿腰"，于极直白、极大胆中开出生面。恰如明李东阳《麓堂诗话》所谓："少陵《漫兴》诸绝句，有古竹枝词意,跌宕奇古,超出诗人蹊径。"惟古者之"柳腰",重心在"柳",今之"柳腰",重心在"腰",从以人状柳,到以柳状人,此又古今词义之一变也。其间最得老杜笔法之神髓的是苏东坡。他将以人状物之法发挥到极致,在明暗显隐之间,将浓墨重彩用于对喻体的描绘而寓主体于喻体之中。如写海棠花之"朱唇得酒晕生脸,翠袖卷纱红映肉"(《寓定惠院之东杂花满山有海棠一株土人不知贵也》);写柳叶之"萦损柔肠,困酣娇眼,欲开还闭"(《水龙吟·次韵章质夫杨花词》),均以化腐朽为神奇的生花之笔、曲尽物态之妙。

野人送朱樱①

西蜀樱桃也自红,野人相赠满筠笼②。

数回细写愁仍破,万颗匀圆讶许同。

忆昨赐霑门下省,退朝擎出大明宫③。

金盘玉箸无消息④,此日尝新任转蓬。

[注释]

①此是上元宝应间成都作。
②筠笼:竹篮。筠,竹的外层青皮。
③"忆昨"二句:由野人赠樱忆及朝廷赐樱。唐李绰《岁时记》称,四月一日,内园荐樱桃寝庙,荐讫,颁赐各有差。赐霑,受赐蒙霑,得到恩惠。门下省,在宣政殿东,乃左拾遗所隶。大明宫,在禁苑之东,会朝所经之地。
④金盘玉箸:以帝王所用之物代指帝王。

[点评]

宋范温《潜溪诗眼》曰:"老杜《樱桃》诗上四句,如禅家所谓信手拈来,头头是道者,直书目前所见,平易委曲,得人心所同然。但他人艰难,不能发耳。下四句,其感兴皆出于自然,故终篇语皆遒丽。韩退之有《谢赐樱桃》诗,盖学杜作,然搜求事迹,排比对偶,其言出于勉强,所以相去远矣。"《山满楼笺注唐诗七言律》评曰:"此等诗真句句笔歌墨舞,字字珠圆玉润,不特他人不辨,即在《草堂集》中,亦未可多得。"诗将野人赠樱与朝廷赐樱并写,的确寄兴遥深,而"数回"一联,写尽樱桃之可人处,令人叹为观止,真小题目而做出大文章来。

题桃树①

小径升堂旧不斜,五株桃树亦从遮。

高秋总馈贫人实,来岁还舒满眼花。

帘户每宜通乳燕②,儿童莫信打慈鸦③。

寡妻群盗非今日④,天下车书已一家⑤。

[注释]

①此诗作于广德二年(764)再至成都浣花草堂时。

②"帘户"句:可与杜甫《绝句漫兴九首》"熟知茅檐绝低小,江上燕子故来频"相参读。

③信:随意,信手。慈鸦:《拾遗记》称,乌鸦胸前生白羽者为慈。

④寡妻群盗:指代社会动乱局面。群盗蜂起,丁壮丧亡而余寡妻。

⑤车书一家:指四海一家,天下安定。用秦始皇统一中国后,"车同轨,书同文"事,仇兆鳌注曰:"末云车书一家,是时北寇平,蜀乱息,而吐蕃退矣。"

[点评]

　　老杜于草堂寄情颇深,故凡与草堂相关之作,多具丰腴鲜活之意趣,此诗亦然。清黄生评曰:"此诗思深意远,忧乐无方。寓民胞物与之怀于吟花看鸟之际,其才力虽不可强而能,其性情固可感而发。不得其性情,而肤求之字句,宜杜诗之难读也。仇兆鳌评曰:"杜诗有文不接而意接者。半写题中景,半写题外意,如《白帝城》诗'云出门'四句,本咏雨中景象,'归马逸'四句,却写乱后情事。此诗上六赋草堂景物,下二则慨叹世事,断中有续,读者固当善会。"二人之说可谓得要领者。老杜咏物之诗,大多如此。即便不是"半写题中景,半写题外意",亦多于题咏间别有寄托也。

严郑公宅同咏竹①

绿竹半含箨②,新梢才出墙。

色侵书帙晚,阴过酒樽凉。

雨洗娟娟净,风吹细细香。

但令无剪伐③,会见拂云长。

[注释]

①此诗作于广德二年(764)秋。诗人时居成都草堂。严郑公,严武,封郑国公。参见《将赴成都草堂途中有作先寄严郑公》注①。

②箨(tuò 唾):笋衣。竹笋的外皮。半含箨,言竹之新生,笋衣尚未褪尽。南朝

宋谢灵运《于南山往北山经湖中瞻眺》诗:"初篁苞绿箨,新蒲含紫茸。"
③无剪伐:《诗经·召南·甘棠》:"蔽芾甘棠,勿剪勿伐。"

[点评]

　　此篇题下自注曰:"得香字。"知是在严武宅相聚时多人同题分韵之作。中间两联尽得新竹娟秀可人之态:写色泽陪之以"书帙",写阴凉陪之以"酒樽",既为主人添风雅,又为新竹增意趣;"娟娟净""细细香",最见新竹得雨因风之佳美。体物之细腻,已令人称叹,"无剪伐"之劝诫,更见言外之讽心也。

古柏行①

　　孔明庙前有老柏②,柯如青铜根如石。霜皮溜雨四十围,黛色参天二千尺③。云来气接巫峡长,月出寒通雪山白④。君臣已与时际会,树木犹为人爱惜⑤。忆昨路绕锦亭东⑥,先主武侯同閟宫⑦。崔嵬枝干郊原古,窈窕丹青户牖空⑧。落落盘踞虽得地,冥冥孤高多烈风⑨。扶持自是神明力,正直元因造化工。大厦如倾要梁栋,万牛回首丘山重⑩。不露文章世已惊,未辞剪伐谁能送⑪?苦心岂免容蝼蚁,香叶终经宿鸾凤⑫。志士幽人莫怨嗟:古来材大难为用⑬。

[注释]

①本篇为大历元年(766)杜甫在夔州作。

②孔明庙:指夔州的诸葛亮庙。

③"霜皮"二句:用柏树典事形容古柏之长大。赵次公注曰:"'四十围',则《隋均州图经》云:南阳武当南门有社柏,树大四十围。梁萧欣为郡,伐之。'二千尺',则巴郡有柏树,大可十围,高二千尺余。此并载乐史《太平寰宇记》中。"霜皮,苏轼诗中用作"苍皮","无用苍皮四十围"。或有所本。黛色,青黑色,指柏叶之色。

④"云来"二句:《九家注》置在"君臣"二句之后,似于文意有碍,此从仇兆鳌《杜诗详注》。巫峡,在夔峡东,居三峡之中。雪山,在四川松潘县南,为岷山主峰,此代指岷山。两句继续写古柏之高大。

⑤"君臣"二句:言刘备、诸葛亮君臣相得,又与时际会,成为时代的风云人物。而遗爱在民,古柏犹为后人所保全。《左传·定公九年》:"《诗》云'蔽芾甘棠,勿剪勿伐,召伯所茇'。思其人犹爱其树。"

⑥"忆昨"句:由此转写成都事。锦亭:成都之锦江亭。严武有《寄题杜二锦江野亭》诗。

⑦监官:周人祖先后稷之母姜嫄的庙。因庙门常闭,故有"监官"之称。监,闭也。后以泛指祠堂。仇注引《成都记》曰:"先主庙西院即武侯庙,庙前有双大柏,古峭可爱,人云诸葛手植。"参见《登楼》注⑦。

⑧窈窕:深远貌。丹青:指庙内彩绘。户牖空:言虚寂无人。

⑨"落落"二句:转写夔州孔明庙之柏。言古柏生于庙前,可谓得地,但苦于地高多风,与成都祠柏之生于郊原平地不同。落落,独立不群。得地,南朝梁沈约《高松赋》:"郁彼高松,栖根得地。"孤高多烈风,三国魏李康《运命论》:"木秀于林,风必摧之。"

⑩"大厦"二句:言古柏是栋梁之材。以柏喻人。隋王通《中说·事君篇》:"大厦将颠,非一木所支也。"此反其意而用之。万牛回首:写古柏重如丘山,万牛都因无法拉动而回首望之。

⑪"未辞"句:言古柏虽不辞剪伐,乐为世用,但却无法送至廊庙。此句与"万牛回首"相应合。

⑫苦心:柏树木芯味苦。两句言柏树遭剪伐后的命运。

⑬材大难为用:汉王充《论衡·效力》:"或伐薪于山,轻小之木,合能束之。至大之木,十围以上,引之不能动,推之不能移,则委之于山林,收所束之小木而已。"

杜诗即总括此意。

[点评]

　　咏孔明庙前古柏,而结之以"古来材大难为用",一为诸葛孔明鸣不平,以其材大而未能尽用;二自寄感慨,虽不辞剪伐而无人荐至廊庙。咏柏而喻人,老杜之心志甚明。宋沈括《梦溪笔谈》曰:"子美武侯庙柏诗云:'霜皮溜雨四十围,黛色参天二千尺。'四十围,乃径七尺,无乃太细长耶? 此皆文章之病也。"胡仔在《苕溪渔隐丛话》中曰:"余游武侯庙,然后知古柏诗所谓'柯如青铜根如石',信然,决不可改,此乃形似之语。'霜皮溜雨四十围,黛色参天二千尺。云来气接巫峡长,月出寒通雪山白。'此激昂之语。不如此,则不见柏之大也。文章固多端,警策往往在此两体耳。"一以实证诘之,一以夸张为释,至赵次公注出"四十围""二千尺"典事,二说方可休战,赵注曰:"杜公必用四十围,胡不云三十围、五十围乎? 必用二千尺,胡不云一千尺、五千尺乎? 此皆不知公据取柏事于此,方敢用形容其高大。"赵说最可信服,一场聚讼,当可偃旗息鼓矣。

月①

四更山吐月,残夜水明楼。

尘匣元开镜,风帘自上钩②。

兔应疑鹤发③,蟾亦恋貂裘④。

斟酌姮娥寡⑤,天寒耐九秋。

[注释]

①此是大历元年(766)居夔州西阁时作。

②尘匣:指布满尘埃的镜匣。钩:帘钩。喻下弦月。两句近似沈佺期《和洛州康士曹庭芝望月有情》诗:"台前疑挂镜,帘外似悬钩。"

③兔:传说月中有白兔。傅玄《拟天问》:"月中何有?玉兔捣药。"鹤发:白头发。形容老态。

④蟾:蟾蜍。传说月中有蟾蜍。恋貂裘:指畏寒。蟾蜍畏寒与上文兔疑鹤发同义,言月亮历时已久,必入老境。

⑤姮娥:嫦娥。传说嫦娥偷灵药,飞入月宫。

[点评]

　　首联情景兼胜,用字工巧,苏轼誉为"古今绝唱"(见《诗话总龟》)。后三联平淡浅俗,纪昀以为"全入恶趣"(见《瀛奎律髓刊误》),虽言过其实,却也不无道理。诗圣之诗亦未必句句皆圣。仇注对此诗的解释是:"上四咏将尽之月,下则对月自怜也。'四更山吐月',乃二十四五之夜。月照水而光映于楼,故曰'水明楼'。月魄留痕,如匣边露镜,此承'吐月'。弯月挂檐,如钩上风帘,此承'明楼'。月色临头,恐兔疑白发,月影随身,如蟾恋裘暖。从月色下,写出衰老凄凉之况。姮娥独处而耐秋,亦同于己之孤寂矣。"如此解释,不可谓之不细,然将下四句之重心转移到诗人一边,似当再酌。究竟是兔疑人鹤发,还是人疑兔鹤发?兔、蟾、姮娥,俱传为月之形象,正与诗题关合,解作以人之老境逆推月之老境,以人之凄寒逆推月之凄寒似更有韵味。

八月十五夜月二首①

满目飞明镜,归心折大刀②。

转蓬行地远③,攀桂仰天高④。

水路疑霜雪，林栖见羽毛。

此时瞻白兔⑤，直欲数秋毫⑥。

稍下巫山峡，犹衔白帝城⑦。

气沉全浦暗，轮仄半楼明。

刁斗皆催晓⑧，蟾蜍且自倾⑨。

张弓倚残魄，不独汉家营⑩。

[注释]

①此诗《杜臆》以为是大历二年(767)在瀼西作。

②"满目"二句：取《玉台新咏》所录古绝句之意。古绝曰："槁砧今何在，山上复有山。何当大刀头，破镜飞上天。"第一句寓"夫"；第二句寓"出"；第三句寓"还"，以大刀把柄的头上有环，谐音"还"；第四句寓"月"，有团圆之意。明镜，喻圆月。折大刀，喻思归。《汉书·李陵传》："(任)立政等见陵，未得私语，即目视陵，而数数自循其刀环，捉其足，隐谕之，言可还归汉也。"此杜甫指思归关中。

③转蓬：喻自身漂泊。

④攀桂：指望月，相传月中有桂树。又，仇注："'仰天高'，望长安。"

⑤瞻白兔：望月。相传月中有玉兔。

⑥数秋毫：仇注："秋毫即指兔毫，盖因月中之兔，想见地下之兔也。"然亦可指月中之兔形象极为清晰。

⑦白帝城：故址在今四川奉节东白帝山上。东汉末公孙述据此，传言殿前井内曾有白龙跃出，因自称白帝，山为白帝山，城为白帝城。山峻城高，如入云端。

⑧刁斗：以铜为之，军中用其昼炊饭食，夜击以警夜。

⑨蟾蜍：指月。传说月中有蟾蜍。

⑩"张弓"二句：言边地警事未息。

[点评]

　　此中秋望月之作。上首写圆月初上，下首写月移将晓。漂泊他乡的凄苦，

"日近长安远"的叹恨,俱在不言中。"攀桂仰天高",既言天中月高,亦寓攀桂不得;末之"张弓倚残魄",仍见居止无定意。此二诗似被老杜依一首律诗之格局来布置:上首前四句、下首后四句是望月感怀、望月感时,上首后四句、下首前四句写月之明洁及月下山城景色,直似律诗之中间两联,可见老杜写景状物之笔力。此二首之后,尚有《十六夜玩月》《十七夜对月》两首五律,当是意犹未尽的续作。

西岳崚嶒何壮哉

望　岳①

（岱宗）

岱宗夫如何②？齐鲁青未了③。

造化钟神秀④，阴阳割昏晓⑤。

荡胸生层云⑥，决眦入归鸟⑦。

会当凌绝顶，一览众山小⑧！

[注释]

①此诗作于进士下第后漫游齐赵时期。杜集中有"望岳"诗三首,分咏东岳、南岳、西岳。本篇为咏东岳之作。东岳泰山,在今山东泰安北。

②岱宗:五岳之首,是对泰山的尊称。

③齐鲁:春秋时两国名,在今山东境内。《史记·货殖列传》:"故泰山之阳则鲁,其阴则齐。"未了:不尽。意谓泰山之青色在齐鲁之境皆能看到。

④造化:大自然。钟:聚集。神秀:晋孙绰《天台山赋》:"天台者,山岳之神秀。"此以神秀指泰山。

⑤阴:指山北。阳:指山南。割昏晓:指在同一时间内山南山北判若晨昏。极写山之高峻。

⑥"荡胸"句:言山中层云迭起,荡人襟胸。

⑦决:开裂。眦:眼角。入:指收入眼中。

⑧"一览"句:《孟子·尽心》:"孔子登东山而小鲁,登泰山而小天下。"此用其意。

　　此诗虽是早期作品,但已见出雄浑警拔之格调。旧说于此诗抑扬不一,或以为"直与泰岱争衡"(明王嗣奭《杜臆》);或以为"此诗妙在起,后六句不称"(明钟惺《唐诗归》)。清田雯《古欢堂集杂著》曰:"余问聪山:老杜《望岳》诗'夫如何''青未了'六字,毕竟作何解?曰:子美一生,惟中年诸诗静练有神,晚则颓放。此乃少时有意造奇,非其至者。"诸说见仁见智,"非其至者"之评,即是智语。

登兖州城楼①

東郡趨庭日②,南樓縱目初③。

浮雲連海岱④,平野入青徐⑤。

孤嶂秦碑在⑥,荒城魯殿餘⑦。

從來多古意,臨眺獨躊躇⑧。

[注释]

①此诗当是开元二十五年(737)下第后游齐赵时所作。兖州,今属山东,唐时治所在瑕丘。
②东郡:隋大业初,改兖州为东郡。趋庭:典出《论语·季氏》:"鲤趋而过庭。"孔子的儿子孔鲤趋庭受父训。杜甫至兖州省父杜闲,故云。杜闲时为兖州司马。
③南楼:指兖州南城楼。
④海岱:指东海、泰山。

⑤青徐:青州、徐州。

⑥孤嶂:指峄山。在今山东邹县境。秦碑:指秦始皇二十八年东巡时所立峄山碑。

⑦荒城:指曲阜。今属山东。鲁殿:鲁恭(《史记》作"共")王所建鲁灵光殿。在曲阜东二里。

⑧踌躇:徘徊。

[点评]

虽是杜公少作,已是老成之相。格律谨严,允为楷式。第无事而即古,虽气象不凡,感慨遥深,其感人也终不及《登岳阳楼》诗。盖为吊古而吊古,总不如因伤今而吊古之感人也。古来吊古诗之感人者,皆托古以讽今,所以能有感于今人也。

然杜甫二十五岁之所作,已远胜于乃祖杜审言也。不妨将杜审言之《登襄阳城》录下,以供对读:

> 旅客三秋至,层城四望开。
>
> 楚山横地出,汉水接天回。
>
> 冠盖非新里,章华即旧台。
>
> 习池风景异,归路满尘埃。

陪李北海宴历下亭①

东藩驻皂盖②,北渚凌清河③。海右此亭古,济南名士多④。云山已发兴,玉佩仍当歌⑤。修竹不受暑,交流空涌波⑥。蕴真惬所欲⑦,落日将如何⑧? 贵贱俱物役,从公难重过⑨!

[注释]

①此诗作于天宝四载(745)。李北海,李邕,时为北海太守,是著名文豪兼书法家,素为李林甫所忌,天宝六载正月就郡杖杀之。北海,即今山东青州。天宝元年至乾元元年称北海郡。历下,今山东济南。以有历山得名。历下亭,在济南大明湖。

②东藩:指北海郡。以在京师之东,故称。皂盖:切李邕郡守身份。《后汉书》:"太守秩二千石……皆皂盖、朱两镳。"

③"北渚"句:言自北渚乘舟经清河往游历下亭。

④海右:方位以西为右,以东为左。齐地位于海之西,故称海右。此二句作为楹联,至今仍刊于历下亭柱上。

⑤玉佩:指侑酒歌伎。此以人之饰物指人。当歌:当筵而歌。当,对也。

⑥交流:指历水与泺水。二水同入鹊山湖。两句言有竹却暑,无须流水涌波生凉。

⑦蕴真:指蕴含自然真趣。南朝宋谢灵运《登江中孤屿》:"表灵物莫赏,蕴真谁为传。"

⑧"落日"句:叹流光易逝。

⑨贵:指李北海。贱:自指。物役:为物情所驱使。重过:再聚首。两句叹盛宴难再,后会无期。

[点评]

　　侍宴之作,应景文章,原无太多可赏。然篇中"海右"一联,称颂得体,尤为古今济南人士所看重,亦文以人传,景以文传也。

同诸公登慈恩寺塔^①

　　高标跨苍穹,烈风无时休。自非旷士怀,登兹翻百忧^②。方知象教力^③,足可追冥搜^④。仰穿龙蛇窟,始出枝撑幽^⑤。七星在北户,河汉声西流。羲和鞭白日,少昊行清秋^⑥。秦山忽破碎,泾渭不可求。俯视但一气,焉能辨皇州^⑦? 回首叫虞舜,苍梧云正愁^⑧。惜哉瑶池饮,日晏昆仑丘^⑨。黄鹄去不息,哀鸣何所投^⑩? 君看随阳雁,各有稻粱谋^⑪!

[注释]

①此诗约作于天宝十一载(752)前后。题下自注曰:"时高适、薛据先有此作。"可知"同"乃奉和意。慈恩寺:在今陕西西安。唐高宗为太子时为其母所建。寺塔一名大雁塔,玄奘以藏梵本佛经。

②高标:指物体所达到的高度。此谓塔顶。高适之诗曰:"登临骇孤高,披拂欣大壮。言是羽翼生,迥出虚空上。顿疑身世别,乃觉形神王。"可与杜诗开篇四句对读。杜甫登高而生悲慨,高适登高而"形神王",已见出二人性情、风格之不同。

③象教:佛教。言以形象教人。

④冥搜:搜访及于幽远之处。

⑤"仰穿"二句:言登塔时始如穿于龙蛇洞窟,幽暗阴凉。盘旋而上,方见光明。《黄山谷别集·杜诗笺》:"慈恩塔下数级皆枝撑洞黑,出上级乃明。"

⑥"七星"四句:写天空景象,以显寺塔之高。七星,指北斗。河汉,银河。羲和,太阳的驭手。神话传说羲和驾六龙之车载太阳行于天空。少昊,传说为黄帝之

子,是主管秋天的神。岑参之诗曰:"塔势如涌出,孤高耸天宫。登临出世界,磴道盘虚空。突兀压神州,峥嵘如鬼工。四角碍白日,七层摩苍穹。"

⑦"秦山"四句:写由塔顶俯视之情景。秦山,终南山。忽破碎,俯视不见其高,众峰犹如碎裂而平夷。泾渭,二水名。一水清而一水浊,此言视之遥远,故不辨清浊。皇州,指长安。储光羲之诗曰:"宫室低逦迤,群山小参差。"

⑧"回首"二句:写回首南眺。虞舜,姚姓、有虞氏、名重华。继尧位为帝,在位四十八年。苍梧,舜之葬地。《山海经·海内经》:"南方苍梧之丘,苍梧之渊,其中有九嶷山,舜之所葬。"慈恩寺塔在长安东南,前俯视"皇州"是面向西北,此南向,故曰"回首"。

⑨"惜哉"二句:写西眺。瑶池饮,用西王母宴周穆王事。《列子·周穆王》载,穆王游于西极,"升于昆仑之丘,以观黄帝之宫而封之……遂宾于西王母,觞于瑶池之上。……乃观日之所入。"

⑩"黄鹄"二句:即上文所言"翻百忧",喻前景不明。句用《韩诗外传》典事。田饶谓鲁哀公曰:"夫黄鹄一举千里,止君园池,啄君稻粱,君犹贵之,以其从来远也。故臣将去君,黄鹄举兵。"

⑪随阳雁:雁为候鸟,秋南飞,春北飞。稻粱谋:求食之谓。亦与上注之黄鹄"啄君稻粱"相关。

[点评]

登塔诸公,除高、薛外,尚有岑参、储光羲。仇兆鳌《杜诗详注》引钱谦益之语曰:"同时诸公登塔,各有题咏。薛据诗已失传,岑储二作,风秀熨帖,不愧名家;高达夫出之简净,品格亦自清坚。少陵则格法严整,气象峥嵘,音节悲壮,而俯仰高深之景,盱衡今古之识,感慨身世之怀,莫不曲尽篇中,真足压倒群贤,雄视千古矣。"诗中四方之眺,或纪实景,或用典事,"声""鞭""行"等处,下字颇有力度。末之"黄鹄"云云,由登眺而别有生发,最见老杜风格。

陪郑广文游何将军山林十首①

不识南塘路,今知第五桥②。

名园依绿水,野竹上青霄③。

谷口旧相得④,濠梁同见招⑤。

平生为幽兴,未惜马蹄遥。

百顷风潭上⑥,千章夏木清⑦。

卑枝低结子⑧,接叶暗巢莺⑨。

鲜鲫银丝鲙⑩,香芹碧涧羹⑪。

翻疑舵楼底,晚饭越中行⑫。

万里戎王子⑬,何年别月支⑭。

异花来绝域,滋蔓匝清池。

汉使徒空到⑮,神农竟不知⑯。

露翻兼雨打,开拆渐离披⑰。

旁舍连高竹,疏篱带晚花。

碾涡深没马⑱,藤蔓曲藏蛇。

词赋工无益,山林迹未赊⑲。

尽捻书籍卖,来问尔东家⑳。

剩水沧江破,残山碣石开㉑。

绿垂风折笋,红绽雨肥梅。

银甲弹筝用,金鱼换酒来㉒。

兴移无洒扫㉓,随意坐莓苔。

风磴吹阴雪,云门吼瀑泉㉔。

酒醒思卧簟㉕,衣冷欲装绵㉖。

野老来看客,河鱼不取钱。

只疑淳朴处,自有一山川㉗。

楝树寒云色㉘,茵陈春藕香㉙。

脆添生菜美,阴益食单凉㉚。

野鹤清晨出,山精白日藏㉛

石林蟠水府㉜,百里独苍苍。

忆过杨柳渚,走马定昆池㉝。

醉把青荷叶,狂遗白接䍦㉞。

刺船思郢客,解水乞吴儿㉟。

坐对秦山晚,江湖兴颇随㊱。

床上书连屋,阶前树拂云。

将军不好武,稚子总能文㊲。

醒酒微风入㊳,听诗静夜分。

绨衣挂萝薜,凉月白纷纷㊴。

幽意忽不惬,归期无奈何。

出门流水住,回首白云多。

自笑灯前舞,谁怜醉后歌。

只应与朋好,风雨亦来过。

[注释]

①此诗当作于天宝十二载(753)前后,时杜甫正困居长安。郑广文,郑虔。天宝九载(750)任国子监广文馆博士,杜甫之友。余详见《醉时歌》注③。何将军山林,在长安南郊。仇注引《通典》曰:"少陵原,乃樊川北原,自司马村起,至何将军山林而尽。其高三百尺,在杜城之东,韦曲之西,俗呼为塔陂。"何将军,疑是何昌期,天宝时名将。山林,园林内中有山者。

②第五桥:宋张礼《游城南记》:"第五桥,在韦曲西,以姓得名。"当是往游何将军山林道经之地。

③"野竹"句:当由梁王训《独不见》"石桥通小洞,竹路上青霄"诗句化出。

④谷口:用汉郑子真典事。子真躬耕于谷口,汉成帝时,大将军王凤礼聘之,不应,名震京师。扬雄曰:"谷口郑子真不诎其志,耕于岩石之下名震京师。"见《汉书·王贡传》。此以郑子真比郑广文。

⑤"濠梁"句:用庄子典。《庄子·秋水》:"庄子与惠子游于濠梁之上。"此用其字面,以比况自己与郑虔同游。

⑥凤潭:仇注引黄希之语曰:"潭,当是广济潭,在万年县。"

⑦章:大树。

⑧卑枝:低枝。

⑨接叶:枝叶稠密,相接相连。

⑩银丝鲙:即今日本料理中的生鱼片。银丝,鲜鲙之色。

⑪香芹:指水芹,又名楚葵。《吕氏春秋》:"菜之美者,云梦之芹。"

⑫"翻疑"二句:言何将军山林风物与越州相似。杜甫二十岁时曾游吴越,印象佳美,故有此比。

⑬戎王子:由西域传入的赏花植物,原产于月支国。此花旧籍不载,经杜甫吟咏始见著录。清初人陈淏子所辑《花镜》载有"人面子",言其:"出自粤中,树似梅李,春花秋熟。子如桃实而少味,须蜜渍可食。其核两边如人面,耳目口鼻,无不俱足,人皆取以为玩。"疑戎王子当与人面子类似。又,仇注以为戎王子是独活一类药用植物,引《本草》曰:"'独活,一名戎王使者。'戎王子,当是其类。"查《本草纲目》,独活又名护羌使者、胡王使者,产于雍州,此旧为羌地。然杜诗下文言神农不知,此说亦难安稳。

⑭月支:汉西域国名。亦写作"月氏"。先居甘肃敦煌与青海祁连间,后为匈奴所破,西迁至今新疆伊犁河上游,占大夏故地,称大月氏,余部入祁连山,称小月氏。

⑮"汉使"句:言汉武帝时张骞出使西域,只移来胡桃、石榴、苜蓿,而不曾移入此戎王子,是为"空到"。

⑯"神农"句:言此花不载于《神农本草》。

⑰拆:同"坼",开裂。

⑱碾涡:车辙印痕。没马:指没过马蹄。指辙印深度。

⑲赊:远。两句言自己徒有满腹文墨,许多山林佳处都不曾到过,应首章之"不识南塘路,今知第五桥。"

⑳东家:指何氏。

㉑"剩水"二句:言山林之水分自沧江,山林之石取自碣石。碣石,古山名,在河北昌黎西北。曹操《步出夏门行》有"东临碣石,以观沧海"的诗句。

㉒金鱼:唐制,三品以上服紫,佩金符,刻鲤鱼形,谓之金鱼。武后朝改佩鱼为佩龟,三品以上龟袋饰金,四品饰银,五品饰铜。中宗罢龟袋,复为鱼,见《旧唐书·

舆服志》。贺知章初见李白,尝有"金龟换酒"事,知彼时用龟而此时用鱼。

㉓兴移:指另有游赏之处。洒扫:待客之礼。《后汉书·陈蕃传》:"孺子何不洒扫以待客。"句中之意是为客不拘礼节。

㉔"风磴"二句:仇注:"风磴而吹阴雪者,乃云门之吼瀑泉也,以下句解上句。盖夏本无雪,飞瀑遥溅,乍疑是雪耳。"

㉕簟:竹席。

㉖装绵:古人冬日在夹衣内装入丝绵以御寒,春秋时将绵除去。

㉗"自有"句:暗用陶渊明《桃花源记》典事。

㉘楝(sù 速):树名。白色为楝,其木纹理赤者为楳。

㉙茵陈:草本药性植物。经冬不死,更因旧苗而生,故名。

㉚单:旧注或以为铺地之单,或以单为"簟",即竹制圆形食器,两通。

㉛山精:传说中的山中精怪。《玄中记》称:山精如人,一足,长三四尺,食山蟹,夜出昼藏。

㉜石林:丛石如林。蟠:蟠踞。蟠,同"盘"。此句言石林如立于水府,极言其幽深。

㉝定昆池:《旧唐书·安乐公主传》称:公主尝请昆明池为私沼,不得,乃自凿定昆池。宋张礼《游城南记》称,池在韦曲之北。两句所写当是赴何氏山林所经过处。杨柳渚必在定昆池附近。

㉞白接䍦:用晋山简醉酒典。《世说新语·任诞》载:山简镇襄阳时,常临池醉饮,儿歌曰:"山公时一醉,径造高阳池。日暮倒载归,茗艼无所知。复能骑骏马,倒著白接䍦。"接䍦,一种巾帽的名称。

㉟剌(lá 䄂)船:即划船。《庄子·渔父》:"乃剌船而去。"郢客:楚客。郢,楚都。两句言楚客吴儿识水性。本章写泛舟水戏,故借"楚客""吴儿"为说。

㊱江湖兴:泛舟戏水之兴。亦借为遨游江湖的隐逸之兴。

㊲"将军"二句:暗用曹操典事。其《百辟刀令》曰:"往岁作百辟刀五枚。适成,先以一与五官将,其余四。吾诸子中有不好武而好文学者,将以次与之。"

㊳"醒酒"句:用宋玉《风赋》句意:"清清泠泠,愈病析酲。"

㊴绤衣:细葛布之衣。白纷纷:宋赵次公注:"月白之谓'纷纷',言其影在薜萝之间。如此薜萝者,藤萝与薜荔也。"

[点评]

　　十首连章,述游何氏山林始末,足见此番南郊之游意义重大。杜甫陪郑虔来游,时郑为广文馆博士,杜乃一介布衣。而何将军必是郑虔同朝之友。诗首言足迹初到,末言希望重来,中间依次叙山林物产之丰饶,饮食之精美,花草之珍异,风景之清幽,游赏之快乐,主人之儒雅,实带有干谒性质。此后又有《重过何氏五首》,其一曰:"问讯东桥竹,将军有报书。"可知初游后曾有书信报之,将军则许以重来,此十首必亦随书同报之者。其五曰:"何路霑微禄,归山买薄田。"显有乞望援引意。境界虽然不高,却有章句之美。"鲜鲫银丝脍,香芹碧涧羹""绿肥风折笋,红绽雨肥梅""醉把青荷叶,狂遗白接䍦"云云,俱是佳句,可见出杜甫创作律诗的勃郁才气。

陪诸贵公子丈八沟携妓纳凉晚际遇雨二首①

落日放船好,轻风生浪迟。

竹深留客处,荷净纳凉时。

公子调冰水②,佳人雪藕丝③。

片云头上黑,应是雨催诗。

雨来霑席上,风急打船头。

越女红裙湿,燕姬翠黛愁④。

缆侵堤柳绿⑤,幔卷浪花浮。

归路翻萧飒,陂塘五月秋。

[注释]

①此诗作于长安求仕时期。丈八沟:《通志》称,下杜城西有第五桥,丈八沟。
②调冰水:调制冰镇饮料。我国自周代起便有冬日藏冰以供夏用的传统,宋代以后窖冰由国家行为转变为市场行为,可以私家出售。唐李德裕在"冰寒郢水醪"一句诗下自注曰:"夏至后,颁赐冰及烧春酒,以酒味稍浓,每和冰而饮。"
③雪藕丝:切藕作细丝。
④越女、燕姬:赵次公注曰:"盖枚乘《七发》云:'越女侍侧,齐姬奉后。'"
⑤"缆侵"句:赵次公注:"雨急当避,进舟于岸旁,故侵堤柳而系缆也。"

[点评]

　　写纳凉遇雨事,放船、归舟首尾照应,章法紧密,场面热闹,见杜公叙事状物之巧。

春宿左省①

花隐掖垣暮②,啾啾栖鸟过③。
星临万户动④,月傍九霄多⑤。
不寝听金钥⑥,因风想玉珂⑦。
明朝有封事⑧,数问夜如何⑨。

[注释]

①此诗作于乾元元年(758)春,时任左拾遗。宿,值宿,值班。左省,指门下省。

以东为左,门下省位于禁中之东,故有此称,亦曰左掖。左拾遗之职隶属门下省。

②掖垣:禁墙。

③过:读作平声。

④万户:据《汉书》称,建章宫有千门万户。此言宫殿门户之多。动:星光闪动。

⑤"月傍"句:言今夜中天月色明朗。仇注以为九霄指帝宫九重之地。

⑥听金钥:听宫门开启之声。言下谓想着天亮上朝之事。

⑦"因风"句:风动铎铃鸣响,因而联想到百官上朝乘马的玉珂之声。珂,贝类,可为马饰。

⑧封事:奏本。汉制,密奏以皂囊封笏版,曰封事。唐时补阙、拾遗,掌供奉讽谏,大事廷诤,小则上封事。

⑨"数问"句:用《诗经·小雅·庭燎》诗意。毛《传》"诸侯将朝,宣王以夜未央之时问夜早晚。"诗曰:"夜如何其? 夜未央。"杜诗用以言上朝。

[点评]

　　首联写日暮,颔联写夜半,腹联写不寐之思,尾联写明朝之念,层层铺排中,特见老杜忠谨之貌,拳拳之心。"星临万户动,月傍九霄多"是全诗之眼,最为矫健;"动"字、"多"字又是句中之眼,最为精练。

曲江二首①

一片花飞减却春,风飘万点正愁人。

且看欲尽花经眼,莫厌伤多酒入唇。

江上小堂巢翡翠②,苑边高冢卧麒麟③。

细推物理须行乐④,何用浮名绊此身?

朝回日日典春衣⑤,每日江头尽醉归。

酒债寻常行处有⑥,人生七十古来稀。

穿花蛱蝶深深见⑦,点水蜻蜓款款飞⑧。

传语风光共流转,暂时相赏莫相违!

[注释]

①此诗作于乾元元年春(758)左拾遗任上。曲江,见《哀江头》注③。

②翡翠:亦称翠雀。雄赤曰翡,雌青曰翠。

③苑:指芙蓉苑,在曲江。卧麒麟:指卧于墓道的石雕麒麟。

④物理:指自然规律。

⑤朝回:退朝回家。

⑥寻常:平常。亦作量度单位。八尺为寻,倍寻曰常。与下文"七十"成借对。

⑦深深见:即深深现。忽隐忽现。

⑧款款:犹"缓缓"。

[点评]

　　此是曲江闲行遣闷之作。以仕不得志而有感于暮春也。前首因伤春而欲及时行乐,盖因朝中不见信用而故作旷达语,意似《绝句漫兴九首》其四之"莫思身外无穷事,且尽生前有限杯",皆非本意。首联伤春,冠绝今古。后首亦感春之作,意亦及时行乐,故典衣沽酒,尽醉而归,似极淡泊无求。前人云:"此不是公旷达,是极伤怀处。大率看公诗,另要一副心肝、一双眼睛才是。"(《而庵说唐诗》)此可谓知杜者。

望 岳①

（西岳）

西岳峻嶒竦处尊②，诸峰罗立如儿孙。

安得仙人九节杖③，拄到玉女洗头盆④？

车箱入谷无归路⑤，箭栝通天有一门⑥。

稍待西风凉冷后，高寻白帝问真源⑦。

[注释]

①乾元元年(758)六月，杜甫由左拾遗贬华州司功参军，诗即华州赴任途中所作。岳，指西岳华山，在今陕西华阴城南秦岭北侧。山上风景集中区的东、西、南、北、中五峰拔地而起，耸立于群山中，如一朵盛开的莲花。

②峻嶒：高峻貌。竦处：最高处。

③仙人九节杖：《列仙传》："王烈授赤城老人九节苍藤竹杖，行地马不能追。"

④玉女洗头盆：华山景点之一，在中峰。《集仙录》："明星玉女居华山祠，前有五石臼，号曰玉女洗头盆。"以常人观之，石臼很小，只宜洗手，不宜洗头。

⑤"车箱"句：写车箱谷，在华山北峰群仙观至聚仙台之间，深不可测。

⑥"箭栝"句：赵次公注曰："箭栝峰，则《华山记》云箭栝峰上有穴，才见天，攀缘自穴而上，有至绝处者。"今华山景区无箭栝峰，惟北峰至中峰、西峰之分道处有通天门，又名金锁关。

⑦白帝：传说少昊为白帝，治西岳，此以代指华山。真源：华山最高峰为南峰，即落雁峰。峰顶有仰天池，池水雨天不溢，旱季不涸。杜甫或即指此。

清人或以为老杜诗"晚则颓放",此诗实已开"颓放"一格,所谓"险语破鬼胆"也。"诸峰罗立(一作列)如儿孙",以人之长幼形容山之高下,是老杜创语;"玉女洗头盆"诚如清黄生所评:"五字本俗,先用'仙人九节杖'引起,能化俗为妍,而句法更觉森挺,真有掷米丹砂之巧。"杜诗有律法森严格,亦有颓然自放格,前者有迹可循,后者则如"羚羊挂角",实不易求而学之也。

九日蓝田崔氏庄①

老去悲秋强自宽②,兴来今日尽君欢。

羞将短发还吹帽③,笑倩旁人为正冠。

蓝水远从千涧落④,玉山高并两峰寒⑤。

明年此会知谁健? 醉把茱萸仔细看⑥。

[注释]

①此是乾元元年(758)为华州司功时至蓝田而作。华州至蓝田八十里。九日,农历九月九日,为重阳节。蓝田,今属陕西。崔氏庄,崔氏庄园。杜甫另有《崔氏东山草堂》诗。

②悲秋:语本宋玉《九辩》:"悲哉秋之为气也,萧瑟兮草木摇落而变衰。"

③吹帽:用龙山落帽故事。晋桓温九日会宾僚于龙山,孟嘉在座,风吹其帽落而不觉,桓温令孙盛作文嘲之,嘉即时作答,文辞佳妙,四座叹服。见《世说新语·识鉴》。

④蓝水:即蓝溪。源出商县西北秦岭,流经蓝田。

⑤玉山:即蓝田山。因产美玉,故亦名玉山。在蓝田县东。

⑥茱萸:一种药性植物。旧俗,九日登高,头插结籽的茱萸枝,饮菊花酒。

[点评]

　　首联破题,题意尽在"老去"而"兴来",故能"强自宽"而"尽君欢"。中二联写兴会登高,对景开怀,承题敷陈。然其宽者乃"强自宽",非真宽也,故结联复归于叹老悲秋。惟其委曲尽情,故"意味深长,悠然无穷"(宋杨万里《诚斋诗话》)。

秦州杂诗①

(其七、其十三)

莽莽万重山,孤城石谷间。

无风云出塞,不夜月临关②。

属国归何晚③,楼兰斩未还④。

烟尘一长望,衰飒正摧颜⑤。

传道东柯谷⑥,深藏数十家。

对门藤盖瓦,映竹水穿沙。

瘦地翻宜粟,阳坡可种瓜。

船人近相报,但恐失桃花。

[注释]

①此是乾元二年(759)杜甫华州弃官往秦州时作。秦州,今甘肃天水。

②不夜:月光如昼。隋李运仁《赋得镜》诗曰:"无波菱自动,不夜月恒明。"或为"无风"二句所本。

③"属国"句:用苏武事。苏武出使匈奴,被羁留十九年,归汉后官拜典属国。此时大约有唐使入吐蕃而被羁留者。

④"楼兰"句:用傅介子事。介子于汉昭帝时出使大宛,计斩楼兰王头而还,诏封义阳侯。此句希望唐使臣能如傅介子。

⑤摧颜:愁损容颜。

⑥东柯谷:在秦州东南。

[点评]

　　《秦州杂诗》二十首,老杜弃官游秦之作,或游览,或感怀,或即事。诚如《唐采诗醇》说:"其遇弥困,而思则弥深;其心益苦,而言则益工;纵出横飞,涵今茹古。昔人谓其秦州以后,律法尤精,盖所遇有以激发之也。"秦州之诗,的确是老杜成其为老杜的转关。"莽莽"一联起笔突兀,沈德潜《说诗晬语》以为"直疑高山坠石,不知其来,令人惊绝"。"无风"一联亦称警绝奇迥,为前人所赏。"东柯谷"之诗全以"传道"为文,末以"失桃花"句喻其为桃源佳胜之地,亦清丽可人。《天水图经》载秦州陇城县有杜工部故居,及其侄佐草堂,在东柯谷之南,麦积山瑞应寺上。当是杜甫暂寓之所。

宿赞公房^①

杖锡何来此^②,秋风已飒然。

雨荒深院菊,霜倒半池莲。

放逐宁违性^③,虚空不离禅^④。

相逢成夜宿,陇月向人圆^⑤。

[注释]

①此诗当是乾元二年(759)晚秋在秦州作。赞公,题下原注:"赞,京师大云寺主,谪此安置。"杜甫另有《大云寺赞公房四首》《西枝村寻置草堂地夜宿赞公土室》等诗。

②杖锡:执锡杖。禅家以锡为杖。又名智杖、德杖。又称游方僧为飞锡,安住僧为挂锡。

③放逐:仇注引赵访语曰:"杜公与房琯为布衣交。及房琯罢相,公上疏争之,亦几获罪,由此龃龉流落。赞亦房相之客,时被谪秦州,公故与之款曲如此。"句言放逐僻地并不违背赞公求法悟空之本性。

④离:仇注:"去声。"读仄声方合于格律。

⑤"陇月"句:用释家"月印万川,处处皆圆"之意。

[点评]

　　由迁谪起笔,以"陇月""圆"之,虽赞公处菊荒莲倒,满目萧然,然亦不违释家本性也。"荒"字、"倒"字,瘦硬生新,已开宋诗先声。全诗劲健圆转,蕴含禅机,有"虚空"而耐人玩味处。

水会渡①

　　山行有常程,中夜尚未安。微月没已久,崖倾路何难。大江动我前,汹若溟渤宽②。篙师暗理楫③,歌笑轻波澜④。霜浓木石滑⑤,风急手足寒。入舟已千忧,陟巘仍万盘。回眺积水外,始知众星干。远游令人瘦,衰疾渐加餐。

[注释]

①此诗作于乾元二年(759)十二月由同谷入蜀途中。水会渡,据《方舆胜览》载"属剑州",是嘉陵江上的渡口。
②溟渤:溟海、渤海。泛指大海。
③暗理楫:在夜色中摇橹。
④轻波澜:不把汹涌的江水放在眼里。
⑤"霜浓"句:写渡水后登岸陆行情景。

[点评]

　　写出水会渡风浪之险和蜀道陆行之难。杜甫北人,故乘舟多所忧惧,涉江一段描写切身体验,最为生动。既已走上盘山石径,仍心有余悸,故回首而眺,时山路已高,江远星近,令诗人顿有"始知众星干"的感觉。由此知渡江时诗人先已见过倒映于水中的星星,此时见天空之星,则以"干"字冠之。另一方面,诗人身处舟中,满目惟是江水,故觉星星亦带水气;此时脱离舟船,心境轻松下来,故觉"星干"。今人朱东润《杜甫叙论》曰:"'始知众星干'的这一个'干'字,真是千锤百炼。以前批评家都推重'白鸥没浩荡'的'没'字,'吹面受和风'的'受'字,其实这个'干'字的兴会标举,出人意料,比那两字还要高得多。不过杜甫的高大,不仅仅着落在个别的字句上。"

剑 门①

惟天有设险,剑门天下壮②。连山抱西南,石角皆北向③。两崖崇墉倚,刻画城郭状④。一夫怒临关,百万未可傍⑤。珠玉走中原,岷峨气凄怆⑥。三皇五帝前,鸡犬各相放⑦。后王尚柔远,职贡道已丧⑧。至今英雄人,高视见霸王⑨;并吞与割据,极力不相让⑩。吾将罪真宰⑪,意欲铲叠嶂⑫!恐此复偶然,临风默惆怅。

[注释]

①剑门:唐属剑州。又名大剑山,古称梁山、高梁山。山脉东西横亘百余公里,七十二峰绵延起伏,形如利剑,高耸入云。峭壁中断处,两壁相对如门,故称"剑门"。诸葛亮相蜀,凿石架飞梁阁道,以通行路,故又称"剑阁"。今称剑门关,在今四川剑阁县北二十五公里处,是川陕公路所经的要隘。杜甫于上元元年(760)入蜀赴成都,途经剑门,识其险要。诗当作于入蜀后两年之内。因上元二年(761)四月梓州段子璋反,陷绵州,自称梁王;代宗宝应元年(762)六七月间,剑南兵马使徐知道反,以兵扼剑阁,严武不得出。杜甫有感于军阀据险反叛而作此诗。
②"惟天"二句,写剑门之险且壮。古来有"剑门天下险"之说。晋张载《剑阁铭》曰:"惟蜀之门,作固作镇。是曰剑阁,壁立千仞。穷地之险,极路之峻。"

③"连山"二句:写剑门地形地貌。连山,《水经注》载,小剑戍西去大剑山三十里,连山绝险。石角皆北向,杨伦《杜诗镜铨》录邵子湘评语曰:"宋祁知成都至此,咏杜诗首四句,叹服,以为实录。"然"北向"亦有北揖朝廷之寓意。

④"两崖"二句:写剑门两侧悬崖的形状,两边绝壁如城墙,崖上石形如刻画而成的城郭雉堞。墉(yōng拥),城墙,高墙。

⑤"一夫"二句:语同李白《蜀道难》:"一夫当关,万夫莫开。"皆本于张载《剑阁铭》:"一人荷戟,万夫趦趄。"

⑥"珠玉"二句:言如果蜀中财物尽输朝廷,蜀中人气将受损伤,从而背离朝廷。岷峨,岷山与峨眉山,代指蜀地。仇注曰:"往见旧人手卷,此句("珠玉"句)之上有'川岳储精英,天府兴宝藏'二句。"浦起龙《读杜心解》曰:"杜诗多四句转意,此段独阙两句。且得此一提,文气愈畅,仇氏非伪撰也。脱简无疑。"

⑦三皇:指伏羲、神农、燧人。五帝:指黄帝、颛顼、帝喾、帝尧、帝舜。鸡犬相放:鸡犬放养,自由来去。两句言上古时代是一种不加束缚的自然状态。

⑧柔远:怀柔远方。职贡:职方的贡物。《周礼》:"制其贡,各以其所有。"两句言后王治世,要地方物,便失远古治世之道。

⑨霸王:霸道与王道。霸道指国君凭借武力、刑罚、权势等进行统治,王道指以仁义治天下。

⑩"并吞"二句:所言是以霸道治天下的方法。

⑪真宰:上天。

⑫铲叠嶂:言其易成为割据者的凭借,故欲铲之。

[点评]

　　借剑门为题,以讽时事。在纪游之作中借名胜以议论时局,关怀政治,可谓别具一格。正如清浦起龙《读杜心解》所说的,"《剑门》与《鹿头》篇,皆别立议论之文"。清沈德潜《唐诗别裁》曰:"自秦州至成都诸诗,奥险清削,雄奇荒幻,无所不备。山川、诗人,两相触发,所以独绝今古也。"

卜　居^①

浣花溪水水西头^②，主人为卜林塘幽^③。

已知出郭少尘事^④，更有澄江销客忧。

无数蜻蜓齐上下，一双鸂鶒对沉浮。

东行万里堪乘兴，须向山阴上小舟^⑤。

[注释]

①此诗作于上元元年(760)春，记卜居成都浣花草堂事。

②浣花溪：在成都西郭外，一名百花潭。

③主人：杜甫自谓。

④出郭少尘事：即晋陶渊明《归园田居》"野外罕人事"之意。

⑤"东行"二句：言溪水可直通山阴。东行万里：浣花溪之东有万里桥，乃三国时诸葛亮送费祎处。《华阳国志》载，费祎使吴，诸葛亮送之，费祎曰："万里之行，始于此矣。"山阴，今浙江绍兴。旧为吴地。山阴上小舟，用晋王子猷雪夜泛舟访戴事。《世说新语·任诞》："王子猷(献之)居山阴，雪夜，忽忆戴安道(逵)，即乘轻舟就之。既造门，不前便返。人问其故，曰：'吾本乘兴而行，兴尽而返'。"仇注："公《壮游》云'鉴湖五月凉'，盖深羡山阴风景之美。今见浣溪幽胜，仿佛似之，故思乘兴东游，此快意语。"

[点评]

　　记卜居事。写所勘居处之清幽，所居环境之生趣，深见称意愉悦之情。仇兆鳌《杜诗详注》引颜廷榘之语曰："出郭远俗,澄江散怀,此幽居自得之趣;蜻蜓上下,鸂鶒沉浮,此幽居物情之适。"然诗以溪水东泻,万里可达东吴作结,亦见出老杜并不想终老于蜀地。

游修觉寺①

野寺江天豁,山扉花竹幽。

诗应有神助②,吾得及春游。

径石相萦带,川云自去留。

禅枝宿众鸟③,漂转暮归愁。

[注释]

①此诗作于上元二年(761),时杜甫由成都草堂往游蜀州之新津。修觉寺,在新津县治东南五里之修觉山。

②神助:实谓江山之助。言胜境能发人诗兴。

③禅枝:言众鸟踞于枝上如打禅。

[点评]

　　于远近、动静之间写游寺,"禅枝"一句,最有意趣,使全篇顿为飞动,确是"有神助"也。

后　游①

寺忆曾游处，桥怜再渡时。

江山如有待②，花柳更无私③。

野润烟光薄，沙暄日色迟。

客愁全为减，舍此复何之④？

[注释]

①此为重游修觉寺而作，作时当距前游不久，详见前篇注①。
②"江山"句：言江山仿佛在等待着诗人的重游。
③无私：无偏私。句言花柳尽显其美，令人尽情欣赏。
④舍此：除此。此，指修觉寺。复何之：更往何处。

[点评]

诗为重游修觉寺而作，一春而两游，可知其间必有令诗人难舍处。诗在四句处截断，前四句，句句点明"后游"；后四句，为客愁全减而设，末以"复何之"照应起首之"曾游"，结构严谨。"江山"一联，是杜集中名句，最为后人所称道。《唐诗选脉会通评林》引刘辰翁语曰："次联必如此，可以言气象矣。"《围炉诗话》曰："《后游》诗之'江山如有待，花柳更无私'；《江亭》之'水流心不竞，云在意俱迟'，非其人必无此诗思。"《唐宋诗醇》曰："颔联忽然而来，浑然而就，妙处只在眼前。""在眼前"而"有至理"，所以令人称叹。

南 楚①

南楚青春异②,暄寒早早分③。

无名江上草,随意岭头云。

正月蜂相见,非时鸟共闻④。

杖藜妨跃马,不是故离群。

[注释]

①此是大历元年(766)初春在云安作。南楚,指云安,以其在楚之西南。云安唐时属夔州,故城在今四川云阳县东北。

②青春:即春。异:特殊,不同于他地。

③暄:暖。《杜臆》:"他处初春,必有余寒,惟南楚交春即暄,故云'早早分'。"

④"正月"二句:写南楚早春之暄暖景象。

[点评]

仇兆鳌《杜诗详注》以为此诗"似出之太易",然"太易"正此诗之特色。诗之妙处全在尾联:言"杖藜妨跃马",杖藜老翁自难跃马,而用一"妨"字,便见出诙谐幽默意,补之以"不是故离群",更见出老翁之少年心也。想杜甫由骑射高手变成杖藜翁,真令人有人生苦短之叹。《杜臆》以为"杖藜妨跃马"是"杖藜缓行,有妨少年跃马者",但解作妨他人跃马似嫌过于胶着,不如解作妨自家跃马来得通脱风趣。

白帝城最高楼①

城尖径仄旌旆愁②,独立缥缈之飞楼③。

峡坼云霾龙虎卧④,江清日抱鼋鼍游⑤。

扶桑西枝对断石⑥,弱水东影随长流⑦。

杖藜叹世者谁子⑧,泣血迸空回白头。

[注释]

①此是大历元年(766)迁居夔州后所作。白帝城:在今四川奉节之东白帝山上,公孙述据蜀称帝时所建。

②径仄:山路倾斜不平貌。

③独立:独自立于城楼上。飞楼:高楼。

④坼:开裂。霾(mái 埋):阴沉。此指覆盖。

⑤鼋鼍(yuán tuó 元陀):大鳖和鳄鱼。

⑥扶桑:神话传说中日出之处的神树。

⑦弱水:《山海经·大荒西径》:"昆仑之丘……其下有弱水之渊环之。"

⑧杖藜:拄藜杖。谁子:谁人。实是作者自指,故意设问。

[点评]

　　仇兆鳌评曰:"首写楼高,次联近景,三联远景,皆独立所想见者,末乃感叹当世。"此诗特色在于以古诗笔法、文章笔法写律诗。"独立缥缈之飞楼""杖藜叹世者谁子",皆非律句常法也。世间之物,其初成也生,炒之则熟,太熟则变,反求其生气。诗律亦然，由粗而细，细极则变，求其粗犷。此乃杜律细极而求新变者。或谓以古体入律，或谓以歌行入律，或谓拗体，或谓句法似古，对法似律，皆知为律之变体也。其以古文之音节句法变律，打破平仄规律，为中唐韩愈所效法，更为宋之苏轼、黄庭坚所光大。

移居公安山馆^①

南国昼多雾，北风天正寒。

路危行木梢，身迥宿云端。

山鬼吹灯灭^②，厨人语夜阑。

鸡鸣问前馆，世乱敢求安^③？

[注释]

①此是大历三年（768）秋冬之际，由江陵移居公安所作。公安，今属湖北，濒临长江。
②山鬼：楚辞篇名。公安旧属楚地，故以楚辞入诗。此句实谓风吹灯灭。
③世乱：仇注："是秋又有吐蕃之警也。"敢求安：实谓不敢求安。安，安枕，安睡。

[点评]

　　长江过江陵后转了一个弯，改为由北向南流，过公安后始复东折，所以江陵位于长江北岸，公安位于江南，而准确位置则是长江西岸。由江陵往公安，必江行走水路。题中称"移居公安山馆"，想必已达公安县境，改走陆路，故而诗中才有"行木梢""宿云端""山鬼吹灯"之说。然末言"问前馆"，则知尚未抵达县治之所。诗记旅次山馆情形,行路之辛苦、旅次之荒凉,尽在句中。仇注引同代人黄生注曰:"三四本属苦境,翻得佳语。鸡鸣之前,厨人夜起,因手灯吹灭,戏语为鬼所吹。细人口角如此。"注又以"山鬼"二句为模拟厨人声口,此又是一解。

登岳阳楼①

昔闻洞庭水,今上岳阳楼。

吴楚东南坼②,乾坤日夜浮③。

亲朋无一字,老病有孤舟。

戎马关山北④,凭轩涕泗流⑤。

[注释]

①此诗作于大历三年(768)冬十二月。时杜甫由公安漂泊到岳阳。岳阳楼,湖南岳阳城西门楼,西临洞庭湖。
②吴楚:春秋二国名,地处长江中下游。坼:分开。
③"乾坤"句:《水经·湘水注》:"洞庭湖水,广圆五百余里,日月若出没其中。"此写湖面之广阔。
④戎马:指战争。时北方有抗击吐蕃的战争。
⑤凭轩:倚靠楼窗。涕泗:眼泪和鼻涕。

[点评]

诗以颔联最为警策。写洞庭湖之地势境界,沉雄阔大,气象万千,可敌范仲淹一篇《岳阳楼记》,乃千古之绝唱。腹联作情语,索寞幽渺,诗境由阔大一变而为狭小,强烈反差,情景相得而益彰,即所谓"不阔则狭处不苦,能狭则阔境愈空"(《读杜心解》)。结联大小合一,国仇家恨集于一身,化为涕泗,流入洞庭,亦善于作结者也。此前,杜甫所爱之孟夫子浩然亦有《望洞庭湖赠张丞相》诗写道:"八月湖水平,涵虚混太清,气蒸云梦泽,波撼岳阳城。"杜甫或即由此生发。然孟诗后半截势弱,终不如此篇结构完整。

南 征①

春岸桃花水②,云帆枫树林。

偷生长避地,适远更沾襟。

老病南征日③,君恩北望心④。

百年歌自苦,未见有知音⑤!

[注释]

①此诗当是大历四年(769)春往投潭州(今湖南长沙)、衡州(今湖南衡阳)时所作。南征,指由岳阳渡洞庭湖而南。

②桃花水:春水。

③老病:老而且病。此距诗人去世不足两年。

④"君恩"句:言以不忘君恩而北望。

⑤"百年"二句:由汉《古诗十九首·西北有高楼》变化而出:"不惜歌者苦,但伤知音稀。"

[点评]

此诗之写成,距诗人辞世仅一年零八个月。诗是对自己一生漂泊而一日不曾忘君之苦情的概括和总结,道出"百年歌自苦"的原因是"未见有知音"。然诗人并无怨尤追悔之意,简括平朴的叙述中,自有让人动心处。明杨慎以为,"枫树林"用《楚辞·招魂》事,《招魂》有句曰:"湛湛江水兮,上有枫,目极千里兮,伤春心。"行楚地而用楚事,寄老病无依、身南心北之情状,良有以也。杨说不诬。

宿白沙驿①

水宿仍馀照,人烟复此亭②。

驿边沙旧白,湖外草新青。

万象皆春气,孤槎自客星③。

随波无限月,的的近南溟④。

[注释]

①此是大历四年(769)二月杜甫经洞庭湖、青草湖入湘水,江行赴潭州(今湖南长沙)时作。白沙驿,属岳州,唐时所建。仇注引旧说曰在"初过湖五里"处。《湘中记》称:"湘川清照五六丈,下见底,石如樗蒲,五色鲜明,白沙如霜雪,赤岸如朝霞。"
②亭:白沙驿之驿亭。
③"孤槎"句:用晋张华《博物志》所记典事:传说天河与海相通,汉代有人乘槎到天河,遇牵牛、织女。归问严君平,君平曰:某年月日有客星犯牵牛宿,正是此人到达天河之时。此言孤槎泛夜,如行于天河。
④的的:犹"真真",明白、昭著之意。南溟:南海。

写出江行之美妙。虽已泊舟投宿江驿,但落日之余晖仍映在江中,那景色必如白居易《暮江吟》中所赞美的:"一道残阳铺水中,半江瑟瑟半江红。"此时惠风和畅,春气怡人,于是诗人带着欢娱的心情写出了"驿边沙旧白,湖外草新青"的俏皮诗句。"沙旧白""草新青"一方面是纪实之景,一方面又是白沙驿和青草湖两处地名的倒装拆用,所以很巧妙。下四句以孤槎客星自比,顿使湘江行变成天河行,高洁雅丽而空灵。诗中全不见人间烟火,有圣洁之美。

发潭州①

夜醉长沙酒,晓行湘水春。

岸花飞送客,樯燕语留人。

贾傅才未有②,褚公书绝伦③。

名高前后事,回首一伤神。

[注释]

①此是大历四年春由潭州往衡州(今湖南衡阳)时所作。潭州,治所即今湖南长沙。

②贾傅:贾谊。西汉文帝时政治家,后出为长沙王太傅。此句杜甫自言才逊于贾谊。

③褚公:褚遂良。唐初书法家,工隶楷,高宗时为右仆射,谏立武昭仪为后,左迁潭州都督。此句杜甫自谓书法能敌褚遂良。

[点评]

　　杜甫自谓"颇学阴何苦用心"(《解闷十二首》),此诗即见其学何逊处。南朝梁何逊有《赠诸游旧》诗曰"岸花临水发,江燕绕樯飞",杜甫"岸花飞送客,樯雁语留人"即由何句生发。然何诗限于白描,杜诗则更富于层次:岸花飞,正为舟行迅速,因此于舟中观之岸花才有飞动之感;樯雁留人,实乃樯雁逐船。从对面着笔,诗便多了一层意趣,也多了一层动态的美。

宗族亲情

忆弟看云白日眠

示从孙济①

　　平明跨驴出，未知适谁门。权门多噂沓②，且复寻诸孙。诸孙贫无事，宅舍如荒村。堂前自生竹，堂后自生萱③。萱草秋已死，竹枝霜不蕃④。淘米少汲水，汲多井水浑。刈葵莫放手，放手伤葵根⑤。阿翁懒惰久，觉儿行步奔。所来为宗族，亦不为盘飧⑥。小人利口实⑦，薄俗难具论。勿受外嫌猜⑧，同姓古所敦⑨。

[注释]

①此诗当作于天宝十三载(754)，时困守长安。济，杜济，字应物。曾任东川节度使，兼京兆尹。唯史传以为杜甫为杜预之十三代，杜济为十四代，当以公诗为正。

②噂沓：议论纷纷，飞短流长。晋袁宏《后汉纪·章帝纪》："流言噂沓，深可叹息。"

③萱：萱草。又名忘忧草，即黄花菜，其花可食。《诗·卫风·伯兮》："焉得谖(萱)草，言树之背。"

④蕃：茂盛。

⑤"淘米"四句：由汉代古诗"采葵莫伤根，伤根葵不生；结交莫羞贫，羞贫友不成"化出。赵次公注曰："族之有宗，犹水之有源，葵之有根也。水有源，勿浑之而已；葵有根，勿伤之而已；族有宗，则亦勿疏之而矣。放手，指无节制、无约束。

⑥盘飧：饭食。直接解释则为盛在盘中的晚饭。

⑦口实：口舌谗间。

⑧"勿受"句:用鲍照句。其《代放歌行》曰:"明虑自天断,不受外嫌猜。"

⑨"同姓"句:用曹植意,其《求通亲亲表》曰:"骨肉之恩,爽而不离,亲亲之义,实在敦固。"

[点评]

老杜困守长安,从孙杜济却是仕途中人。所以老杜在处处碰壁、"未知适谁门"的当儿,便自觉不自觉地来叩杜济之门。然而杜济在小人的挑拨下,显然已对他这位叔爷爷露出不悦之色,所以老杜才写此诗相示,声言"所来为宗族,亦不为盘飧",并让杜济"勿受外嫌猜"。虽然诗句俗而能雅,拙朴而生新,但从中可窥出老杜处境之艰难与尴尬。

月 夜①

今夜鄜州月②,闺中只独看。

遥怜小儿女,未解忆长安。

香雾云鬟湿,清辉玉臂寒③。

何时倚虚幌④,双照泪痕干?

[注释]

①此诗作于天宝十五载(756)八月。时长安已陷落,作者由鄜州投奔灵武肃宗行在,途中为叛军所俘,押至长安。诗即身陷长安时所作。

②鄜州:今陕西富县。安史乱起,杜甫将家室安置于鄜州羌村。

③清辉:指月光。

④虚幌：薄而透明的帷幔。

[点评]

　　此老杜集内名篇，也是最缠绵绮丽的一篇。诗不说己之思闺中妻室，而说妻室望月思君；不说己之思儿女，而怪小儿女未解忆长安父亲。即所谓"心已驰神到彼，诗从对面飞来，悲婉微至，精丽绝伦，又妙在无一字不从月色照出也"（《读杜心解》）。诗文忌直而贵曲，此即委婉曲达之法也。清李调元《雨村诗话》曰："诗有借叶衬花之法。如杜诗'今夜鄜州月，闺中只独看'，自应说闺中之忆长安，却接'遥怜小儿女，未解忆长安'，此借叶衬花也。总之古人善用反笔，善用傍笔，故有伏笔，有起笔；有淡笔，有浓笔。今人曾梦见否？"

一百五日夜对月①

　　　　　无家对寒食②，有泪如金波。

　　　　　斫却月中桂③，清光应更多。

　　　　　仳离放红蕊④，想像颦青蛾⑤。

　　　　　牛女漫愁思，秋期犹渡河⑥。

[注释]

①此诗作于至德二载寒食节。时杜甫为安史叛军所俘，身陷长安。余参前首注①。一百五日，即寒食日。《荆楚岁时记》："去冬至一百五日，即有疾风甚雨，谓之寒食。"寒食，通常在清明前一或二日。
②无家：实指与家人隔阻。

③"斫却"句:用民间传说。唐段成式《酉阳杂俎》:"月桂高五百丈,下有一人常斫之,树创随合。人姓吴,名刚,西河人。学仙有过,谪令伐树。"

④仳离:别离。《诗·王风·中谷有蓷》:"有女仳离,啜其泣矣。"放红蕊:指寒食花开。

⑤青蛾:即黛眉。代指妻子。

⑥"牛女"二句:以牛郎、织女二星七夕渡天河相会,反衬自己不得与妻子相见。

[点评]

此对月思家之作。尤以颔联最见奇思。"斫却月中桂",以其有碍相思也;乞清光更多,正见思情之切也。故腹联从对方着笔,写妻子独对春花,必以相思而颦蛾眉也。"牛女"一联,亦对月望天所得,以牛女相会有期,喻人世之相会无期,亦是巧句。仇注引宋罗大经语曰:"太白诗'划却君山好,平铺湘水流';子美诗'斫却月中桂,清光应更多',二公所以为诗人冠冕者,胸襟阔大故也。此皆自然流出,不假安排。"于子美,或是"不假安排",然宋人以"阔大"为法,则是由子美处取之。

遣　兴①

骥子好男儿②,前年学语时。问知人客姓,诵得老夫诗。世乱怜渠小,家贫仰母慈。鹿门携不遂③,雁足系难期④。天地军麾满,山河战角悲⑤。傥归免相失,见日敢辞迟。

[注释]

①此诗作于至德元载(756)八月到至德二载(757)四月陷贼居长安期间。余详

见《月夜》注①。

②骥子：杜甫之幼子，名宗武。

③鹿门：用庞公典事。《后汉书·逸民传》载，庞德公携妻子登鹿门山，采药不返。句谓自己欲效庞公携妻隐逸而不得。鹿门，山名，在今湖北襄阳境。

④雁足：指书信。旧有鸿雁传书之说。此句言与家中无法取得联系。

⑤"天地"二句：写安史之乱波及范围极宽。军麾：军中旗帜。

[点评]

老杜孤身陷贼，望月思家，已有"遥怜小儿女"之句，然于幼子宗武，尤其难以释怀，故又有此专咏骥子之诗。仇兆鳌释曰："上四忆从前，中四叹现在，末四思将来。"逢乱世而陷贼营，杜甫已有与爱子"相失"之虞，故诗中别有一番牵肠挂肚之浓情。

羌村三首^①

峥嵘赤云西，日脚下平地②。柴门鸟雀噪，归客千里至。妻孥怪我在，惊定还拭泪。世乱遭飘荡，生还偶然遂③！邻人满墙头，感叹亦歔欷④。夜阑更秉烛，相对如梦寐。

晚岁迫偷生⑤，还家少欢趣。娇儿不离膝，畏我复却去⑥。忆昔好追凉⑦，故绕池边树。萧萧北风劲，抚事煎百虑。赖知禾黍收，已觉糟床注⑧。如今足斟酌，且用慰迟暮。

群鸡正乱叫，客至鸡斗争。驱鸡上树木，始闻叩柴荆⑨。父老四五人，问我久远行⑩；手中各有携，倾榼浊复清⑪。莫辞酒味薄，黍地无人耕，兵革既未息，儿童尽东征⑫。请为父老歌，艰难愧深情！歌罢仰天叹，四座泪纵横。

[注释]

①此诗作于至德二载(757)闰八月。背景情况参见《北征》注①。

②日脚：见《茅屋为秋风所破歌》注⑤"雨脚"条。下平地：指日落时分，太阳光束与地平线相接。

③"生还"句：言生还是偶然遂愿。

④歔欷：悲泣之声。

⑤晚岁：晚年。杜甫时年四十六岁。迫偷生：被迫偷生苟活。实暗指奉命还家探亲。

⑥复却去：再行离家而去。

⑦追凉：贪求凉爽。

⑧糟床：酒榨。榨取清酒时所用。注：滴注。指有酒液流出。

⑨柴荆：指柴门。杂木、荆条编成的门。

⑩问：慰问之意。

⑪榼：木质盛酒器。浊复清：指酒。连槽者为浊酒，经过滤的为清酒。

⑫"莫辞"四句：拟父老之辞。莫辞，有本作"苦辞"，仇注从《文苑英华》本改，"莫"字是。

[点评]

写乱后久别而初归的种种情状。"妻孥""娇儿""邻人""父老"，寥寥数笔，无不真切生动、神情毕现。正如金圣叹对"娇儿不离膝，畏我复却去"两句所下评语所说："娇儿心孔千灵，眼光百利，早见此归不是本意，于是绕膝慰留，畏爷复去。"仇注句下释文，则以为"复却去"的主语不是"我"亦即诗人自己，而是"娇儿"。曰:"'不离膝',乍见而喜;'复却去',久视而畏,此写幼子情况最肖。"中国社科院文学所编《唐诗选》(人民文学出版社版),以为二说皆可通而以前说更切合原意。杜甫奉诏探家,实出被迫,故言"迫偷生""少欢趣"。然与家人相见,还是有惊有喜有慰藉,思及国事之艰难,又有无尽慨叹,故篇末云"歌罢仰天叹,四座泪纵横"。写情写事,俱在常理之中,然贵在一个"真"字。

得舍弟消息①

乱后谁归得?他乡胜故乡。

直为心厄苦,久念与存亡②。

汝书犹在壁,汝妾已辞房③。

旧犬知愁恨,垂头傍我床。

[注释]

①此诗作于乾元二年(759)春。仇兆鳌引旧注曰:"公乾元元年六月自左拾遗出为华州司功,冬晚,间至东都。时安庆绪弃东都而走,河南已复,故公得暂往洛阳故居。"此诗即居洛阳时所作。舍弟,胞弟。

②与,一作"汝"。

③"汝书"二句:《杜臆》评曰:"汝书""汝妾"并提,律中带古,此杜公纵笔。

[点评]

　　剀切深挚,如与弟之家书,故乡所遭之祸乱,家中所生之变故,俱在字里行间。"汝书""汝妾""旧犬",互为对照,顿见家境之凄凉,世情之冷暖。"旧犬"

一笔,最是令人感慨。有注家以为,此句引晋陆机事。陆机有犬名黄耳。机在洛阳,久无家问,笑语犬曰:"汝能赍书取消息否?"犬寻路至家,得报还洛。公时在洛,故用陆事。然句中惟咏犬之恋旧,并无捎书事,恐与陆事无关。仅凭"旧犬"之"知愁恨""垂头傍我床",已远胜于薄情之人也。

月夜忆舍弟①

戍鼓断人行②,边秋一雁声③。

露从今夜白④,月是故乡明。

有弟皆分散,无家问死生⑤。

寄书长不达,况乃未休兵⑥。

[注释]

①此是乾元二年(759)秋于秦州作。杜甫有四弟:颖、观、丰、占。此时惟占相随,余散在山东、河南,故有此忆。

②戍鼓:指将夜时分戍楼上所敲禁鼓,禁人夜行。

③一雁:孤雁。

④露从今夜白:即今夜是白露。白露,二十四节气之一,在每年阴历九月八日前后。

⑤无家:指无处打听消息,音讯不通。

⑥未休兵:指安史之乱尚未平定。

[点评]

乱离之世,骨肉分散,存亡难保,肝肠断绝,只用浅浅语道来,便令人凄楚不忍卒读。或说"露从"一联"妙绝古今矣,原其始从江淹《别赋》'明月白露'一句四字翻作十字,而精神如此"(《李杜诗选》)。实此联即景即情,未必有意化用《别赋》之语。又如"边秋一雁声"之句,显然以"一雁"喻兄弟离散,然未必便是由《礼记·王制》所谓"兄之长齿雁行"直接化出,尽管那是以"雁行"比兄弟的最早源头。且老杜诗旅思乡情之委婉真切,更远胜于隶事用典者,实无须强作索引。

示侄佐^①

多病秋风落^②,君来慰眼前。

自闻茅屋趣,只想竹林眠^③。

满谷山云起,侵篱涧水悬^④。

嗣宗诸子侄,早觉仲容贤^⑤。

[注释]

①此是乾元二年(759)九月作,时客秦州,弃官两个月,居所未定。侄佐,杜甫之侄杜佐,殿中侍御史杜昈之子。题下自注:"佐草堂在东柯谷。"

②秋风落:仇注引师民曰:"七月秋风起,八月风高,九月风落。"

③竹林:用竹林七贤典事。正始西晋初年,阮籍与侄阮咸并嵇康、山涛、向秀、王戎、刘伶特相友善,时号竹林七贤。

④悬:涧水自高注下。

⑤"嗣宗"二句:以阮家叔侄,比况自己与杜佐。嗣宗,阮籍字。仲容,阮咸字。《世说新语·任诞》载:阮籍之子长成,亦想做名士。籍劝阻曰:"仲容已预之,卿不得复尔。"

据《旧唐书》载,杜佐终于大理正。时居东柯谷,当距杜甫客居之地不远,杜甫此诗,似有往依之意。"闻茅房趣",当是闻杜佐所述茅屋隐居之趣;"想竹林眠",当是想与子侄同作竹林之游,效阮籍、阮咸故事。嘉美"仲容贤",实心中有所求也。亲情之外,亦含有一种凄惶,可叹。

恨　别①

洛城一别四千里②,胡骑长驱五六年③。

草木变衰行剑外④,兵戈阻绝老江边⑤。

思家步月清宵立,忆弟看云白日眠。

闻道河阳近乘胜⑥,司徒急为破幽燕⑦。

[注释]

①此诗当是上元元年(760)在成都作。

②洛城:洛阳城。四千里:言洛阳距成都路途之遥。

③胡骑(jì记):指安史叛军。

④剑外:即剑南。剑门以南,今四川中部。

⑤江边:指锦江边。

⑥河阳:即河内。故地在今河南孟州市。河阳近乘胜,指李光弼破史思明,收复河阳。

⑦司徒:指李光弼。至德二载,加光弼检校司徒之衔。幽燕:今北京一带。当时

为安史老巢。句意期待李光弼平定叛乱。

[点评]

　　"恨别"有二义,一为别故乡之恨,一为别兄弟之恨。首言因乱而别,次言别故乡,又次言别兄弟,结联转恨为喜为期盼,盼平乱后归乡里,兄弟团聚。脉络清楚,结构严谨。"思家"一联,为杜集中名联。《瀛奎律髓汇评》纪昀评语曰:"六句是名句,然终觉'看云'不贯'眠'字。"许印芳辨之曰:"'眠'与'看云'不贯?眠时不可看云乎?若谓夜眠不合,诗固明云'白日眠'矣。此二句全在转换处用意,盖清宵本是眠时,偏说'立'而'步月';白日本是立时,偏说'眠'而'看云',所以见思家忆弟之无时不然也。"

宗武生日①

　　小子何时见②?高秋此日生。自从都邑语③,已伴老夫名④。诗是吾家事,人传世上情⑤。熟精文选理,休觅彩衣轻⑥。凋瘵筵初秩,欹斜坐不成⑦。流霞分片片⑧,涓滴就徐倾⑨。

[注释]

①此诗作于夔州时期。仇注曰:"至德二载(757),公陷贼中,有诗云'骥子好男儿,前年学语时',此时宗武约计五岁矣。其后,自乾元二年(759)至蜀,及永泰元年(765)去蜀,中历八年,宗武约十四岁左右矣。此诗都邑,乃指成都,其云'自从都邑语,已伴老夫名',则知作此诗又在成都之后矣。"宗武,杜甫幼子,可与《遣兴》相参读。

②何时见:犹"何时现",何时出世。仇注:"小子何时见其生乎?此日正其堕地时也。"

③都邑:此指成都。《大戴礼记》:"百里而有都邑。"此句谓宗武入蜀后已学会了当地方言。

④"已伴"句:言宗武在为父的朋友圈中已小有诗名。

⑤"诗是"二句:仇注:"公祖审言善诗,世情因而传述。"

⑥文选:梁昭明太子萧统所编古人文辞诗赋选集。彩衣:老莱子典事。《列女传》称,老莱子行年七十而双亲犹在,故着彩衣为儿戏以娱亲。两句中杜甫希望儿子精熟《文选》以绍家学,不必行老莱子斑衣娱亲之孝道。

⑦凋瘵(zhài 债):病肺。因肺疾而形容枯槁。瘵,肺结核病。筵初秋:酒筵初开。《诗·小雅·宾之初筵》:"宾之初筵,左右秩秩。"秩,秩序井然貌。欹(qī欺)斜:倾侧。两句巧用《诗·宾之初筵》诗意,言刚入筵席,便已欹斜不秩,不为醉酒,实为病肺。

⑧流霞:指酒。晋葛洪《抱朴子》:"项曼都修道山中,自言至天上,游紫府,遇仙人,与流霞一杯,饮之辄不饥渴。"后遂以"流霞"喻仙酒或美酒。

⑨涓滴:言饮量之少。病肺不得多饮。

[点评]

　　杜甫有二子,长曰宗文,少曰宗武。杜公于少子犹多喜爱,故多见诸歌咏。此于少子生日之际,勉其弘扬祖业,绍继家学,而不必以承欢膝前为孝,在"欹斜坐不成"的病苦之境中能出此言,足见拳拳爱子之心。《诗·宾之初筵》有"左右秩秩"之语,又有"是曰既醉,不知其秩","屡舞傤傤""侧弁之俄"的种种醉态,老杜信手拈来,言因"凋瘵",故"筵初秋"时已"欹斜坐不成",化老病之况为"黑色幽默",令人笑而含泪,此正老杜人格魅力之所在。

吾　宗[①]

吾宗老孙子[②]，质朴古人风[③]。

耕凿安时论[④]，衣冠与世同。

在家常早起，忧国愿年丰。

语及君臣际，经书满腹中。

[注释]

①此诗旧注编在大历元年(766)。题下原注："卫仓曹崇简。"崇简是襄阳杜氏（始于杜逊)中的一房，具体世系序列未明。吾宗，效《诗经》古例，以诗之首二字为题。

②老孙子：言崇简乃其祖之孙并与自己同宗，此句写宗族传承。

③古人风：《三国志·魏书》载，曹操谓毛玠曰："君有古人之风。"仇注引赵汸之语曰："次句领起中四。其安时处顺，勤家忧国，皆所谓质朴古风也。"

④耕凿：用古《击壤歌》诗意："凿井而饮，耕田而食，帝力于我何有哉!"安时论：仇注："时论目为耕凿中人，彼亦安之矣。"

[点评]

　　写出人物的古澹性格和儒学修养，清晰如见，更有画图所不能传达者。胡应麟以为："'耕凿安时论，衣冠与世同。在家常早起，忧国愿年丰'，寓神奇于古澹，储（光羲)、孟（浩然)莫能为前。"(《诗薮》)

元日示宗武①

　　汝啼吾手战,吾笑汝身长②。处处逢正月,迢迢滞远方。飘零还柏酒③,衰病只藜床④。训谕青衿子⑤,名惭白首郎⑥。赋诗犹落笔⑦,献寿更称觞⑧。不见江东弟⑨,高歌泪数行。

[注释]

①此诗当是大历三年(768)正月元日作。宗武,见前诗注①。

②"汝啼"二句:王嗣奭《杜臆》:"啼手战,见子孝;笑身长,见父慈。"

③柏酒:正月一日旧有饮椒柏酒之俗。《本草纲目》所附"椒柏酒方"曰:"以椒三七粒,东向侧柏叶七枝,浸酒一瓶,饮。"

④藜床:喻贫寒。三国魏人管宁家贫,坐藜床欲穿而读书不辍。

⑤青衿子:指宗武。《诗·郑风·子衿》有"青青子衿'句,《毛传》曰:"青衿,青领也,学子之所服。"

⑥白首郎:汉颜驷白首为郎。《汉武故事》载,武帝"尝辇至郎署,见一老翁,须鬓皓白,衣服不整。上问曰:'公何时为郎?何其老也?'对曰:'臣姓颜名驷,江都人也。以文帝时为郎。'上问曰:'何其老而不遇也?'驷曰:'文帝好文而臣好武,景帝好老而臣尚少,陛下好少而臣已老,是以三世不遇,故老于郎署。'"杜甫老为布衣,较"白首郎"更逊一等,故有"名惭"之说。

⑦落笔:指笔由手中脱落,应合"手战",与"落笔惊风雨"之"落"作"下"解不同。

⑧献寿:举酒祝寿。此句写宗武。

⑨"不见"句:原注:"第五弟漂泊江左,近无消息。"

[点评]

　　子为父亲手战而啼，父为儿子长高而笑，在一个"处处逢正月"的漂泊之家，如此父子之情，便是最可宝贵的财富。仇兆鳌评曰："此诗皆悲喜并言。'啼手战'，是悲；'笑身长'，是喜。'逢正月'是喜；'滞远方'，是悲。对柏酒，是喜；坐藜床，是悲。子可教，是喜，身去官，是悲。赋诗称觯，又是喜；忆弟泪行，又是悲。只随意叙述，而各有条理。"赵次公注以为"白首郎"是"公自谓也"，误。已于注⑥中辨明，若"白首郎"是杜公自谓，"名惭"便无着落，所以"白首郎"是杜公用典，不可不明。

又示宗武①

　　觅句新知律②，摊书解满床。试吟青玉案，莫羡紫罗囊③。暇日从时饮④，明年共我长⑤。应须饱经术，已似爱文章。十五男儿志⑥，三千弟子行⑦。曾参与游夏，达者得升堂⑧。

[注释]

①此首作时同前，详见前诗并注。

②新知律：初通作诗之法。

③紫罗囊：用晋谢玄典事。据《世说新语·假谲》记载，谢玄少时好佩紫罗香囊，叔父谢安患之而不欲伤其意，因戏赌取，即焚之，于此遂止。

④从时：应时。此句与上篇之饮椒柏酒相关合。

⑤共我长：与我等高。

⑥"十五"句:用孔子十五志学典。《论语·为政》:"子曰:'吾十有五而有志于学。'"赵次公注考订宗武年龄曰:"公丙申至德元载陷贼中,而家在鄜州,有诗云:'骥子好男儿,前年学语时。'……学语时,两岁,三岁矣。自丙申至今年戊申,凡十三年,通学语时正十五年矣。故今诗云'十五男儿志'。"

⑦三千弟子行:《史记·孔子世家》称,孔子以《诗》《书》《礼》《乐》教授弟子,盖三千焉。此句是希望宗武成为儒家门徒。

⑧曾参:孔子弟子,以孝称。游夏:子游、子夏,孔子弟子,以文学称。升堂:指得到老师真传,掌握学说之精髓。《孔子家语》载,卫将军父子问于子贡,子贡曰:"入室升堂者七十有余人。"末两句进一步提出要求,希望宗武能成为儒学的登堂入室者。

[点评]

　　舐犊之情,溢于言外。知老杜于幼子希望尤高。于宗文,则但使树鸡栅耳(杜集有《催宗文树鸡栅》诗)。仇注又引胡应麟所录《云仙杂记》曰:"甫子宗武,以诗示阮兵曹,阮答以石斧一具,并诗还之。宗武曰:'斧,父斤也。欲使我呈父加斤削耶?'阮闻之曰:'欲令自断其手耳。不尔,天下诗名,又在杜家矣。'此事甚新,然史传不载宗武诗,诗亦竟不传。岂三世为将,道家所忌哉。杜尝命宗武熟精《文选》,又作诗屡令其诵。友人之言,宜有可信者,惜无从互证之。"

老去诗篇浑漫与

堂　成①

背郭堂成荫白茅②，缘江路熟俯青郊。

楷林碍日吟风叶③，笼竹和烟滴露梢④。

暂止飞乌将数子，频来语燕定新巢。

旁人错比扬雄宅，懒惰无心作解嘲⑤。

[注释]

①此诗当作于上元元年(760)三月。堂成，指成都浣花草堂落成。

②背郭：背负城郭。荫白茅：以白茅草覆顶。

③楷(qī 欺)林：楷树林。楷，《说文解字》作"机"，落叶乔木。木质坚韧，生长迅速，易于成林。杜甫为营建草堂，曾向利州绵谷尉何邕乞楷树苗，有《凭何十一少府邕觅桤木栽》诗曰："草堂堑西无树林，非子谁复见幽心？饱闻桤木三年大，与致溪边十亩阴。"

④笼竹：大竹。杜甫为建草堂，也曾向韦续讨绵竹，有《从韦二明府续处觅绵竹》诗曰："华轩蔼蔼他年到，绵竹亭亭出县高。江上舍前无此物，幸分苍翠披波涛。"

⑤扬雄：西汉末年文学家，尤长于作赋。其宅在成都少城西南角，一名草玄堂。
解嘲：扬雄尝闭门草《太玄经》，遭人嘲笑，于是作了一篇《解嘲》。两句实以扬雄为喻，言别人把我比作汉之扬雄，但扬雄于世议尚有解嘲之文，而我连解嘲之文也懒得写，更是不问世情了。

诗写堂之位置、堂之竹木、堂之禽鸟,末以扬雄宅作比,自适之情,溢于言表。诗人久历漂泊,此时终有定所矣。

为 农①

锦里烟尘外②,江村八九家。

圆荷浮小叶,细麦落轻花。

卜宅从兹老,为农去国赊③。

远惭勾漏令④,不得问丹砂。

[注释]

①此当是上元元年(760)初夏在成都浣花草堂作。

②锦里:锦城之地。参见《蜀相》注③。烟尘:指市井尘嚣。杜甫《卜居》:"已知出郭少尘事。"

③国:故乡。赊:遥远。

④勾漏令:指葛洪。《晋书》本传载葛洪曾为勾漏令。勾漏,亦作句漏、岣嵝,在今广西北流市,以岩穴勾曲穿漏,故名。问丹砂:葛洪从祖玄传炼丹之术于郑隐,洪就隐学,著《抱朴子》,内中多讲炼丹事。

[点评]

老杜春日卜居草堂,至初夏已见万物向荣景象,欣然有终老之志,故甘愿去国万里而为农也。"圆荷"一联,体物细腻,爱物赏心,见于笔端,是全诗之灵魂。末言"惭勾漏",乃有意作一跌宕,如仇兆鳌所谓:"烟尘不到,便同仙隐,乃以不得丹砂为惭,戏词也。"

田　舍^①

田舍清江曲^②,柴门古道旁。

草深迷市井,地僻懒衣裳。

杨柳枝枝弱,枇杷对对香。

鸬鹚西日照^③,晒翅满渔梁^④。

[注释]

①此首与上篇约作于同一时段,记述草堂生活之闲适。田舍,意犹"村舍",指草堂。
②清江曲:宋赵次公注曰:"盖公之草堂在东岸之曲处,今成都土人谓葫芦滩者,乃其处也。西岸梵安寺之草堂,特本朝吕汲公为师日,想象典刑为之耳,本非在西岸也。"
③鸬鹚:水鸟名,驯顺后可以捕鱼。
④渔梁:一种捕鱼设施。以土石筑梁横截水流,中留缺口,以笱承之。鱼随水流游入笱中,不得复出。

[点评]

　　写田舍之偏僻、环境之清幽,生动而有趣。"地僻懒衣裳",非身处其地不能得此句,最是信实;"杨柳"一联,信手拈来,亦成佳对。枇杷为圆锥花序,果实丛聚，多有对生者，而以"对对香"三字出之，便觉精练而富于美感。末之鸬鹚晒翅一笔，使全篇静中有动，顿生江村野趣。"枇杷对对香"有本作"树树香"，作"树树"者，其香韵差之远矣。

绝句漫兴九首①

（其一、其二、其四、其五、其六、其七、其八）

眼见客愁愁不醒，无赖春色到江亭②。
即遣花开深造次③，便教莺语太丁宁④。

手种桃李非无主，野老墙低还是家。
恰似春风相欺得，夜来吹折数枝花。

二月已破三月来，渐老逢春能几回。
莫思身外无穷事，且尽生前有限杯⑤。

肠断江春欲尽头，杖藜徐步立芳洲。
癫狂柳絮随风舞⑥，轻薄桃花逐水流。

懒慢无堪不出村，呼儿日在掩柴门。

苍苔浊酒林中静，碧水春风野外昏。

糁径杨花铺白毡⑦，点溪荷叶叠青钱。

笋根稚子无人见⑧，沙上凫雏傍母眠。

舍西柔桑叶可拈，江畔细麦复纤纤。

人生几何春已夏，不放香醪如蜜甜⑨。

[注释]

①此组绝句作于上元二年(761)春，时是卜居成都浣花草堂的第二年。组诗之三咏燕子，之九咏柳树，已另见于咏物类中。

②无赖：指春色之浓郁、繁盛。以春色突然而至，惹客心生愁，故有此怨艾之语。

③深造次：过于匆迫。

④太丁宁：过于烦琐，让人心乱。

⑤"莫思"二句：用晋张翰语："使我有身后名，不如生前一杯酒。"见《世说新语·任诞》。

⑥柳絮随风舞：晋谢道韫有咏雪之句曰："未若柳絮因风起。"见《世说新语·言语》。

⑦糁(sǎn 散)：泛指散粒状的东西。糁径，指杨花铺径。

⑧稚子：雉鸡之雏。与下句"凫雏"互文见义。

⑨香醪：犹如今之酒酿、甜米酒。

[点评]

"漫兴"者，"兴之所到，率然而成"(《杜臆》语)也。此一组"漫兴"诗，可谓春之杂感，或怨春色恼人，或咏春之景物，或作春日之饮，散漫而各有意趣。老杜咏春之诗尤多，且极具个性。怨春色无赖，忿春风欺人，讥柳絮癫狂，恼桃花轻薄，所以出此言，皆为"江春欲尽"而令人"肠断"也。"道是无情却有情"，怨春皆由惜春起。老杜面对春色，其心态恰如垂暮老者面对烂漫孩童，可以嫌他聒噪、嫌他闹腾、嫌他不谙事理，然内心所珍爱的却正是孩童种种讨嫌之处背后的稚气与天真。本篇的第七首便直接表现了诗人对春的怜爱。以"糁径""铺白毡"写杨花，以"点溪""叠青钱"写荷叶，状物准确而生动，"糁""铺""点""叠"俱用作动词，且俱是诗眼，有此四字，全诗始觉灵动。"人生几何春已夏"，正是惜春之情的自道，亦人生感慨之自道也，所以惟有以酒自遣，以酒自慰。老杜于自然之珍爱、于生命之珍爱，俱由此咏春之作中见出。仇注引申涵光之语曰："绝句，以浑圆一气，言外悠然为正，王龙标（昌龄）其当行也。太白亦有失之轻者，然超轶绝尘，千古独步。惟杜诗别是一种，能重而不能轻，有鄙俚者，有板涩者，有散漫潦倒者，虽老放不可一世，终是别派，不可效也。李空同处处摹之，可谓学古之过。'恰似春风相欺得，夜来吹折数枝花'，语尚轻便；'莫思身外无穷事，且尽生前有限杯'，似今小说演义中语；'糁径杨花铺白毡'，则俚甚矣。"此纯以诗法句法为论，然诗人之真心本性，当有不为诗法所囿者。

漫成二首[①]

野日荒荒白[②]，春流泯泯清[③]。

渚蒲随地有[④]，村径逐门成。

只作披衣惯[⑤]，常从漉酒生[⑥]。

眼边无俗物，多病也身轻。

江皋已仲春，花下复清晨。

仰面贪看鸟，回头错应人。

读书难字过⑦,对酒满壶频。

近识峨眉老⑧,知余懒是真。

[注释]

①此诗旧注编在上元二年(761),时在成都草堂。

②荒荒:暗淡而散漫无际貌。

③泯泯:紊乱貌。

④渚蒲:低洼湿地所生的蒲草。

⑤披衣:晋陶渊明《移居》诗:"相思则披衣,言笑无厌时。"

⑥漉酒生:漉酒之人。指陶渊明。渊明曾以葛巾漉酒,率意之行一时盛传。

⑦难字过:难以逐字细读。或曰"难识之字,任其读过,不复考索",如此则与陶渊明的"好读书,不求甚解"(《五柳先生传》)相近似。

⑧峨眉老:作者自注:"东山隐者。"

[点评]

　　仇兆鳌释曰:"首章对景怡情,有超然避俗之想……次章随时适兴,申前章未尽之意。前章上四句说花溪外景,此章上四句说草堂内景。前章披衣漉酒,乐在身闲;此章读书对酒,乐在心得。"全篇关键,只在"眼边无俗物,多病也身轻"两句,可见老杜于草堂环境是多么惬意。

春夜喜雨①

好雨知时节，当春乃发生。

随风潜入夜，润物细无声②。

野径云俱黑③，江船火独明。

晓看红湿处，花重锦官城④。

[注释]

①此诗或作于上元二年(761)春,时在成都草堂。
②润物:滋润万物。
③野径:田野中的小路。
④锦官城:指成都,详见《蜀相》注③。

[点评]

　　句句切题,却不露痕迹。妙在情景自然熨帖,浑然一体。从"潜"字、"细"字,便知雨为春雨,非夏雨、秋雨;复以火衬夜云,以花衬晓霁,不言喜而喜在其中,写景抒情皆极细腻别致,堪称绝唱。

水槛遣心二首^①

去郭轩楹敞^②,无村眺望赊^③。

澄江平少岸,幽树晚多花。

细雨鱼儿出,微风燕子斜^④。

城中十万户^⑤,此地两三家。

蜀天常夜雨,江槛已朝晴。

叶润林塘密,衣干枕席清。

不堪祇老病^⑥,何得尚浮名。

浅把涓涓酒,深凭送此生。

[注释]

①此是上元二年(761)在成都草堂作。水槛,草堂水亭之槛,言凭槛眺望以遣心
也。遣心,有本作"遣兴",意同。

②楹:两廊柱之间的距离。此处与"轩"同义,代指水亭。

③赊:远。

④"细雨"二句:由南朝梁何逊《赠王左丞僧孺》"游鱼乱水叶,轻燕逐风花"句化出。

⑤十万户:仇注引黄希注曰:"成都户十六万九百五十,此云'城中十万户',虽未
必及其数,亦夸其盛耳。"

⑥祇:赵次公注:"祇字起于《诗》:'诚不以富,亦祇以异。'笺云:'祇之为言,适

也。'据韵书只是平声。"

[点评]

　　首章说雨中晚景,寓情景中;次章说雨霁晓景,下四句言情。诗体物细腻,摹写恰切,由此见老杜草堂生活之闲适与惬意。宋叶梦得《石林诗话》曰:"诗语固忌用巧太过,然缘情体物,自有天然工妙。老杜'细雨鱼儿出,微风燕子斜'此十字,殆无一字虚设。雨细着水面为沤,鱼常上浮而淰;若大雨则伏而不出矣。燕体轻弱,风猛则不能胜,惟微风乃受以为势,故又有'轻燕受风斜'之语。……然读之浑然,全似未尝用力,此所以不碍其气格超胜。"其二之"叶润""衣干"句,"叶润"承"雨","衣干"顶"晴",亦格律森严而得体物之妙。杜公"老去渐于诗律细",此诗即一证也。

江畔独步寻花七绝句①

　　江上被花恼不彻②,无处告诉只癫狂。

　　走觅南邻爱酒伴,经旬出饮独空床。

　　稠花乱蕊裹江滨,行步欹危实怕春③。

　　诗酒尚堪驱使在④,未须料理白头人。

　　江深竹静两三家,多事红花映白花。

　　报答春光知有处,应须美酒送生涯。

东望少城花满烟⑤,百花高楼更可怜⑥。

谁能载酒开金盏,唤取佳人舞绣筵⑦。

黄师塔前江水东⑧,春光懒困倚微风。

桃花一簇开无主,可爱深红爱浅红?

黄四娘家花满蹊,千朵万朵压枝低。

留连戏蝶时时舞,自在娇莺恰恰啼。

不是爱花即欲死,只恐花尽老相催⑨。

繁枝容易纷纷落,嫩蕊商量细细开。

[注释]

①此上元、宝应(761—762)间在成都浣花草堂作。

②彻:尽。

③欹危:指行步不稳,踉跄歪斜之状。

④诗酒尚堪驱使:指尚能作诗饮酒。

⑤少城:晋左思《蜀都赋》注:"少城,小城也。在城西,市在其中。"花满烟:即"烟花满",人烟与春花并稠。

⑥百花高楼:当是指名为"百花楼"的酒楼。黄生注本以为在成都少城市井中;黄希以为在百花潭,因潭而名楼曰"百花"。两说俱可通,然已无法确知。可怜:可爱。

⑦"谁能"二句:希望能预酒筵赏花。然并无设筵之人,故诗人只能望楼兴叹。

⑧黄师塔:黄姓僧人之灵塔。宋陆游《老学庵笔记》:"余以事至犀浦,过松林甚茂,问驭卒:'此何处?'答曰:'师塔也。'蜀人呼僧为师,丧所为塔,乃悟少陵'黄

师塔前'之句。"

⑨"不是"二句:作上二下五读。仇注:"爱花欲死,少年之情;花尽老催,暮年之感。"

[点评]

　　七首联章,叙"寻花"种种。首章扣题,言"被花恼",言"南邻爱酒伴""经旬出饮",故惟有"独步",并因"无处告诉"而"癫狂"。《杜臆》曰:"'癫狂'二字,乃七绝之纲。"继以怨恼之语写春之敷腴、花之繁盛:言"稠花乱蕊""多事红花",言"行步欹危实怕春",然诗人并没有停下寻花的"欹危"脚步,正如《诗境浅说续编》在此诗五、六两章之后所说:"此二诗在江畔行吟,不问花之有主、无主,逢花便看。黄师塔畔,评量深浅之红;黄四娘家,遍赏千万之朵。少陵诗雄视有唐,本不以绝句擅名,而绝句不事藻绘,有幅中独步之概。"虽有"东望少城花满烟,百花楼高更可怜"的望楼兴叹露出一缕酸楚,通篇则完完全全把读者带入了一个花的世界。末章总结前篇,乃惜花之词,而"繁枝""嫩蕊"的对句又见出"日中则移、月满则亏"的人生哲理,令人别有一番吟味。宋苏轼作书常写"黄四娘家"一章,并说:"此诗虽不甚佳,可以见子美清狂野逸之态,故仆喜书之。"(《东坡题跋》)《唐诗援》则曰:"漫兴寻花,癫狂潦倒,大有别致奇趣,想见此老胸中天地。"此寻花联章,确有他人笔下所不到的逸趣与风致。

少年行①

　　马上谁家白面郎,临阶下马坐人床②。

　　不通姓氏粗豪甚,指点银瓶索酒尝③。

[注释]

①此诗旧注编在宝应元年(762)成都诗中。少年行,乐府旧题,属杂曲歌辞。宋鲍照有《结客少年场行》,郭茂倩《乐府诗集》作按语曰:"结客少年场,言少年时结任侠之客,为游乐之场,终而无成,故作此曲也。"由此衍化出《少年子》《少年乐》《少年行》《汉宫少年行》《长乐少年行》《长安少年行》《渭城少年行》《邯郸少年行》等多种题名,许多唐代诗人都有依题之作。

②床:胡床。又名交椅,类似于今天的"马扎",坐部结绳连接,故又名绳床,由西域传入中原。

③银瓶:银制盛酒器。

[点评]

　　唐人崇尚昂扬之少年精神,故多有以《少年行》为题作歌者。李白曰:"五陵少年金市东,银鞍白马度春风。落花踏尽游何处? 笑入胡姬酒肆中。"王维曰:"新丰美酒斗十千,咸阳游侠多少年。相逢意气为君饮,系马高楼垂柳边。"令狐楚曰:"霜满中庭月过楼,金樽玉柱对清秋。当年称意须为乐,不到天明未肯休。"甚至僧人贯休也作《少年行》曰:"锦衣鲜华手擎鹘,闲行气貌多轻忽。稼穑艰难总不知,五帝三皇是何物。"他如王昌龄、张籍、李嶷、刘长卿、杜牧、张祐、韩翃、施肩吾并有依题之作,有人且不止一首。杜公之《少年行》与李白、王维同一格调,实是盛唐精神的余响。

三绝句^①

（其一、其三）

楸树馨香倚钓矶^②,斩新花蕊未应飞^③。

不如醉里风吹尽,何忍醒时雨打稀。

无数春笋满林生^④,柴门密掩断人行。

会须上番看成竹^⑤,客至从嗔不出迎^⑥。

[注释]

①此诗作于宝应元年(761),时在成都草堂。三绝句首咏楸花、次咏鸂鶒、末咏春笋。其二已入咏物类中,其一、其三,藉物言情,不应作咏物看,故归入遣兴诗中。

②楸树:落叶乔木,树干端直,夏季开花,两唇形,白色,内有紫斑。

③斩新:即崭新。未应飞:指楸花初开。

④林:杜公草堂周围有桤林和竹林。见《堂成》注③、注④。

⑤上番:蜀语。快速上长之意。

⑥从嗔:任其嗔怪。

[点评]

两章一为惜花,一为护笋。为不忍见雨打花飞,宁可取醉;为不致碰伤竹笋,宁可"柴门密掩",断绝行路,一任来客怪罪。晚唐李商隐《初食笋呈座中》诗曰:

"嫩箨香苞初出林,于陵论价重千金。皇都海陆应无数,忍剪凌云一寸心!"当与老杜"会须上番看成竹"同一思致。明杨慎曰:"楸树三绝句,格调既高,风致又韵,真可一空唐人。"

薄 游①

淅淅风生砌②,团团日隐墙③。

遥空秋雁灭,半岭暮云长。

病叶多先坠,寒花只暂香。

巴城添泪眼④,今夕复清光⑤。

[注释]

①此是广德元年(763)秋在阆州(今四川阆中)作。薄游:居址无定。薄,发语词。宋赵次公注曰:"公自秦入西蜀,自蜀而来东川,浮游不定,故以此为题。"
②淅淅:风声细也。
③日隐墙:日落时分景色。
④巴城:指阆州,时属巴西郡。添泪眼:当关涉房琯病卒事。房琯八月四日病逝于阆州僧舍,杜甫九月往吊,有祭文。
⑤清光:指月光。

[点评]

杜甫为吊亡友而赴阆州,以哀感之心体山川风物,故眼中景物无不带有衰飒色调。"病叶"一联赋中带比,当以"病叶先坠"比房琯之卒;以"寒花暂香"比自身之苟且尘世。从"日隐墙"到"复清光",诗人一直沉浸在衰飒情绪中,故见清光而坠泪也。其《祭故相国清河房公(琯)文》曰:"维唐广德元年岁次癸卯,九月辛丑朔,二十二日壬戌,京兆杜甫敬以醴酒茶藕纯鲫之奠,奉祭故相国清河房公之灵……"不知杜甫作诗时所见之清光,在九月初一至二十二日间否。

春　归①

苔径临江竹,茅檐覆地花。别来频甲子②,归到忽春华。倚杖看孤石,倾壶就浅沙③。远鸥浮水静,轻燕受风斜④。世路虽多梗,吾生亦有涯。此身醒复醉,乘兴即为家。

[注释]

①此诗作于广德二年(764)季春重归成都时。
②频甲子:指频换流年。古以干支纪年,此以甲子代干支。《左传·襄公十三年》载绛县老人之语曰:"臣生之岁正月甲子朔,四百有四十五甲子矣。"
③"倾壶"句:杜甫另有《归来》诗曰"细酌老江干",可与此句互为注脚。
④"轻燕"句:与《水槛遣心》"微风燕子斜"同义。

[点评]

诗人自宝应元年(762)离成都,至重归日已是第三个年头,故曰"别来频甲子"。归来日,见竹林之径生苔,檐下之花覆地,诗人往昔常穿竹林之径至江边,别后小径再无人经过,故而生苔;倚檐之花自开自落,阅历两春,已枝条长大,花荫覆地。首二句最能传达重归时眼中景物既熟悉又陌生的别样感觉。"远鸥"

"轻燕"亦得状物之妙。鸥去人远,故久浮不动;燕迎风低飞,乍前乍后,非"受"字不能形容,苏东坡尤爱此句。《萤雪丛说》又曰:"老杜诗,酷爱下'受'字。如'修竹不受暑''轻燕受风斜''吹面受和风''野航恰受两三人',自得之妙,不一而足。"

绝句二首①

迟日江山丽②,春风花草香。

泥融飞燕子③,沙暖睡鸳鸯。

江碧鸟逾白,山青花欲然④。

今春看又过,何日是归年⑤?

[注释]

①此当是广德二年(764)归成都后作。
②迟日:春天的太阳。《诗·豳风·七月》:"春日迟迟。"
③融:指柔软。
④然:同"燃"。北周庾信《奉和赵王隐士诗》曰:"野鸟繁弦啭,山花焰火然。""江碧"二句当由此生发。
⑤"何日"句:本拟出川,却终又返回成都,故有此问。

[点评]

　　诗人描绘了一幅令人心醉骨柔的江春图:燕子因泥融而忙于筑巢,鸳鸯因沙暖故贪于安卧；鸟飞于碧江之上，故愈显其白，花开于青山之间，故愈发红艳亮眼。然篇末笔锋一转："今春看又过，何日是归年？"与王粲《登楼赋》"虽信美而非吾土"同一风致。《诗式》曰："老杜因江山花鸟，感物思归。一种神理，已跃然于纸上。"

绝句四首①

（其一、其三）

堂西长笋别开门②，堑北行椒却背村③。

梅熟许同朱老吃④，松高拟对阮生论⑤。

两个黄鹂鸣翠柳，一行白鹭上青天。

窗含西岭千秋雪⑥，门泊东吴万里船⑦。

[注释]

①此当是广德二年（764）重归草堂作。

②"堂西"句：与《三绝句》之"无数春笋满林生，柴门密掩断人行"同一思致。

③行椒：即椒行。椒之成行者。背村：即为堑所隔。

④朱老：当即杜甫诗中提到的"南邻朱山人"。

⑤阮生：或即"阮隐居瑀"。杜甫有《秋日阮隐居致韭三十束》诗。

⑥西岭：即雪岭，白雪终年不化。

⑦东吴万里船：宋范成大《吴船录》称：蜀人入吴者，皆从合江亭登舟，其西则万里桥。杜诗"门泊东吴万里船"，此桥正为吴人设。

[点评]

　　明王嗣奭《杜臆》曰:"此四诗盖作于入居草堂之后,拟客居此以终老,而自叙情事如此。……其三是自适语。草堂多竹树,境亦超旷,故鸟鸣鹭飞,与物俱适,窗对西山,古雪相映,对之不厌,此与拄笏看爽气者同趣。门泊吴船,即公诗'平生江海心,夙昔具扁舟'是也。公盖尝思吴,今安则可居,乱则可去,去亦不恶,何适如之!"《夷白斋诗话》曰:"长江万里,人言出于岷山,而不知元从雪山万壑中来。山亘三千余里,特起三峰。其上高寒多积雪,朝日曜之,远望日光若银海。杜子美草堂正当其胜处。其诗曰'窗含西岭千秋雪'。"如此则"千秋雪"与"万里船"又别有一层关联,正西岭千秋雪化作长江万里浪也。宋之苏轼尝作《题真州范氏溪堂诗》曰:"白水满时双鹭下,绿槐高处一蝉吟。酒醒门外三竿日,卧看溪南十亩阴。"每句各用一数词,且在相同位置,正效老杜"两个黄鹂"之作意也。

长　吟①

江清翻鸥戏,官桥带柳阴。

花飞竞渡日②,草见踏青心③。

已拨形骸累④,真为烂漫深⑤。

赋诗新句稳,不觉自长吟⑥。

[注释]

①此是逸诗,仇注据卞圖本补,编在永泰元年(765)之春。时辞幕府之职归草堂。

②竞渡:龙舟竞渡。多在端午节举行。端午节的由来,一说源于上古祭龙习俗,一说是楚国三闾大夫屈原于五月初五日投汨罗江殉国而死,所以人们在他忌日这天以竹筒贮米投江以祭,后演化为包粽子。赛龙舟,则是当年楚人划船救屈之举的演化。然划龙船显然与祭龙之俗更为贴近,恐是后人对祭龙、祭屈之事的捏合。

③踏青心:足踏青草之心。心,即芯,春草新生的芯芽。

④拨形骸:谓身世两忘。

⑤烂漫深:谓肆意游遨。

⑥"赋诗"二句:即杜甫《解闷十二首》其七之"新诗改罢自长吟"。

[点评]

此见老者之心。遗形骸,忘世情,惟与时推移,烂漫而游。然"诗是吾家事"(《宗武生日》),故时有"新句","不觉""长吟",此别是一种"烂漫深"也。

绝句三首①

闻道巴山里②,春船正好行。

都将百年兴,一望九江城③。

水槛温江口④,茅堂石笋西⑤。

移船先主庙,洗药浣花溪。

谩道春来好,狂风太放颠。

吹花随水去,翻却钓渔船。

[注释]

①此诗旧注编在永泰元年(765)成都诗内。
②巴山:即大巴山。在陕西西乡县西南,支脉绵亘数百里,跨南郑、镇巴和四川东部的南江、通江等县。此以代指四川东部山岭。
③九江城:即荆州城。今湖北江陵。《尚书·禹贡注》:"江分为九道,在荆州。"详见《所思》注②、注③。此句见杜甫有出川之想。
④水槛:见《水槛遣心》注①。温江:在成都西五十里。
⑤石笋:仇注:"石笋街,在成都西门外。"

[点评]

　　三首联章,一气转下。仇注曰:"首章,欲往荆楚而作;次章,见成都形胜,而仍事游览也;末章,见春江风急,叹不得远行也。"末章与《江畔独步寻花七绝句》等咏春诗同一思致,可对读。

西阁雨望①

楼雨沾云幔,山寒著水城。

径添沙面出,湍减石棱生②。

菊蕊凄疏放,松林驻远情③。

滂沱朱槛湿,万虑倚檐楹。

[注释]

①此大历元年(766)在夔州作。
②"径添"二句:仇注:"汲径添长,而出于沙面,湍水减杀,而石棱微露。此时秋水方落,细雨甚微,故不至涨沙而激湍也。"
③"松林"句:言远松放出青色。

[点评]

　　诗人于西阁中凭朱槛、倚檐楹而望雨,写出雨中山水之殊态,状物老到而精细,尤以颔联最为人称道,宋赵次公曰:"'径添沙面出,湍减石棱生',可谓奇语矣。径之所以添,以水落而沙面出也;湍减则石露,而其棱自生也。"末言望雨而有所思,由雨及人,结得有韵味。

解闷十二首①

(其一、其二)

草阁柴扉星散居②,浪翻江黑雨飞初。
山禽引子哺红果,溪女得钱留白鱼③。

商胡离别下扬州④,忆上西陵故驿楼⑤。
为问淮南米贵贱⑥,老夫乘兴欲东游。

[注释]

①此是大历元年(766)夔州作。

②星散居:居住分散。三字用庾信《寒园即目》"寒园星散居,摇落小村墟"诗意。

③留白鱼:将鱼留给买主。

④商胡:经商胡人。唐时多有胡人在唐土经商。扬州:唐时又称广陵。今属江苏。

⑤西陵:又名西兴,在浙江萧山西二十里。此由胡商东下忆及早年游吴越事。

⑥淮南:扬州唐时属淮南道。此代指扬州一带地方。

[点评]

　　《解闷十二首》,确为破愁遣闷而作,内容庞杂,相互间并无联系。所选其一、其二,第一首写夔州风情,第二首偶因胡商东下而起东游之念,信笔写成,随意而各有趣味。

即　事①

　　　　暮春三月巫峡长②,晶晶行云浮日光③。

　　　　雷声忽送千峰雨,花气浑如百和香。

　　　　黄莺过水翻回去,燕子衔泥湿不妨④。

　　　　飞阁卷帘图画里,虚无只少对潇湘⑤。

[注释]

①此是大历二年(767)居夔州西阁时作。

②巫峡:长江三峡之第二峡,此以代指三峡。《荆州记》引巴东民歌曰:"巴东三峡巫峡长。"

③晶晶(xiǎo 小):明洁貌。

④"黄莺"二句:《杜臆》:"燕子营巢,泥欲其湿,而莺则愁湿,各适其性。"

⑤对潇湘:为思南下荆南而及之。

[点评]

景色纯净,节奏明朗,令人过目难忘。《瀛奎律髓》曰:"三四必先得之句,其体又自不同,亦是一法。""雷声忽送千峰雨,花气浑如百和香",必是诸般景色中给诗人印象最深者,故"先得"之说极有道理。腹联两句腰中均有一折,"翻回去"是对"黄莺过水"的转折;"湿不妨"是对"燕子衔泥"的补充,此是宋人句法之先声。黄庭坚"明珠论斗煮鸡头"即是此类。清黄生《杜诗说》曰:"起句稍拗,中二联亦失粘。对法更不衫不履。然其写景之妙,可作暮春山居图看。"中间两联"花气"为仄头,"黄莺"与之相粘亦应仄起,然"黄莺"却是平声,故曰失粘。然诗句之妙并不为之所掩。

闷①

瘴疠浮三蜀,风云暗百蛮②。

卷帘惟白水,隐几亦青山。

猿捷常难见,鸥轻故不还。

无钱从滞客③,有镜巧催颜。

[注释]

①此诗旧注编在大历二年(767)夔州诗中。

②三蜀：指蜀地。汉时分为蜀郡、广汉、犍为三郡。百蛮：泛指域内各族。夔州一带为少数民族聚居地。宋赵次公曰："夔在三蜀之下，百蛮之北。"

③从：跟从，相随。

[点评]

　　诗为无钱滞行而作。"白水""青山"本是乐境，因滞留而对景生哀。"猿捷""鸥轻"本应令人怡情悦性，此时反令人慨叹不如猿鸟，尾联点出致闷缘由乃"无钱从滞客，有镜巧摧颜"。不言自己没钱，而言钱不肯相从；不言自己变老，而言镜子催颜有术。将"钱"和"镜"作为致闷的施动者，实乃老杜的黑色幽默。由困顿抑郁中亦能生出潇洒来，此是真诗人。

月三首①

断续巫山雨②，天河此夜新。

若无青嶂月③，愁杀白头人。

魍魉移深树④，虾蟆没半轮⑤。

故园当北斗，直想照西秦⑥。

并照巫山出，新窥楚水清。

羁栖愁里见⑦，二十四回明⑧。

必验升沉体，如知进退情⑨。

不违银汉落,亦伴玉绳横⑩。

万里瞿塘月⑪,春来六上弦⑫。

时时开暗室,故故满青天。

爽合风襟静,高当泪脸悬⑬。

南飞有乌鹊,夜夜落江边⑭。

[注释]

①此是大历二年(767)六月上旬作,时在夔州。

②巫山:详见《秋兴八首》注②。

③青嶂月:悬于青山之上的明月。青嶂,指山。南朝梁沈约《游钟山诗应西阳王教》:"郁律构丹巘,峻嶒起青嶂。"

④魍魉:传说中的山川精怪。《孔子家语·辨物》:"木石之怪夔魍魉。"此句言魍魉移深树以避月光,实际意思是月光明亮,使物体的阴影更加深重。魍魉,亦可指影子外圈的淡影。

⑤虾蟆:指月。《酉阳杂俎》:"月中有金背虾蟆。"没半轮:谓所见是半轮月。月朔日初生,望日圆满,半轮当在初十日前后。

⑥故园:即下文之"西秦",指长安。以帝京故,而谓"当北斗"。两句言:自己于夔州见月时,家乡正北斗临空,诗人希望自己眼中的明月也能照临家园。

⑦羁栖:作客在外寄居。

⑧二十四回明:月亮每月最后一日即晦日无见,初一日始生,二十四回明,即二十四回见月。杜甫永泰元年(765)五月离成都草堂,至此时恰是两年。

⑨升沉、进退:仇注:"升沉,谓月有出没。进退,谓月有盈亏。"两句以人之际遇写月。

⑩"不违"二句:仇注:"上弦之月早升,故夜违银汉而先落,下弦之月迟升,故晓伴玉绳而犹横。"不,实是"不但""不仅"之意,即仇注所谓"不、亦二字活看,谓不是如彼,亦是如此。"

⑪瞿塘月:瞿塘峡之月。夔州为瞿塘峡起端。

⑫"春来"句:谓入春以来已历六个月。

⑬"时时"四句:《杜臆》:"中四,有一喜一恨意。时开暗室,则喜之而爽合风襟;故满青天,则恨之而空当泪脸。一月而分作两般,景随情转故也。"故故,屡屡、常常。

⑭"南飞"二句:活用魏曹操《短歌行》"月明星稀,乌鹊南飞。绕树三匝,何枝可依"诗意。落江边,正谓无枝可依。实借乌鹊自伤漂泊。

[点评]

　　成都草堂,实是杜甫的第二故乡,故离草堂东下后,便时有漂泊之叹。篇中言"二十四回明""春来六上弦",俱因漂泊无依而出。杜集内咏月之作尤多,正所谓"若无青嶂月,愁杀白头人"故也。

竖子至①

楂梨才缀碧,梅杏半传黄。

小子幽园至,轻笼熟柰香②。

山风犹满把,野露及新尝。

欹枕江湖客③,提携日月长④。

[注释]

①此诗约作于大历二年(767),时在夔州。竖子,小子。指家奴阿段。杜甫有《秋门官张望督促东渚耗稻向毕清晨遣女奴阿稽、竖子阿段往问》诗及《示獠奴阿段》。

②奈：林檎的一种，也称花红、沙果，似苹果而小。

③江湖客：杜甫自谓。

④"提携"句：仇注引黄生《杜诗说》曰："公素提携此子，故能善会人意。"

[点评]

　　为竖子供奈而作，写出初尝新果之惬意，亦见出田园风物之美。

白　露①

　　　　　白露团甘子②，清晨散马蹄。

　　　　　圃开连石树，船渡入江溪。

　　　　　凭几看鱼乐③，回鞭急鸟栖。

　　　　　渐知秋实美，幽径恐多蹊④。

[注释]

①此是大历二年(767)秋在夔州瀼西作。

②甘：通"柑"。《初学记》引周处《风土记》曰："甘，橘之属，滋味甜美特异者也。"《杜臆》："甘乃南楚佳果，公所注意。而白露团之，甘将熟矣。"

③看鱼乐：暗用濠梁观鱼典事。《庄子·秋水》："庄子与惠子游于濠梁之上。庄子曰：'鲦鱼出游从容，是鱼之乐也。'惠子曰：'子非鱼，安知鱼之乐？'庄子曰：'子非我，安知我不知鱼之乐？'"

④"渐知"二句：化用《史记·李将军列传》所引汉代谣谚："桃李不言，下自成蹊。"

  《杜臆》曰:"此公游甘林之作。……清晨乘马而往,圃树在望,又渡江溪,凭几看鱼,乐同濠上,竟日不厌,见鸟栖而始急于回鞭,其得趣可知矣。秋实渐美,幽径多蹊,不知果能饫其味否也。此亦意外之虑,犹渊明'种豆'诗所云'但使愿无违'也。"由此信笔之作,可推知老杜此时生活安定,心境平和。

暝^①

日下四山阴^②,山庭岚气侵^③。

牛羊归径险^④,鸟雀聚枝深。

正枕当星剑^⑤,收书动玉琴。

半扉开烛影,欲掩见清砧^⑥。

[注释]

①此是大历二年(767)东屯作。
②四山:东屯四面环山。
③岚气:山林中的雾气。
④"牛羊"句:化用《诗·王风·君子于役》诗句:"日之夕矣,羊牛下来。"
⑤当:对。星剑:有星形饰物的剑。古多于剑上饰七星图案。
⑥清砧:捣衣石。宋赵次公注曰:末句,扉欲掩见清砧,则欲更掩其半扉之时,见己家之清砧,盖时秋夬,皆捣衣之时也。

　　句句不离"暝"字。"牛羊归""鸟雀聚",日晚之象;"险""深",亦由"暝"字生出。"正枕""收书"皆为"暝",正如仇兆鳌所说:"牛羊鸟雀,是山暝,属外景;当剑动琴,是庭暝,属内景;末二,则写全暝之候矣。"暝者无形,能以有形事物托出,全于细腻处见功力也。

晚①

杖藜寻巷晚②,炙背近墙暄③。

人见幽居僻,吾知拙养尊。

朝廷问府主④,耕稼学山村⑤。

归翼飞栖定,寒灯亦闭门。

[注释]

①此诗约是大历二年(767)在夔州东屯作。

②杖藜:拄藜杖。

③炙背:晒太阳。

④朝廷:指朝廷近事。府主:指州郡长官。时夔府之主为柏茂琳,任夔州都督邛南防御使,管领夔、峡、忠、归、万五州,治夔府。

⑤"耕稼"句:夔州多泉,故无凿井习俗,而是接竹筒引泉水灌溉,故有"学山村"之说。时有柏茂琳所赠獠奴阿段,隶人伯夷、辛秀、信行,女奴阿稽等帮助杜甫耕作。

　　杜甫居夔有《暝》《晚》《夜》等诗,叙写日暮至入夜的几个时段,当是一时之作,与《游何将军山林》等同题组诗其实性质是一样的,可等同视之。此首前记向晚之事,后记向晚之景,中叙自适之情,如仇兆鳌在释意时所说:"僻则与世无关,尊则自得其趣,朝问府主,耕学山农,见野人不豫国事矣。末言与物偕息,写出优游自在之意。"

夜①

　　　绝岸风威动,寒房烛影微。

　　　岭猿霜外宿,江鸟夜深飞。

　　　独坐亲雄剑②,哀歌叹短衣③。

　　　烟尘绕阊阖④,白首壮心违⑤。

[注释]

①此首当是与《晚》《暝》同时作。

②雄剑:宝剑有雌雄之分。据《吴越春秋·阖闾内传》载:吴王阖闾命干将与其妻莫邪铸剑,剑成,锋利无比,一雌一雄分别以莫邪、干将之名名之。杜甫喜以"雄剑"入诗,其《前出塞》之八日:"雄剑四五动,彼军为我奔。"

③"哀歌"句:用宁戚典事。春秋时卫人宁戚以家贫为人挽车,至齐,喂牛车下,扣牛角而歌曰:"南山矸,白石烂,生不遭尧与舜禅。短布单衣适至骭,从昏饭牛薄夜半,长夜漫漫何时旦!"桓公与语,知非常人,拜为上卿。歌见载于《史记·

鲁仲连邹阳列传》集解。

④阊阖:官门。《三辅皇图》称宫殿正门为阊阖门;晋时洛阳城西门亦名阊阖,后用为官门的泛称,此以代指帝京长安。大历二年九月,吐蕃寇灵州、邠州,郭子仪屯泾阳,京师戒严,故有"烟尘"之说。

⑤"白首"句:化用魏武曹操《龟虽寿》诗句:"烈士暮年,壮心不已。"

[点评]

　　写中夜不寐之感怀,将宁戚饭牛歌嵌入其中,最为恰切。"短衣",平民百姓之衣也。或以为"短"乃"裋"之借字。《史记·孟尝君列传》曰:"士不得裋褐。""叹短衣",即叹生不逢时,不为世用之意。宁戚有此叹,杜甫亦有此叹,且宁戚歌曰"长夜漫漫",正与杜甫咏夜之诗题相关合,典事用到如此地步,恰似造酒高手,刚好将曲力用尽,可谓恰到好处。诗言"亲雄剑""叹短衣""白首壮心违",知诗人之用世情结至老不散也。

夜　归①

夜半归来冲虎过②,山黑家中已眠卧。

傍见北斗向江低,仰看明星当空大③。

庭前把烛嗔两炬④,峡口惊猿闻一个。

白头老罢舞复歌⑤,杖藜不睡谁能那⑥。

[注释]

①此诗作于大历二年(767),时居夔州瀼西草堂。

②冲虎过：当指归途中闻见虎啸。

③明星：启明星。《尔雅》"明星谓之启明"注曰："太白星也。晨见东方为启明,昏见西方为太白。"星：林继中辑校《杜诗赵次公先后解》(上海古籍社 1994 年初版)作"月"。大：仇注："唐佐切"。即读如"拓(tuò)"。今之方言有读"大"为"的(dè)"者。

④嗔两炬：《杜臆》："一炬足矣,两则多费,故嗔之,旅居贫态也。"嗔,责怪。

⑤罢：通"疲"。

⑥能那(nuò 诺)：能(把我)怎么样。那,奈何。

[点评]

　　此诗写夜归情景,风格颓放,妙处亦在颓放。明王嗣奭《杜臆》曰："黑夜归山,有何情致,而身所经、心所想、耳目所闻见,皆人所不屑写,而毕写于诗,却字字灵活,语语清亮。恍觉夜色凄然,夜景寂然,又是人人所不能写者。唯情真,故妙也。"所言甚是。非大手笔不能为此等诗。

风雨看舟前落花戏为新句①

　　江上人家桃树枝,春寒细雨出疏篱。影遭碧水潜勾引,风妒红花却倒吹②。吹花困懒傍舟楫,水光风力俱相怯③。赤憎轻薄遮入怀,珍重分明不来接④。湿久飞迟半欲高,萦沙惹草细于毛。蜜蜂蝴蝶生情性⑤,偷眼蜻蜓避伯劳⑥。

[注释]

①此是大历五年(770)即去世之年在潭州作。时居于舟中。

②"影遭"二句：言花落之原因是碧水勾引、风妒倒吹。

③"吹花"二句：谓落花怯水畏风，故落于舟前。

④"赤憎"二句：仇注："有似憎平日之轻薄遮怀，而珍重不肯近人者。"赤憎、珍重，皆从花说。

⑤生情性：仇注："乃生熟之生。""蜂蝶素恋花香，今见堕于沙草，则性情顿觉生疏。"

⑥"偷眼"句：仇注："蜻蜓偶过花间，有似偷眼旁观者，一遇伯劳，却又仓卒避去。"

[点评]

　　写舟前落花，细腻委婉。花之未落，水妒风欺；花之落矣，又终为物情所弃，实寄寓人生感慨。蜻蜓为夏物，不应于落花时见之，由此亦可知老杜所写并非皆是"目前所见"，寄托之意明显。称为戏作，实对落花满是爱惜，所"戏"者，世情也。此诗与《红楼梦》之黛玉《葬花辞》有异曲同工之妙。

杜甫简明年谱

[唐睿宗太极元年(712)]　1 岁

〇正月一日　甫生于今河南巩义市瑶湾。

〇十三世祖为晋镇南将军、当阳侯杜预。若以杜预为第一代,传至杜甫是第十四代。《元和姓纂》杜姓条内叙襄阳杜氏曰:"杜,襄阳。当阳侯元凯少子耽,晋凉州刺史。生顾,西海太守。生逊,过江随元帝南迁,居襄阳,逊官至魏兴太守。生灵启、乾光。乾光孙叔毗,周峡州刺史,生廉卿、凭石、安石、鱼石、黄石。……鱼石生依艺,巩县令。依艺生审言,膳部员外郎。审言生闲,武功尉、奉天令。闲生甫,检校工部员外郎。"金启华先生又据《宋书·杜骥传》《周书·杜叔毗传》补入乾光之前的两个环节和乾光之后的一个环节(详见《杜甫诗论丛》上海古籍 1985 年),将杜家世系列表如下:

一代　二代　三代　四代　五代　六代

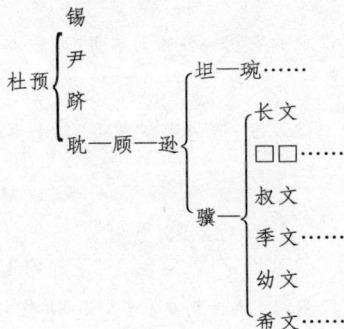

```
          锡
          尹
     杜预   跻
          耽—顾—逊     坦—琬……
                       长文
                       □□……
                 骥     叔文
                       季文……
                       幼文
                       希文……
```

七代　八代　九代　十代　十一代　十二代

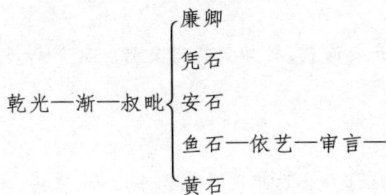

```
                 廉卿
                 凭石
     乾光—渐—叔毗  安石
                 鱼石—依艺—审言—
                 黄石
```

十三代　十四代　十五代　十六代

闲—甫 { 宗文
　　　 宗武—嗣业

并

专

登

〇可知杜甫是杜预少子耽一支。祖父审言是初唐著名诗人,与李峤、崔融、苏味道并称"文章四友",武则天时官著作佐郎,后任修文馆直学士。父闲,曾为兖州司马、奉天县令。母为崔融长女。

〇五月　改元延和。

〇八月　改元先天,太子李隆基即位,是为玄宗。

[唐玄宗开元元年(713)]　2岁

〇七月　归政于玄宗帝。

〇十二月　改先天二年为开元元年。

[开元三年(715)]　4岁

〇母崔氏病故。甫寄养于洛阳建春门内仁风里二姑母家,重病几死,在二姑母悉心照料下始得痊愈,二姑母之亲子却在此间不治而亡。

[开元五年(717)]　6岁

〇随家人转居郾城(今属河南),得观长安艺人公孙大娘舞"剑器浑脱"。

[开元六年(718)]　7岁

〇《壮游》诗曰:"七龄思即壮,开口咏凤凰。"《进雕赋表》:"臣七岁所缀诗笔。"

[开元八年(720)]　9岁

〇《壮游》诗:"九龄书大字,有作成一囊。"

[开元十三年(725)]　14岁

〇在洛阳与名士崔尚(郑州刺史)、魏心(豫州刺史)等交游,并在岐王李范宅和崔涤宅听著名艺人李龟年唱歌。《壮游》:"往昔十四五,出游翰墨场。斯文崔魏徒,以我似班扬。"

[开元十四年(726)]　15岁

〇《百忧集行》诗:"忆昔十五心尚孩,健如黄犊走复来。庭前八月梨枣熟,一日上树能千回。"

[开元十八年(730)]　19岁

〇因避洛阳水患而游晋至郇瑕(今山西猗氏县),识韦之晋、寇锡,未久而归。

[开元十九年(731)]　20岁

　　○行弱冠之礼,取字子美。开始东游吴越。循运河而达江南,在江宁(今南京)瓦棺寺观晋顾恺之壁画《维摩诘变相图》,后下姑苏,渡浙江,游鉴湖,泛剡溪,历时四年而归。

[开元二十三年(735)]　24岁

　　○自吴越返洛阳,赴京兆贡举,不第。

[开元二十四年(736)]　25岁

　　○始游齐赵(今山东北部和河北南部),至兖州省父(时杜闲为兖州司马),与苏源明订交,二人春歌秋猎,颇为款洽。《壮游》:"忤下考功第,独辞京尹堂,放荡齐赵间,裘马颇清狂。"此次游历共五年时间。

[开元二十八年(740)]　29岁

　　○与高适订交于汶上。《寄高常侍》:"汶上相逢年颇多,飞腾无奈故人何。"

[开元二十九年(741)]　30岁

　　○自齐赵归洛阳,筑陆浑山庄于偃师首阳山下,作文祭远祖当阳君杜预。与司农少卿杨怡之女结婚约亦在本年。

[天宝元年(742)]　31岁

　　○居洛阳。二姑母死,为作墓志。

[天宝三载(744)]　33岁

　　○居洛阳。

　　○四月　与李白相会于洛阳。时李白赐金放还出长安,经商州东下洛阳。两人相约秋时同游梁宋。

　　○五月　改年为"载"。继祖母在陈留郡(今河南开封)私第病故。

　　○八月　继祖母归丧偃师,甫为作墓志。此后与李白同作梁宋(今河南开封、商丘一带)之游,并巧遇杜甫游齐赵时所识高适,三人同登汴梁城郊之古吹台,此地正西汉梁孝王刘武所经营之梁园也。

　　○深秋　三人同往宋中,访单父台(在今山东单县),即宓子贱琴台,并参加了单父崔县令和宋州李太守组织的孟诸大泽(在今河南虞城附近)游猎。三人梁宋之游在单父结束,高适游楚,李白到齐州受道箓,然后回兖州看望家小,杜甫则渡黄河登王屋山,访道士华盖君,未遇而归。

[天宝四载(745)]　34岁

　　○春　在兖州与李白同游泗水之上。

　　○夏　应李邕从侄兖州司马李之芳之邀游齐州(今山东济南),并与北海太守李邕同饮于齐州之历下亭,著有《陪李北海宴历下亭》诗。

　　○秋　重到兖州(已改为鲁郡),与李白重逢,二人同访范隐士和董炼师。

○秋末　杜甫归洛阳，与李白分手，两人从此动若参商，未再相见。

[天宝五载(746)]　35 岁

○由洛阳往长安，与汝阳王李琎及岑参、郑虔、王维等交游，作《饮中八仙歌》等诗。时李林甫专权；杨贵妃有宠；王忠嗣为河西陇右节度使，与吐蕃战于青海、碛石，大捷。

[天宝六载(747)]　36 岁

○在长安。时玄宗诏天下凡通一艺以上者皆至京师就选，甫与元结俱应试，李林甫嫉贤妒能，一人不取，反上表称贺"野无遗贤"。

○九月　安禄山筑雄武城(今河北冀州市东北)，大贮兵器。

○十月　玄宗赴骊山温泉，改温泉宫为华清宫。

○十一月　王忠嗣屡上言安禄山必反，被贬为汉阴太守。

○十二月　以高仙芝为安西四镇节度使。

[天宝七载(748)]　37 岁

○在长安，以生活渐困而向人求荐，有《奉赠韦左丞丈二十二韵》，述"纨袴不饿死，儒冠多误身"之牢骚与"朝扣富儿门，暮随肥马尘"之窘困。

[天宝八载(749)]　38 岁

○在长安。安西副都护高仙芝入朝觐见，甫有《高都护骢马行》诗。

○六月　立老子尊号为"大道玄元皇帝"。

○冬　甫间至东都洛阳，曾在北邙山玄元皇帝庙观吴道子壁画。

[天宝九载(750)]　39 岁

○春　自洛阳返长安，与广文馆博士郑虔交游甚密。

○长子宗文约生于是年。

[天宝十载(751)]　40 岁

在长安。

○正月　玄宗朝献太清宫，朝享太庙，有事于南郊，行三大礼，甫献《三大礼赋》，玄宗奇之，命待诏集贤院。

○秋　甫患疟疾百日。

○冬　苦于饥寒，有《投简华成两县诸子》诗曰："饥卧动即向一旬，敝衣何啻联百结。"

[天宝十一载(752)]　41 岁

○在长安。

○春　应诏试文章，送隶有司，参列选序，然此事终无结果。

○三月　归洛阳。

○夏末　复来长安。时高适为哥舒翰掌书记，随之入朝，甫与高适、岑参并储文羲、薛据同登慈恩寺塔,有《同诸公登慈恩寺塔》诗。

[天宝十二载(753)] 42岁

　○在长安。

　○三月三日　游曲江,作《丽人行》诗。

　○秋　长安久雨,米贵,每日籴太仓粟为生。

　○九月　次子宗武生。

[天宝十三载(754)] 43岁

　○在长安。时岑参辞去高仙芝幕府职回长安,邀杜甫同游渼陂。

　○夏　卜居长安城南十五里之下杜,并由洛阳移家来居。

　○秋　霖雨六十余日,关中大饥。有《秋雨叹》《九日寄岑参》《醉时歌》等诗。

　○冬　以京师乏食,移家奉先县安置,旋返长安。

[天宝十四载(755)] 44岁

　○在长安。与郑虔、国子司业苏源明过从甚密。

　○初夏　往白水省舅氏崔顼。

　○十月　回长安,授河西尉,不就。改任右卫率府兵曹参军,掌兵甲器杖及门禁锁钥等事。

　○十一月　往奉先探家,有《自京赴奉先县咏怀五百字》诗。

　○此时安禄山以十五万人反于范阳,所过州县,望风瓦解。朝廷遣安西节度使封常清至洛阳募兵,为守御之备;以郭子仪为朔方节度使;以荣王李琬为元帅,高仙芝副之,统兵东征。

　○十二月　安禄山陷东都洛阳。朝廷以永王璘为山南节度使,杀高仙芝、封常清,以哥舒翰为副元帅,守潼关。高适任左拾遗,转监察御史,佐哥舒翰守潼关。

[天宝十五载(756)] 45岁

　○二月　由奉先返长安。

　○四月　离长安赴奉先,携家至白水往依舅氏崔顼。

　○六月　潼关失守,甫携家避难至鄜州羌村。玄宗迫使潼关守将哥舒翰引兵出关,与叛军战于灵宝,大败,致使潼关失守。十二日,玄宗奔蜀,十四日至马嵬驿,军士哗变,杀杨国忠,又迫玄宗赐杨贵妃玉环自缢,留太子李亨东向讨贼。二十日,长安沦陷。

　○七月　李亨即位于灵武,改元至德。

[唐肃宗至德元载(756)] 45岁

　○八月　甫闻肃宗即位灵武,只身投奔,途中为叛军所获,送至长安,目睹长安遭叛军洗劫焚烧,又闻官军战败消息,有《哀王孙》《悲陈陶》《悲青坂》及《月夜》《得舍弟消息》诸诗。

○十一月　李璘擅自引兵东下,过庐山,强聘李白为僚佐。

○十二月　以高适为淮南节度使,讨李璘。

[至德二载(757)]　46 岁

○春　仍陷居长安,有《哀江头》《春望》诸诗。

○四月　只身潜奔凤翔行在。

○五月十六日　拜官左拾遗。同月,以疏救房琯触怒肃宗,诏三司推问,宰相张镐救之,获免。

○闰八月初一　放还鄜州省家。

○十月　携家从肃宗还长安。郑虔以任伪职被贬为台州司户参军,甫有诗寄之。

○十二月　玄宗由成都还长安。

○此年李璘兵败,李白牵连下狱。高适迁御史大夫,授扬州大都督府长史。

[乾元元年(758)]　47 岁

○在长安任左拾遗,与王维、岑参、贾至、严武同朝。

○五月　严武贬巴州刺史。

○六月　房琯贬邠州刺史,杜甫贬华州司功参军。

○冬晚　离官,间至东都。

[乾元二年(759)]　48 岁

○春　自东都回华州。关辅饥。

○七月　弃官西去,度陇,客秦州,卜西枝村置草堂,未成。

○十月　往同谷,寓同谷不盈月。

○十二月　入蜀,至成都。

[上元元年(760)]　49 岁

○年初借寓成都草堂寺。

○三月　移居浣花溪畔新营之草堂。

○九月　高适由彭州刺史改蜀州(今四川崇庆)刺史,对杜甫多有接济。

[上元二年(761)]　50 岁

○居成都草堂,间至蜀州之新津、青城。

○二月　以李光远代李若幽为成都尹。李光弼与史思明战于北邙山,败绩。洛阳四周数百里为丘墟。

○三月　史思明为其子史朝义所杀。

○四月　梓州刺史段子璋反,陷绵州,自称梁王。

○五月　高适与崔光远等攻绵州,拔之,斩段子璋。

○十二月　合剑南东西川为一道,以兵部侍郎严武为成都尹兼御史大夫镇蜀。

[唐代宗宝应元年(762)] 51岁

○在成都。严武到成都任所,时携酒至草堂访杜甫,并资助杜甫将草堂扩充至"有竹一顷余"。

○七月 严武入朝监修二帝陵墓,以高适为成都尹。杜甫送严武至绵州。会剑南兵马使徐知道反于成都,甫转赴梓州,并顺访陈子昂故宅。

○八月 高适破徐知道。

○冬 归成都,迎家至梓州。

[广德元年(763)] 52岁

○在梓州。闻官军收河南河北,大喜欲狂,作《闻官军收河南河北》诗。

○四月 间往汉州。以房琯由汉州刺史改任刑部尚书,甫往与话别,琯已起行,未遇而归。

○八月四日 房琯病卒于阆州僧舍,甫于九月往吊,有祭文。

○十月 吐蕃寇奉天,代宗出奔陕州,吐蕃入长安大肆焚掠,郭子仪收散兵反攻长安,吐蕃退去。

○十二月 甫回梓州。代宗返长安。吐蕃陷松、维、保三州。时章彝为梓州刺史兼东川留后,甫决计出川东下,朝廷召补京兆功曹参军,不赴。

[广德二年(764)] 53岁

○春 携家往阆州,拟由阆水入嘉陵江至渝州,然后顺长江东下。

○三月 闻严武复为东西川节度使,并有信相邀,因复携家回成都。

○六月 严武荐甫为节度参谋、检校工部员外郎,赐绯鱼袋。名画家曹霸流寓成都,甫为作《丹青引》。

○是岁高适还长安,为左散骑侍郎;郑虔死于台州;苏源明饿死于长安。

[永泰元年(765)] 54岁

○正月三日 辞幕府之职归草堂。

○四月 严武卒。

○五月 甫离蜀南下,自戎州至渝州。

○六月 至忠州。闻高适卒,有诗哭之。

○秋 至云安,因肺病加剧,在云安暂息。

○闰十月 汉州刺史崔旰攻剑南节度使郭英乂,郭奔简州,为简州刺史韩澄所杀。柏茂林等起兵讨崔旰,蜀中大乱。

[大历元年(766)] 55岁

○夏初 由云安东下迁居夔州(今四川奉节)。初居山腰,秋移至西阁。时柏茂琳为夔州都督兼御史中丞,待甫甚厚,"频分月俸",因得在瀼西买果园十亩并主管东屯公田一百顷,生活宽裕,故居夔不足两年而有诗四百三十多首。

[大历二年(767)] 56 岁

○在夔州。

○春　由西阁迁居赤甲山。

○三月　赁居瀼西草堂。

○秋　迁居东屯。未几复由东屯归瀼西。

○十月十九日　在夔州别驾宅观李十二娘舞剑器,作《公孙大娘弟子舞剑器行》。时身体益衰,肺疾、疟疾、风痹、耳聋、眼暗、齿落。

[大历三年(768)] 57 岁

○正月中旬离夔出峡,将瀼西果园四十亩赠吴南卿。

○三月　抵江陵,与老友李之芳相晤。

○秋　李之芳卒,有诗哭之。因生活无着,移居公安,不久复沿江东下,有《送李二十九弟晋肃入蜀余下沔鄂》诗。晋肃即李贺之父。

○岁暮　抵岳阳。有《登岳阳楼》诗。

[大历四年(769)] 58 岁

○正月中旬　过洞庭湖南下。

○三月　抵潭州(今湖南长沙)。未几入衡州,拟投奔衡州刺史韦之晋,然韦已改任潭州刺史,故甫又折回潭州。

○四月　韦之晋病卒,有诗哭之。

○十二月　岑参卒于成都。

[大历五年(770)] 59 岁

○正月　居潭州舟中。

○春　于江南采访使筵上遇歌者李龟年,有诗赠之。

○四月十日　湖南兵马使臧玠杀潭州刺史崔瓘,潭州大乱,甫领全家由湘江溯流南下,准备往投在郴州任录事参军的舅氏崔伟。舟至耒阳,江水大涨,泊舟方田驿,涉旬不得食。耒阳县令聂某馈以牛炙白酒,甫有诗谢之。大醉,一夕卒。说见《新唐书》本传。另说:因耒阳距郴州尚有二百里路途,大水一时难退,故决计北归。十一月,甫于饥寒交迫间卒于由潭州至岳阳的船上。

河南文艺出版社部分诗词类图书

臧克家　主编

毛泽东诗词鉴赏·增订二版　大 32 开(精)　30.00 元(已出)

季世昌　徐四海　主编

毛泽东诗词唱和　16 开(精)　30.00 元(已出)

陈祖美　主编

唐宋诗词名家精品类编(全套十种)

黄河之水天上来·李　白集　大 16 开(平)　46.00 元(已出)

每依北斗望京华·杜　甫集　大 16 开(平)　42.00 元(已出)

相见时难别亦难·李商隐集　大 16 开(平)　46.00 元(已出)

烟笼寒水月笼沙·杜　牧集　大 16 开(平)　32.00 元(已出)

万里归心对月明·唐代合集　大 16 开(平)　49.00 元(已出)

一蓑烟雨任平生·苏　轼集　大 16 开(平)　46.00 元(已出)

杨柳岸晓风残月·柳　永集　大 16 开(平)　39.00 元(已出)

但悲不见九州同·陆　游集　大 16 开(平)　45.00 元(已出)

壮岁旌旗拥万夫·辛弃疾集　大 16 开(平)　40.00 元(已出)

云中谁寄锦书来·宋代合集　大 16 开(平)　46.00 元(已出)

贺新辉　主编

元曲名家精品鉴赏(全套五种)

错勘贤愚枉作天·关汉卿集　(已出)

天边残照水边霞·白　朴集　(已出)

困煞中原一布衣·马致远集　(已出)

愿有情人都成眷属·王实甫集　(已出)

重冈已隔红尘断·元代合集　(已出)

广东中华诗词学会　编

中华新韵府·韵字袖珍版　128 开(精)　6.00 元(已出)

李中原　编

历代倡廉养操诗选　大 32 开(平)　18.00 元(已出)

邓国光　曲奉先　编

中国历代咏月诗词全集　大 32 开(精)　50.00 元(已出)

史焕先　主编

江水北上——"南水北调邓州情"诗歌作品选　16 开(精)　38.00 元(已出)

本社图书邮购地址:(450011)郑州市鑫苑路 18 号 11 号楼

河南文艺出版社　图书发行